KB054600

중국의 원시문화코드

– 모체숭배 –

유소행 저
임진호 역

문현
MUN HYUN

한국어판 서문

필자가 이 책의 한국어 번역을 하고 싶다는 한국 초당대학교 국제교류교원장 임진호 교수의 연락을 처음 접하고 무척이나 놀라고 또한 한편으로는 깊은 감동을 받았다. 이 책에 언급된 내용은 주로 운남 지역으로, 혹자가 말하는 중국 서남 산간 지역의 소수민족에게 전해오는 오래된 신화, 즉 숭배와 신앙에 관한 것으로 이 지역은 지리적으로나 학술적으로 모두 비교적 궁벽한 곳이기 때문에 필자마저도 도대체 몇 사람이나 이 책을 읽을 수 있을까 하는 의구심을 가지고 있었다. 그런데 한국의 임교수로부터 이 책을 읽었음은 물론, 한국어로 번역해 "한국 사람들로 하여금 중국의 문화를 보다 넓고 깊이 있게 이해시킴으로써 한·중 양국의 교류를 한 걸음 더 촉진시키고 싶다"는 말을 듣고 깊은 감동을 받았다. 우선 임교수의 심오하고 엄격한 학풍에 탄복하였다. 일찍이 임교수가 필자와 나눈 중국의 문학과 문화 지식, 중국의 소수민족과 전통 신화에 대한 관심과 흥미, 운남과 광서 등 소수민족 지역을 수차례 방문한 답사 경력, 그리고 목전에 중국의 원시예술문화와 관련된 내용을 수집해 정리하고 있다는 이야기 등등은 필자로 하여금 재삼 놀라움을 금치 못하게 하였다. 더욱이 이제 임교수가 필자의 책을 한국어로 번역해 한·중 양국의 교류 촉진에 촉매제로 활용하겠다는 사실은 필자에게 더없는 기쁨을 가져다 주었다.

이 책은 지난 세기 80년대 중후반에 출판되었다. 그동안 10년에 걸친 문화대혁명이 끝나고 황폐했던 학술 영역이 다시 활기를 찾기 시작하면서 학술계에서는 각종 학술강좌나 회의, 문장, 서적 등의 영역에서 잃어버린 시간을 다시 보충하고자 많은 노력들을 기울이고 있다. 필자 역시 개인적으로 이 기간 동안 교육을 받을 수 있는 기회를 놓친 사람 가운데 한 사람이다. 문화대혁명이 시작될 때 필자는 겨우 중학교 1학년에 불과하였으나, 문화대혁명이 끝나갈 무렵에 필자의 나이는 이미 정상적으로 대학을 졸업할 나이를 지나버린 상태였다. 하지만 필자가 어려서부터 민간고사를 즐겨 읽었을 뿐만 아니라, 학자였던 부친의 지도아래 단순한 흥미 차원에서 벗어나 학술연구에 종사할 수 있는 기회를 얻게 되었다. 필자가 이 책을 저술하면서 조롱박葫蘆과 여성 조상에 대한 숭배, 그리고 모체와의 내적 연계를 발견하고 흥분과 함께 학술 연구의 즐거움을 깨닫게 되었다. 필자는 당시 이 책이 아직 초보단계에 머물러 있다는 사실을 알고 있었으면서도, 또 한편으로는 앞으로 이 분야의 연구를 더욱 더 깊이 진행해 보고 싶은 바람을 가지고 있었다. 그렇지만 당시 필자의 당면한 과제는 체계적인 교육을 받을 수 있는 기회를 찾는 일이었다. 이에 필자는 1990년 가을 미국의 일리노이주립대학 인류학과에 진학하여, 1998년 박사학위를 취득하게 되었다. 당시 박사 논문으로 필자는 이족彝族의 의료 보건에 관한 내용을 주제로 다루었다. 졸업 후 필자는 중국의 언어와 문화를 가르치는 교수로서 주로 의학인류학, 이족의 의료, 이족의 종교의식, 중문교육 등과 관련된 논문을 발표하였으며, 2007년에 이르러 필자는 비로소 박사논문을 다시 중문판으로 출간하게 되었다.

비록 필자가 지금까지 여러 가지 상황으로 인해 이족彝族의 신화와 여성 조상숭배에 관한 연구를 집중적으로 다루지 못해왔지만, 필자는 여전히 이 방면에 깊은 관심을 가지고 있다. 금년 여름 유럽을 여행하면서 프랑스의 루브르 박물관을 관람하게 되었는데, 이때 박물관에서 상고시대 모체女神의 조각상을 보고는 다시 한 번 인성人性의 공통점을 발견할 수 있었으며, 인류 역사의 근원 또한 유사하다는 사실을 깨닫게 되었다. 우리는 때때로 다름을 강조하면서도 문화의 연원에 대한 동일성과 그 지혜를 홀시하고 있다는 느낌을 받는다. 따라서 임교수의 이 책 번역은 한·중 학자들 간의 공통적인 학술 문제를 한국 국민에게 소개함으로써, 한·중 양국 간의 교류와 이해를 촉진시켜줄 것으로 기대하며, 이 역시 양국 간의 우정과 평화에 대한 공헌이라고 믿는다. 이 점에 대해 필자는 임교수에게 심심한 감사와 존경을 표하는 바이다.

2016년 8월 14일
캘리포니아에서
유 소 행

역자 서문

이 책은 유소행 교수가 부친의 지도 아래 이족彝族을 비롯한 각 민족의 신화와 전설을 오랫동안 수집하면서 축적한 연구 성과를 토대로 체계적인 논증과 분석, 그리고 설명을 덧붙여 조롱박 숭배에 숨겨진 중국의 원시적 문화코드인 모체숭배를 규명하고자 심혈을 기울인 저서이다.

일찍부터 조롱박은 중국의 민간에서 생활용품과 행운의 상징으로 여겨져 왔을 뿐만 아니라, 황실에서도 관상품이자 예기禮器로 활용되었다. 또한 저자가 서문에서 "조롱박의 선仙적인 색채는 도대체 어디서 왔으며, 그 원형이 무엇인가? 하는 의문을 던지고 있듯이, 도가와 불가에서도 역시 선적인 색채를 지닌 신비한 조롱박 문화를 전승해 오고 있다. 특히 신화나 전설에서 차지하는 조롱박의 비중이 상당히 높다는 사실은 두말할 필요도 없을 것이다. 이뿐만 아니라 조롱박은 중국어로 행복과 번영을 의미하는 복록福祿'과 발음이 비슷하다하여 민간에서는 복록을 가져다주는 행운의 호신부護身符로 여겨져 왔다. 이러한 사실들은 조롱박이 우리에게 던져주는 의미가 무엇인지 다시 한 번 더 되새겨 볼 만한 가치를 지니고 있다고 하겠다.

이처럼 다양한 문화적 가치와 의미를 담고 있는 조롱박이 수천 년을 내려오며 오늘날 사람들의 사상과 의식 속에 깊은 영향을 끼치고 있다는 사실은 실로 놀라운 일이 아닐 수 없다. 그 이유는 아마도 시간과 공간을 뛰어넘어 상존하는 인간 삶의 보편성과 통시성에서 찾을 수 있을 것이다. 즉 신화와 전설의 발생이 자신과 주위의 현상을 이해하고 설명하려는 인간의 지적 혹은 감성적 요구에서 출발하고 있으며, 문자가 쓰이기 이전부터 구전의 형식으로 수천 년간 전해오며 그 신화와 전설을 만들어낸 민족의 정서와 가치관을 반영하고 있다는 점에서 더더욱 그러하다고 볼 수 있다.

따라서 이족彝族을 비롯한 각 민족이 오랫동안 숭배해 온 조롱박을 통해, 그 속에 투영된 원시문화코드-모체숭배-를 밝힌다는 것은 고대 중국의 원시 인류가 어떻게 물질계의 현상을 인지하고 형상화해 내었는지, 또한 이렇게 고착화된 의식형태와 관념이 그 민족과 집단의 삶 속에서 어떤 역할을 담당하였는지를 살펴볼 수 있는 중요한 실마리가 될 뿐만 아니라, 또한 그러한 의식형태와 관념이 이족을 비롯한 각 민족 사이에서 어떠한 변화와 발전을 거쳐 후대인들의 삶 속에 반영되어 오늘에 이르게 되었는지 등을 살피는데 커다란 도움이 되리라 생각된다.

오늘날 우리가 현대를 살아가며 신화와 전설에 매력을 느끼는 이유는, 신화와 전설이 바로 우리 인류 문화의 모태이자 근원이기 때문일 것이다. 그래서 신화학자 엘리아데Mircea Eliade 같은 이는 『신화 꿈 신비』에서 "모든 신화는 일종의 우주개벽설의 형태를 띠고 있기 때문에 신화는 존재론적 현현顯現이라고 말할 수 있다. 그때 일어난 것을 기술한 역사들은 어떻게 이 세계가 존재하게 되었는가에 대해 각각 다른 방식으로 답변을 제시한다. 신화는 세상 속에서 다중적인 존재 방식과 실재의 구조를 드러낸다. 그렇기 때문에 신화는 인간 행동의 전거典據가 된다. 그러므로 신화는 현실을 반영하는 참된 역사가 된다."고 말한 것이 바로 이러한 이유라고 여겨진다. 그래서 이 책의 저자 유소행 교수도 서문에서 "조롱박 숭배에 담긴 의미는 모체숭배가 포함하고 있는 문화적 의미보다 더 광범위하다고 할 수 있는데,

이는 출토된 여성의 조각상과 지금까지 남겨진 유물 가운데 보이는 모신母神 숭배를 통해서도 살펴볼 수 있다."고 신화와 전설에 내재된 다양한 문화적 가치와 그 의미에 대해서 주목하였다.

또한 저자 유소행 교수는 이러한 기본적인 관점에서 한 걸음 더 나아가 이족彝族을 비롯한 중국의 각 민족 사이에 전해오는 조롱박 숭배를 그들 사이에 존재하는 내재적 연계성에 대해 대담한 추론과 논증을 통해 비교 분석하는 한편, 이를 토대로 우리가 잊어버린 과거의 기억을 되살려 오늘날 우리에게 주는 조롱박 숭배의 의미와 가치를 고찰하는데 심혈을 기울였는데, 이는 인류의 공통된 인식을 찾고자 하는 저자의 개인적인 노력을 떠나서 역사시대 이전의 중국문화 연구에 귀중한 단서를 제공해 주고 있다는 점에서 이 책의 진정한 가치와 의미를 되새겨 볼 수 있을 것이다.

이 책의 저자 유소행 교수는 현재 미국의 SOKA University Chinse & Culture에 재직하고 있으며, 1990년 『母體崇拜－彝族祖靈葫蘆溯源』을 雲南人民出版社에서 출판한 이후 1992년 『人類婚姻簡史』, 2007년 『彝族醫療保健』, 2011년 『母系制走訪婚與中國少數民族的現代化』 등의 서적과 1994년 「中國赤脚醫生與非洲初級衛生保健」, 1997년 「醫學人類學簡介」, 2005년 「生命・團結與繁榮的慶典」, 2006년 「彝族社會中的女性治療者」, 2008년 「關於納人的硏究與學術誠信」, 2012년 摩梭母系制硏究, 2013년 「彝族社會中母系成分及其義意」, 「試論所在國文化對國際漢語教學的重要性」 등의 논문을 발표하였다.

책을 번역하는 과정에서 매번 느끼는 바이지만 역자 능력의 한계와 시간에 쫓겨 저자의 의도를 충분히 밝히지 못하고 오류를 범하지 않을까 하는 염려스러움과 함께 적지 않은 아쉬움이 남는다. 이 역서를 보시는 모든 분들의 아낌없는 질타와 따뜻한 충고를 부탁드린다.

끝으로 이 책의 번역을 흔쾌히 허락해 주시고 격려의 서신을 보내 주신 유소행 교수께 진심으로 감사의 말씀을 드리며, 아울러 이 책의 출판을 맡아 수고해 주신 문헌출판사의 한신규 사장께 감사를 드린다.

2020년 10월
동학골에서
임진호

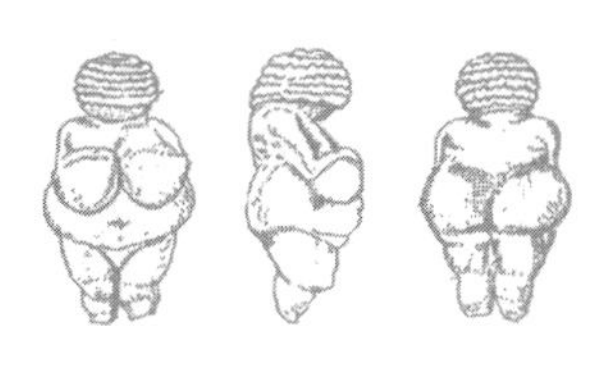

전언

중국 당대唐代의 적선謫仙 시인 이백李白은 "언제쯤 신을 벗고 세상을 물러날까, 호리병 속에 일월과 하늘이 있네."라는 명구를 남겼으며, 또한 민간에는 누구나 다 알고 있는 "조롱박 속에는 무슨 약을 팔까?"라는 속담이 있다. 그리고 세상을 구하는 의원의 조롱박에는 영단묘약靈丹妙藥이 들어 있고, 도교 신선의 조롱박에는 일월성신日月星辰이 들어 있다……. 이처럼 조롱박葫蘆은 사람들의 마음과 눈에는 다소 신비하기 그지없는 선仙적인 색채로 비춰지고 있다. 그러나 조롱박의 선仙적인 색채가 도대체 어디서 왔으며, 또한 조롱박의 원형이 무엇인지? 이것이 바로 중국문화사에서 수수께끼로 남아 있는 의문점 가운데 하나이다.

세계 각국에서 출토된 유물 가운데 여성의 모습을 조각한 작은 조각상을 고고학계에서 주목하는 이유는, 이러한 여성 조각상들이 바로 모체숭배를 상징하는 것으로 여기고 있기 때문이다. 즉 모계 씨족사회의 여성에 대한 숭배관념과 최초의 종교적 신앙을 반영한 것으로 보고 있다.

중국 민간에는 조롱박葫蘆과 관련된 수많은 전설이 전해 오는데, 그중에서 직접 모체와 관련 있는 내용은 대홍수 이후 조롱박에서 나온 인류가 바로 최초의 인류 탄생이라는 점이다. 학자들의 고증에 의하면, 홍수洪水에 관한 내용은 아마도 후에 덧붙여진 것이라고 한다. 하지만 여기서 중요한 핵심은 인류가 조롱박에서 나왔다는 사실이다. 『시경詩經·대아大雅·면緜』 중에서 "면면히 이어진 오이 덩굴처럼 사람이 처음 세상에 생겨났네."라는 구절과 와족佤族 사강리司岡里의 전설은 인류 최초의 조상이 조롱박瓜에서 나왔다는 사실을 지적한 것이다. 신화와 전설 속에서는 조롱박의 신묘함을 모체와 연결시켜 조롱박을 모체의 대체물이자 상징물로 표현하였으며, 조롱박의 선仙적인 색채는 만물을 잉태해 생육하는 모체의 신비함을 나타내고 있다.

이상 언급한 세 가지(즉 신물神物로서의 조롱박, 모체로서의 조롱박, 그리고 세계 각국의 모체숭배로서의 조롱박) 사이에 도대체 어떤 관계가 있으며, 또한 연계시킬만한 실체가 존재하고 있는가? 하는 질문에 대한 답은 긍정적이라고 할 수 있는데, 그것은 바로 이족彝族의 조상 신령으로서의 조롱박 숭배이다.

나는 다행히도 이족彝族의 한 사람으로서 운남 초웅楚雄 이족자치주 남화현南華縣 의 애뢰산哀牢山 지역에서 태어났다. 나의 고향에는 인류의 시조와 관련된 신화, 즉 인류가 조롱박에서 나왔으며, 호랑이 몸이 해체되어 우주가 창조되었다는 신화와 전설이 전해져 오고 있다. 게다가 지금까지도 일부 사람들은 호랑이 머리의 조롱박虎頭葫蘆을 조상 신령으로 숭배해 오고 있다. 이렇게 이족彝族이 조상 신령으로서 숭배하는 조롱박葫蘆이 비록 축소된 형태를 보여주고 있지만, 그 안에 함축된 의미는 모체에 대한 인류의 숭배관념, 그리고 모체로부터 발전되어 나온 토템숭배와 조상숭배를 하나로 연계시켜 줌으로써 그 내재적 연계성을 일깨워주고 있다.

수많은 민족은 자신들의 시조가 복희伏羲와 여와女媧라고 여기고 있을 뿐만 아니라, 또한 복희와 여와가 조롱박에서 나왔다고 믿는다. 학자들의 고증에 의하면, 그들 자체 역시 조롱박葫蘆을 의미한다고 한다. 인류가 자연의 힘을 빌려 강대해짐에 따라 조롱박葫蘆이 신견神犬과 호랑이老虎로 변화하였으며, 묘족苗族, 요족瑤族, 여족畲族 등의 조상과 고강족古羌族의 토템이 되었다고 한다. 씨족의 분화는 토템의 여러 가지 형태를 초래하였으며, 또한 원생原生토템의 시조화始祖化를 가져왔다. 조상을 숭배하는 관념이 출현한 이후 조롱박은 조상의 위패라는 형식으로 지금까지도 일부 이족彝族 사람들에게 보존되어 오고 있다.

초웅楚雄 이족자치주 마합저이촌摩哈苴彝村의 조상신령 조롱박에는 이씨李氏 집안의 조부모와 부모 위패가 모셔져 있다. 이렇게 조롱박 위패를 모시는 사람들을 “아보타마약阿普朵摩若”(남여 조상을 가리키는 의미이며, 또한 이족彝族 공동의 조상 이름이다)라고 일컫는데, 이족의 남녀 조상을 상징한다. 이와 동시에 이를 통해 이족의 호랑이 토템과 모체숭배처럼 이미 과거 속에 묻혀버린 지난 일들까지 거슬러 올라갈 수 있다. 이족이 조상의 신령으로 모시는 조롱박의 가치는 오랜 세월 동안 역사적 변천을 거쳐 오면서도 여전히 가장 원시적인 조롱박葫蘆 숭배의 형상을 유지해오고 있다는 점에서 찾을 수 있을 것이다. 필자는 이 작은 책자를 이족이 조상의 신령을 모시는 조롱박葫蘆으로부터 출발하여 관심 있는 독자 여러들분과 함께 조롱박葫蘆숭배에 담긴 풍부한 내적 의미를 체험해 보고, 그 사회적 토대를 함께 토론해 보고자 한다.

반고盤古가 천지를 개벽하였고, 삼황오제三皇五帝가 건곤乾坤을 정하였으며, 복희와 여와가 인류의 시조이고, 중국인이 염황炎黃의 자손이라는 등등의 말에서 엿볼 수 있듯이, 중국인들의 민족의식 중에는 중화민족의 자존심과 자부심이 반영되어 있다. 문일다聞一多의 고증에 의하면, 이것이 바로 조롱박葫蘆문화에 함축되어 있는 오랜 역사를 지닌 문화적 의미라고 설명하였다. 중국의 각 민족은 하나의 공통된 모체, 즉 조롱박葫蘆에서 나와 우리의 손과 발처럼 유기적인 관계 속에서 그 유구한 역사를 발전시켜 왔다. 오랜 이족의 문화는 수천 년 동안 사람들의 주목을 끌어오며 이와 같은 문화 현상에 대해 합리적인 해석과 설명을 제공해 주었는데, 이러한 부분이야말로 바로 내가 영광스럽게 생각하는 점이다. 그러나 조롱박葫蘆 숭배에 담긴 의미는 모체숭배가 포함하고 있는 문화적 의미보다 더 광범위하다고 할 수 있는데, 이는 출토된 여성의 조각상과 지금까지 남겨진 유물을 통해서도 모신母神숭배에 관한 관념을 살펴볼 수 있기 때문이다.

지금의 인류학자들은 하나의 공통된 인식을 가지고 있는데, 그것은 바로 인류의 사회구조와 지혜의 공통점을 찾아 인류사회의 단결과 우의友誼, 그리고 발전을 촉진시켜 줄 수 있는 인류의 문화 유산으로 삼아야 한다는 것이다. 모계사회는 모든 인류의 공통적인 경험이라고 할 수 있기 때문에 모체숭배 역시 모든 인류의 공통적인 경험이라고 볼 수 있다. 위대한 모성애는 평화의 상징으로서 사람의 마음을 서로 통하게 하는 까닭에, 이로부터 모든 인류의 감정을 서로 통하게 할 수 있을 것이다. 이와 같이 인류가 공유하고 있는 감정에 대한 연구는, 이족 문화의 연구로부터 출발하여 모체숭배에 대해 반영된 사람들의 의식과 각 민족 간의 교류, 그리고 더 나아가 공동의 발전을 촉진시키고자 하는데 그 목적이 있다. 이것이 바로 사회과학연구에 종사하고 있는 이족 여자로서, 필자의 염원이라고 하겠다. 만일 이 소책자가 미약하나마 학술계에 공헌할 수 있으며, 또한 사람들의 마음속에 공명을 불러일으켜 모든 인류가 서로 이해와 평화를 발전 촉진시키는데 도움이 된다고 하면, 필자는 더없는 기쁨과 위안을 느낄 것이다.

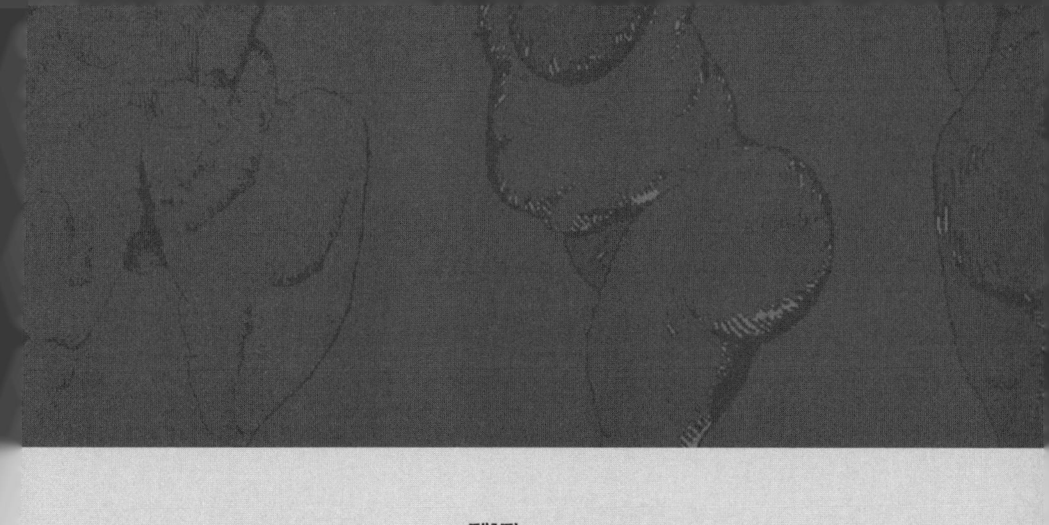

제1장

조롱박葫蘆 전설과 숭배

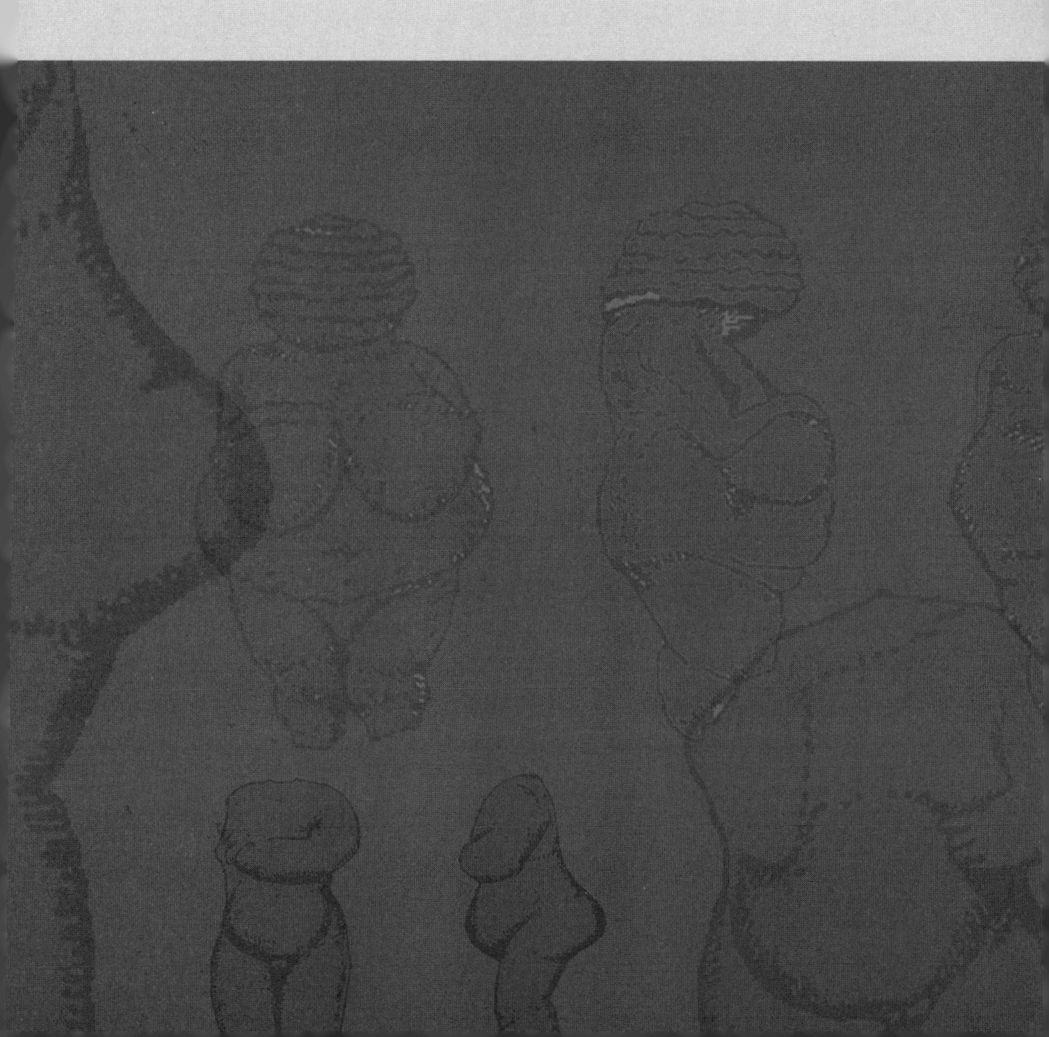

중화민족의 문화사에서 조롱박葫蘆은 특수한 지위를 가지고 있다. 수많은 민족 가운데 보이는 창세기의 홍수신화 중에는 세상에서 유일한 인종人種인 오빠와 여동생兄妹(혹은 누나와 남동생) 두 사람이 기이한 조롱박大葫蘆 속에서 나와 오늘날 인류의 시조가 되었다고 하는 이야기가 전해오는데, 이러한 신비로움으로 인해 조롱박은 민족학을 비롯한 역사학, 민속학, 민간문학, 신화학자 등의 관심을 불러일으켜, 이에 대해 수많은 탐색과 연구가 진행되어 오고 있다. 오늘날까지도 조롱박葫蘆에 관련된 수많은 민족의 오랜 전설이 전적을 통해 전해오고 있을 뿐만 아니라, 일부 민족들은 지금도 여전히 조롱박葫蘆을 자신들의 조상으로 경건하게 숭배하고 있다. 이처럼 오래된 숭배의 대상이 왕성한 생명력을 갖고 80년대를 살아가는 오늘날에 이르기까지 사람들의 사상과 관념에 많은 영향을 끼치고 있다는 사실은, 무척이나 우리의 흥미를 끌지 않을 수 없는 부분이기도 하다. 따라서 우리가 장차 이족이 조상의 신령으로 모시는 조롱박葫蘆 숭배에 대한 연구를 시작하기에 앞서 우선 다른 민족의 관련 자료를 소개함으로써, 이와 같은 유구한 역사적 현상에 대한 초보적 고찰을 진행해 보고자 한다.

1. 조롱박葫蘆 전설

문일다聞一多 선생이 『신화와 시神話與詩 · 복희고伏羲考』 가운데 수집해 놓은 홍수신화는 모두 49종에 이르는데, 이 가운데 수많은 신화가 조롱박葫蘆(瓜)과 밀접한 관련성을 보여주고 있다. 중국의 한족漢族을 비롯해 이족彝族, 노족怒族, 백족白族, 합니족哈尼族, 납서족納西族, 납호족拉祜族, 기낙족基諾族, 묘족苗族, 요족瑤族, 여족畲族, 려족黎族, 수족水族, 동족侗族 , 장족壯族, 포족布族, 고산족高山族, 흘료仡佬族, 덕앙족德昻族, 와족佤族 등의 민족들은 자신들이 모두 조롱박葫蘆에서 출현했다는 전설을 가지고 있다. 그렇다면 이 많은 민족들이 모두 무엇 때문에 인류가 조롱박葫蘆으로부터 출현했다고 생각하고 있는지? 또한 이와 같은 전설의 등장이 역사적인 우연인지, 아니면 그 현실적인 물질의 필요성에 의한 것이었는지? 각 민족마다 이러한 전설의 문화적 의미가 구체적으로 어떻게 서로 다른지? 이렇게 다른 원인이 어디에 있는 것인지? 등등의 문제에 대한 해답은 모두 먼저 우리가 조롱박葫蘆 전설에 대한 이해와 비교 분석을 구하고 나서 내릴 수 있는 판단이라고 볼 수 있다. 물론 전인들이 탐색한 부분에 대해서도 우리가 진지하게 받아들일 필요가 있다. 이제 독자 여러분들과 함께 각 민족마다 특색을 가지고 있는 조롱박葫蘆 전설과 그 숭배에 대해서 토론해 보고자 한다.

1) 복백卜伯과 뇌왕雷王의 싸움

광서성 장족壯族에게 전해오는 전설로서, 아주 먼 옛날에 총명하고 용감한 사람이 있었는데, 그 이름을 복백卜伯이라고 불렀으며, 사람들은 그를 수령으로 추대하였다. 어느 해 가뭄이 크게 들었는데, 사람들이 제단을 설치하고 비를 내려달라는 기도를 하늘에 올렸다. 비를 관장하는 뇌왕雷王은 인간들이 자신에게 제사를 지내지 않는 것을 괘씸하게 여겨 천상天上의 저수지를 막아 인류가 목이 말라 죽게 하였다. 이에 복백卜伯이 미리 계책을 세워 뇌왕雷王을 사로잡아 나무 광주리에 가두어 놓고, 시장에 나가 항아리와 소금을 사 가지고 돌아와 뇌왕을 소금에 절인 다음 사람들과 함께 잡아먹고자 하였다. 복백은 길을 떠나면서 자신의 두 아이들에게 "너희 복이伏依 남매가 잘 지켜야 한다. 뇌왕이 물을 마시게 하거나 도끼를 빌려 주어서는 절대로 안 된다."고 단단히 분부하였다. 하지만 뇌왕은 복백이 집에 없는 틈을 타서 복의伏依 남매를 속이고 쌀뜨물을 얻어 마신 다음 기력을 회복해 나무 광주리를 부수고 달아나 버렸다. 도망가기 전에 뇌왕은 자신의 이빨 하나를 빼서 복의伏依 남매에게 주면서 이것을 땅에 심어 커다란 조롱박이 열리면 앞으로 대지가 홍수로 물에 잠기게 될 때, 그 안에 들어가 피하라고 일러 주었다. 뇌왕이 천상으로 돌아가자마자 즉시 비를 내려 인간 세상이 온통 물에 잠기게 되었다. 사람들은 홍수를 피해 대나무 배에 올라탔으나, 뇌왕의 형제인 용왕龍王이 거어鋸魚를 시켜 모든 대나무 배를 잘라 버리는 바람에 사람들이 그만 모두 물속에 빠져 죽고 말았다. 복백은 뇌왕과 용왕을 상대로 치열하게 싸움을 벌였지만, 그 역시 타고 있던 대나무 배가 거어鋸魚에게 잘려 물에 빠져 죽고 말았다. 그렇지만 복의伏依 남매가 타고 있던 조롱박은 둥글고 매끄러워 거어鋸魚가 톱질을 할 수가 없었다. 그리하여 홍수가 물러가자 세상에는 복의伏依 남매 두 사람만이 겨우 살아남게 되었다. 순식간에 인류가 전멸한 것을 보고, 선인仙人이 나타나 두 남매가 결혼해 다시 인류를 번성하도록 권하였다.* 그들이 결혼을 한 후 이상하게 생긴 태아를 낳았는데, 그 모습이 마치 네모반듯한 숫돌처럼 생겼다고 한다. 이에 오빠가 태아를 잘게 잘라 들에 뿌리고 며칠이 지나자, 그 잘게 자른 조각들이 사람으로 변하였다고 하며, 이로부터 인류가 다시 번창하게 되었다고 한다.

2) 복희伏羲 남매 인류의 시조가 되다

요족瑤族의 전설에 의하면, 천상에 비를 관장하는 뇌왕雷王과 지상의 대성인大聖人이 결투를 벌여 뇌왕이 대성인에게 사로잡혔다고 한다. 뇌왕은 대성인에게 사로잡힌 후에도 방자한 성격을 고치지 않고 3년 동안 가뭄이 들게 해 사람들을 굶어 죽게 하겠다고 큰 소리를 쳤다. 대성인은 이 말을 전해 듣고 대노하여 뇌왕을 죽여 소금에 절이고자 하였다. 그런데 마침 집안에 그렇게 많은 소금과 항아리가 없어 시장으로 소금과 항아리를 사러 나갔다. 길을 떠나기에 앞서 그의 아들과 딸인 복희伏羲 남매에게 "뇌왕을 잘 지켜야 한다. 절대로 그에게 물을 마시게 해서는 안 된다."고 재삼 당부하였다.

하지만 교활한 뇌왕은 복희 남매를 속여 결국 쌀뜨물을 얻어 마셨다.

---

* 역자주 : 홍수가 그치고 두 사람은 인류의 번성을 위해 결혼을 할 수밖에 없었으나, 남매가 근친 사이라 서로 결혼할 수 없는 상황이었다. 이에 오빠는 오랜 고민 끝에 한 가지 방법을 생각해 내었는데, 바로 자신의 치아를 하나 뽑아 명의상 뇌왕雷王의 후손이 되고, 치아를 빼지 않은 여동생은 그대로 복백卜伯의 후손으로써 결혼하는 것이었다. 즉 오빠는 치아를 하나 뽑아 명의상 다른 씨족이 됨으로써 동생과 결혼할 수 있는 자격을 얻게 되었다. 이후 착치鑿齒의 풍속은 뇌왕雷王 씨족의 풍습이 되었고, 시간이 흐름에 따라 차츰 백월百越 민족이 거주하는 지역에서도 공통적인 습속으로 자리 잡게 되었다고 한다.

물을 마신 뇌왕은 기력을 회복해 자신 갇혀 있던 곡식 창고를 부수고 달아나면서 자신을 도와 준 복희 남매에게 고마움의 표시로 이빨 하나를 뽑아 주면서 “어려운 일이 생기거든, 내가 준 이빨을 땅에 심으면 박瓜이 열려 너희들을 구원해 줄 것이다.”고 말하였다.

뇌왕이 천상에 돌아가서 홍수을 일으켜 대성인에게 보복하였다. 복희 남매는 상황이 좋지 않은 것을 보고 재빨리 뇌왕의 이빨을 땅에 심었다. 그러자 순식간에 싹이 트고 잎이 나면서 줄기에 꽃이 펴 곡식창고만한 큰 조롱박이 열렸다. 남매가 조롱박에 구멍을 뚫고 들어가자 조롱박은 물결을 따라 표류하게 되었고, 다른 사람들은 모두 물에 빠져 죽고 말았다. 대성인이 죽은 후 칠성어七星魚로 변해 바다 밑바닥에 구멍을 뚫어 물이 빠지도록 하였다. 이에 홍수가 비로소 그치게 되었다.

복희 남매는 조롱박 안에서 7일 밤낮을 숨어 지냈는데, 마지막 날 조롱박이 파도에 밀려 곤륜산崑崙山 위에 이르렀다. 두 사람이 조롱박에서 나와 사방을 둘러보니 사람의 그림자조차 보이지 않았다. 두 남매는 사람을 찾기 위해 천하의 이곳저곳을 두루 돌아다녔지만, 사람을 찾을 수가 없었다. 그런데 길에서 만난 거북이, 대나무, 까마귀 등이 그 두 남매에게 세상의 사람들이 모두 물에 빠져 죽었으니 두 사람이 결혼을 하라고 권유하였다. 그러나 두 남매는 그들의 말을 따르지 않았다. 후에 태백선인太白仙人의 지시에 따라 그들 두 남매가 마주 보는 산에 각자 올라가 맷돌을 아래로 굴리자 맷돌이 하나로 합쳐졌다. 다시 머리를 빗질하니 두 사람의 머리카락이 하나로 엉키는 것이었다. 마침내 두 사람이 결혼하여 부부가 되었다. 결혼 후에 고깃덩어리처럼 생긴 것을 하나 낳자 부부가 이것을 잘게 썰어 산 위에 올라가 대지에 뿌렸다. 그 조각은 대부분 평지에 떨어져 한인漢人이 되었으나, 일부는 산이나 강가 차나무 숲에 떨어져 차산요茶山瑤가 되었고, 계곡에 떨어진 조각은 요요坳瑤가 되었다고 한다. 그리고 보리밭에 떨어진 조각은 산자요山子瑤가 되었으며, 꽃 대바구니에 떨어진 조각은 화남요花籃瑤가 되었고, 쟁반에 남은 조각을 다시 산속에 뿌리자 반요盤瑤가 되었다고 한다. 이로부터 대요산大瑤山에는 다섯 개의 요족瑤族이 생겨나게 되었으며, 그들은 깊은 산속에 살면서 황무지를 개간하며 고달프지만 검소한 생활을 하게 되었다고 한다.

광서성 진남溍南의 병변묘족屛邊苗族자치현의 요족은 반고왕盤古王을 모시는데, 반고와 조롱박葫蘆, 그리고 복희 남매를 삼위일체로 여긴다. 그들의 전설에 따르면, 뇌공이 자신의 이빨을 뽑아 복희 남매에게 심도록 했는데, 창고만한 크기의 조롱박이 열리자 복희 남매가 그 속에 들어가 홍수를 피할 수 있었으며, 후에 두 남매가 결혼하여 한족과 요족을 비롯한 여러 민족이 갈라져 나왔다고 한다.

3) 오지산五指山 위에 열린 거대한 조롱박

광동성 해남海南 여족黎族의 전설에 의하면, 먼 옛날 지상에 조롱박이 매일같이 자라 마침내 다섯 개의 높은 산을 떠받칠 수 있을 만큼 크게 자랐다고 한다. 홍수가 날 무렵 대신大神이 천산갑穿山甲에게 조롱박을 깨고, 그 안에 두 남매를 비롯한 가축과 동식물을 싣도록 명령하였다. 홍수가 그친 후에 뇌공이 남매 두 사람을 결혼시켰다고 하며, 이로부터 한족과 여족黎族 등의 민족이 퍼져 나가기 시작하였다고 한다.

4) 사람이 조롱박葫蘆에서 나오다

귀주성 수족水族의 전설에 의하면, 사람이 조롱박에서 나와 후에 호랑이, 용과 싸워 승리해 살아남았다고 한다.

잠가오岑家梧의 『수가중가풍속지水家仲家風俗志』 중에 기록된 수족水族과 관련된 전설을 다음과 같이 살펴보고자 한다.

> 복희伏羲 이전에 인류가 이미 세상에 살았다고 한다. 그러나 당시 사람들은 왜소矮小하고 생활도 매우 고달팠다고 한다. 복희伏羲, 여와女媧 남매는 어려서 부모를 여의고 외롭고 힘들게 생활했는데, 어느 날 신神이 인류를 다시 창조하기 위해 치아를 뽑아 복희 남매에게 주면서 조롱박瓜 씨앗과 함께 땅에 심으라고 하였다. 복희 남매가 신의 말대로 땅에 심자 그 다음해에 커다란 조롱박瓜이 하나 열렸다. 여와女媧가 옆에 남아서 조롱박을 가꾸었는데, 얼마 지나지 않아 홍수가 범람해 땅에서 살 수 없게 되었다. 이에 남매 두 사람은 커다란 조롱박에 구멍을 낸 다음 오곡을 몸에 지니고 안으로 들어갔다. 조롱박은 물결을 따라 표류하였다. 오랜 시간이 흘렀지만 홍수가 아직 다 물러가지 않은 것을 보고 남매는 하늘을 향해 큰 소리로 구원을 간청하였다. 이에 천신天神이 수서水鼠를 지상에 내려 보내 여기저기 구멍을 뚫자 홍수가 물러가기 시작하였다. 이때 세상에는 인류가 모두 전멸하고 오직 남매 두 사람만이 남아있었다. 천신은 남매에게 두 사람이 결혼하여 인류를 번성시키라고 하였다. 하지만 여동생은 이 말을 받아들이지 않고 급하게 도망을 치자 오빠가 재빨리 그 뒤를 바짝 쫓아갔다. 여동생은 상황이 급해지자 앞에 있는 수목樹木을 보고 어디로

도망쳐야 할지 물었지만, 수목은 아무런 대답도 하지 않았다. 다시 대나무에게 물었다. 그러자 대나무가 "동방으로 피해요"라고 대답하였다. 여동생은 동방으로 피했으나 여전히 오빠가 따라왔다. 남매 두 사람은 어쩔 수 없이 결혼하게 되었고, 마침내 세상에 인류가 다시 등장하게 되었다고 한다.

5) 홍수의 피난처 조롱박

귀주 포의족布依族의 가사歌詞『반고유보盤古遺保』 가운데 하늘까지 범람한 홍수로 인해 인류가 멸망하는 지경에 이르렀을 때, 홍수의 재앙으로부터 인류를 구한 성모聖母에 관한 전설이 기록되어 있다.

성모聖母는 신령스러워 천체의 관리를 잘했다네. 조롱박에 들어가 육국六國을 떠돌아 다녔다네. 어둠이 걷히고 재난이 지나갔지만 오직 남매만이 남았다네. 두 사람은 태황太皇과 금성金星처럼 온전함을 갖추었다네. 어째서 세상에 홍수가 났는지 죄를 묻고자, 화림花林이 하늘과 땅을 수미산須眉山 위로 불렀다네. 당초의 생각은 작은 홍수로, 정해진 빗물을 내리는 것이었다네. 중매中妹를 인간세계로 돌려보내고 남매 두 사람을 험한 세상에서 구하고자 함이었다네. 세상에 관리할 만한 사람이 없자 소매小妹가 향을 피우고 천지에 절을 했다네. 사방 여기저기에 향을 바치고 하늘의 뜻에 따라 머리를 묶고 혼인을 하였다네. 1년 반이라는 시간이 흘러 가죽 주머니 하나를 낳았는데, 열 개의 열린 구멍에서 남자가 나오고, 아홉 개의 열린 구멍에서는 여자가 나와 각 민족을 이루었다네. 지금의 성모聖母는 반고盤古가 출현하기 이전이라네.

이 가사 내용 중에는 반고盤古의 몸이 변해 우주가 창조되었다는 고사 이외에도 "형매결발兄妹結髮", "생남생녀生男生女" 등의 고사도 함께 수록되어 있다. 여기서 조롱박에 들어갔다고 하는 성모聖母는 바로 여와女媧를 가리키며, 형매兄妹는 복희伏羲와 여와女媧를 가리킨다. 와족佤族의 신화에도 "두 남매가 결혼한 후에 조롱박 하나를 낳았는데, 그 안에서 한족漢族, 태족傣族, 이족彝族, 율속족傈僳族, 묘족苗族, 장족藏族, 백족白族 등의 여러 민족이 나왔다."는 고사가 전해지고 있다.

6) 복파법卜帕法이 조롱박葫蘆을 쪼개 인종人種을 구하다

덕앙족德昻族, (옛 명칭은 붕용족崩龍族)의 『조롱박의 고사葫蘆的故事』에서, 먼 옛날 홍수가 범람해 사람과 동물이 거의 모두 물에 빠져 죽고, 오직 몇 사람만을 천신天神 복파법이 조롱박으로 구원했다고 한다. 즉 복파법이 조롱박의 입구를 봉한 다음 물 위를 떠다니게 하여 사람과 동물이 겨우 살아남을 수 있게 되었다.

후에 홍수가 물러가고 복파법卜帕法이 조롱박葫蘆를 쪼개려고 칼을 대자 소가 안에서 "제가 이쪽에 있어요. 이쪽을 쪼개면 안 돼요!"하고 소리를 지르고, 또 다른 쪽을 쪼개려고 하자 개가 안에서 "제가 이쪽에 있어요. 쪼개면 안돼요!"하고 소리를 질렀다. 후에 토끼가 "이쪽은 쪼개도 괜찮아요!"라는 말을 하면서 게를 그쪽으로 떠밀었다. 복파법이 그쪽을 칼로 내리쳐 조롱박을 쪼개고 보니 베어진 게의 머리가 보였다. 그래서 사람과 동물은 모두 조롱박 안에서 걸어 나왔지만 게는 머리가 없어 어쩔 수 없이 옆으로 걸어 나오게 되었다고 한다.

7) 복희伏羲와 와매娃妹

백족의 신화인 『복희와 와매伏羲和娃妹』 중에서, 복희와 와매 두 남매의 성씨는 봉封씨였는데, 그들 두 남내가 학교에 가면 하라는 공부는 하지 않고 교문 입구에 세워진 한 쌍의 돌사자를 유심히 쳐다보곤 하였다. 선생님이 이상하게 여겨 두 사람에게 그 연유를 물었다. 두 남매가 말하길, "뇌공雷公이 말하기를, 만일 돌사자 눈에서 피가 흘러나오면 재빨리 조롱박 안으로 피하라고 하였습니다." 선생님은 더 이상 두 남매의 말에 개의치 않고 장난이 심한 학생들에게 눈길을 돌렸다. 그런데 장난꾸러기 아이들이 선생님의 붉은색 붓으로 사자의 눈을 빨갛게 칠하고 말았다. 이 날부터 7일간 연속해 큰비가 내려 대지가 온통 물바다가 되었고, 세상의 사람들이 모두 물속에 빠져 죽었다. 오직 두 남매만이 조롱박 안에 들어가 물 위를 둥둥 떠다니게 되었다. 홍수가 물러가고 난 다음 관음觀音보살이 생쥐에게 조롱박葫蘆을 갉아 쪼개게 한 다음 두 남매를 구제하였다. 이로써 비로소 세상에 사람이 전해오게 되었다고 한다. 이밖에도 백족白族에게는 조롱박에 관한 수많은 전설이 전해져 내려온다. 예를 들면, 먼 옛날 두 남매가 조롱박 안에 피신하여 홍수로부터 살아남을 수 있었다고 하며, 후에 그들이 혼인하여 일곱 명의 여자아이를 낳았는데, 그중에 막내딸이 호랑이와 결혼해 백족白族의 시조가 되었다고 한다. 일설에 의하면, 백족과 각 씨족은 모두 “반고盤古와 반생盤生 형제의 후예라고도 한다. 여기서 ”반생盤生은 반고, 즉 반호槃瓠로부터 파생되어 나온 것으로, 사실은 조롱박葫蘆의 별칭이다. 지금까지 백족은 “요삼령繞三靈”, “제본주祭本主” 축제에 참가할 때, 비단으로 조롱박을 매단 버드나무 가지를 손에 드는데, 이는 자손의 번영과 상서로움을 상징한다고 한다.

8) 합니족哈尼族, 이족彝族, 한족漢族은 본래 뿌리가 같다

합니족哈尼族의 신화에 의하면, 홍수가 범람하여 온 세상이 물바다가 되었을 때, 조롱박 하나가 높은 산 정상에 멈춰 바람을 맞고 햇볕에 쬐자 두 쪽으로 갈라지면서 남매 두 사람이 그 안에서 나왔다고 한다. 후에 두 사람은 부부가 되어 3남 3녀를 낳았으며, 이들이 서로 배필이 되었다고 한다. 가장 정직했던 큰 형과 누나는 와니窩尼, 합니(哈尼)의 시조가 되었으며, 영리한 편이었던 둘째 부부는 노과老果라고 불렀으며, 후에 이족彝族의 시조가 되었다고 한다. 그리고 가장 영리했던 막내 부부는 아합阿哈이라고 불렀으며, 후에 한족漢族의 시조가 되었다고 한다.

9) 힘센 형제가 뇌공雷公을 사로잡다

상서湘西 지역의 토가족土家族 전설에 의하면, 하늘과 땅이 열릴 때 힘이 센 4명의 형제가 출현하였다고 한다. 첫째가 제천霽天, 둘째가 만력蠻力, 셋째가 철한鐵漢, 넷째가 동한銅漢이었다. 그들은 모두 효자였다. 그래서 모친이 병이 나서 뇌공雷公의 고기를 먹고 싶어하자, 그들 네 형제는 뇌공을 사로잡아 소금에 절이고자 하였다. 그러나 뇌공을 절일만한 항아리와 소금이 없었다. 그래서 그들은 나씨羅氏의 둘째 남매를 불러 뇌공을 잘 지키라고 당부하였다. 그들은 시장에 가서 소금과 항아리를 사 가지고 돌아와 뇌공을 죽인 다음 소금에 절여 모친에게 공양할 생각이었다. 그런데 그들이 집을 비우자 뇌공은 나씨 두 남매에게 담배 한 대 피울 수 있게 불火을 달라고 속이고, 불을 받는 틈을 타서 도망쳤다. 도망가다가 우도낭낭雨都娘娘을 만나자 세상에 비를 내려 사람들을 모두 물에 빠뜨려 죽여야겠다는 생각이 들었다. 하지만 두 남매가 자신의 목숨을 구해준 것을 고맙게 생각한 뇌공은 두 남매에게 조롱박 하나를 주었다. …… 결국 세상의 모든 사람들이 물에 빠져 죽고 오직 두 남매만이 살아남게 되었다. 후에 그 두 남매가 결혼하여 수많은 아이를 낳게 되었는데, 이들이 바로 인류의 시조가 되었다고 한다.

10) 강신수薑莘樹와 양각수羊角樹

양산주凉山州 덕창현德昌縣 토문자土門子 일대의 율속족栗粟族 전설에 의하면, 옛날에 홍수가 범람하여 인류가 물에 빠져 죽었는데, 이때 오직 두 남매만이 살아남았다고 한다. 이들은 조롱박 안에 들어가 여기저기 표류하였다. 홍수가 물러간 후 두 사람은 각자 맷돌을 한 짝씩 들고 산 위에 올라가 아래로 굴려 서로 포개어지면 결혼하기로 하였다. 굴러 떨어진 맷돌이 서로 포개져 결국 두 사람이 결혼을 하게 되었다. 결혼한 후에 그들은 두 개의 핏덩어리를 낳아 나무 아래에 놓아두었는데, 후에 이것으로 부족의 성씨姓氏로 삼게 되었다고 한다. 강신수薑莘樹 아래에 놓아둔 핏덩어리를 율속족栗粟族은 "여조余祖"라고 불렀으며, 양각수羊角樹 아래 놓아둔 핏덩어리는 "맥조麥祖"라고 불렀는데, 율속족栗粟族이 바로 두 부족의 후예라고 한다.

11) 황금 조롱박金葫蘆

태족傣族의 전설 가운데 다음과 같은 내용이 전한다. 하늘과 땅을 연 영팔신英叭神이 천지를 창조하고 난 후, 자신의 몸에서 때를 떼어내어 두 명의 신神을 빚은 다음 그들에게 생명을 불어넣고 결혼을 시켜 "지상에 내려가 그곳에서 인간세상을 만들도록 하였다." 이어서 영팔신英叭神은 그들에게 황금 조롱박 하나를 주면서 "살아 있는 생명체가 모두 이 황금 조롱박 안에 있다."고 말하였다. 그들 두 사람이 대지에 이르러 조롱박을 열어 보니, 그 안에 셀 수 없이 많은 생명체들이 꿈틀거리고 있었다. 이에 두 사람은 즉시 조롱박 안에 들어있던 생명체들을 대지에 뿌렸다. 그러자 순식간에 대지 위에 화초와 수목, 그리고 온갖 조수와 곤충, 물고기, 새우 등이 나타나 육지와 물속, 산과 들에서 살기 시작하였다. 이로부터 대지 위에 동식물이 살게 되었다고 한다.

또 다른 태족의 신화에서 말하기를, 아득히 먼 옛날에는 지상에 아무것도 없어 천신이 이를 보고 암소 한 마리와 새매 한 마리를 지상에 내려보냈다. 암소가 세 개의 알을 낳고 3년 만에 죽자 새매가 이 세 개의 알을 품고 부화시켰는데, 그중 알 하나에서 조롱박이 부화 되어 나왔다. 그리고 인간이 이 조롱박 속에서 태어났다고 한다.

12) 쥐와 사람

이족의 혼가婚嫁인 『해주경解咒經』에 보면, 사람이 들어있는 조롱박이 물 위에 표류하고 있었는데, 이때 말벌이 와서 사람을 찾으며, 사람을 보고 물려고 덤벼들었다. 천지를 창조한 반고盤古가 허리 윗부분을 손으로 치자 몸이 두 쪽으로 나누어졌다. 후에 꿀벌이 다시 사람을 찾아 나섰다가 동쪽 바다에서 조롱박을 발견하였다. 그 안에서 사람의 말소리가 들려왔으나 조롱박을 입으로 쪼갤 수가 없었다. 어쩔 수 없이 반고에게 돌아가 이 사실을 알렸다. 이에 반고는 쥐에게 조롱박을 갉아 쪼갠 다음 그 안의 사람을 구해주도록 하였다. 그렇기 때문에 훗날 반고는 사람들에게 꿀벌을 기르게 하고, 또한 쥐도 함께 기르게 하였다고 한다. 그래서 사람이 사는 곳이면 어느 곳이나 쥐도 함께 살게 되었다고 한다. 조롱박 속에서 두 사람이 나왔는데, 그들이 바로 여와女媧와 복희伏羲 남매였다. 후에 남매가 결혼하여 인류를 낳았으며, 이로부터 세상의 온갖 성씨가 나오게 되었다고 한다.

13) 독미篤米형제

귀주성의 필절대방현畢節大方縣에 거주하는 이족의 전설 가운데 독미篤米형제에 관한 이야기가 전해 오고 있다.

아주 오랜 옛날에 동방의 파미르산 아래에 독미 삼형제가 살고 있었다. 그들은 용감하고 착할 뿐만 아니라 사람들이 좋아하여 그 지방의 우두머리가 되었다.

독미가 사냥을 나갔다가 동해 용왕의 셋째 공주의 목숨을 구해 주었다. 용왕이 그 은혜를 갚기 위해 독미에게 지존至尊 거조擧祖가 장차 홍수를 일으켜 인류를 멸망시키고자 한다는 소식을 알려주고, 그에게 신령스러운 조롱박 하나를 주었다. 용왕은 독미에게 다른 사람에게 천기를 누설하지 말라고 재삼 당부하였다. 그렇지 않으면 조롱박 안으로 빨려 들어가 영원히 나오지 못하게 된다고 하였다.

독미는 자신의 개인적 안위를 생각하지 않고 재난이 곧 닥치게 될 것이라는 소식을 마을의 어른들에게 알렸다. 그가 막 마지막 말을 마치자마자 갑자기 꽝음 소리와 함께 조롱박이 갈라지며 안으로 빨려 들어가 버렸다.

홍수가 거세게 밀어닥쳐 왔지만, 사람들은 독미의 말을 듣고 이미 충분한 준비가 되어 있었다. 더욱이 독미의 영혼이 갇혀 있는 조롱박이 몸을 숨길 수 있는 나무통으로 사람들을 인도해 높은 액토산額吐山에 무사히 이를 수 있었다.

독미의 동생인 독기篤幾와 독나篤哪는 공주의 도움을 받아 커다란 계곡 사이로 물이 흘러가게 하여 지존 거조의 보복에서 벗어날 수 있었다. 이후로 인류는 평안한 나날을 보낼 수 있게 되었으며, 이족이 자자손손 대를 이어가며 번영하게 되었다고 한다. 그래서 이족 사람들은 독미 형제를 기념하기 위해 집집마다 신통神筒을 집안에 모셔 두고 있는데, 그 안에 모신 영혼이 바로 독미 형제의 영혼이라고 한다. 독미 형제의 이야기와 함께 지금까지 대대로 이어져 전해 오고 있다.

우리가 선별한 이 몇 가지 신화와 전설은 모두 공통적으로 인류가 조롱박이나 혹은 박에서 나왔다거나, 인류 최초의 시조인 두 남매가 서로 결혼해 번식해 왔다는 사실을 말해 주고 있다. 대부분의 이야기에서는 복희伏羲를 오빠로 여와女媧를 여동생으로 설명하고 있다. 또한 이야기마다 각 민족과 그 지역의 특징을 반영하고 있다. 예를 들어, 홍수를 일으킨 존재는 각 민족에 따라 뇌왕雷王, 천신天神, 지존至尊 등등의 여러 가지 형상으로 등장한다. 또한 광서 지역의 장족壯族과 요족瑤族 사이에 전해오는 이야기에 따르면, 홍수에 떠밀린 조롱박이 곤륜산에 이르렀다고 하며, 해남海南 여족黎族의 전설에 따르면, 조롱박이 오지산五指山까지 떠밀려 올라갔다고도 한다. 이처럼 각 민족이 살아가는 지역과 혹은 전설 속의 지역이 서로 연계되어 있다는 사실을 알 수 있다. 어떤 이야기에서는 두리뭉실하게 조롱박이 인류를 번영시켰다고 말하기도 하고, 어떤 이야기에서는 조롱박에서 나온 몇 개 민족의 구체적인 조상을 가리키기도 한다. 이러한 창세기의 전설에 대해서 문일다聞一多가 비교적 정확하면서도 예리한 분석을 내놓았는데, 그 상세한 내용을 아래에 인용해 살펴보고자 한다.

14) 문일다의 분석

중국의 서남부(상湘·귀주貴州·광서廣西·운남雲南·서강西康을 포함) 지역의 여러 소수민족을 비롯하여 동쪽의 대만과 서쪽의 베트남, 그리고 인도 중부에 이르기까지 모두 홍수에서 살아남은 남매가 결혼하여 인류를 다시 창조했다고 하는 이야기(이하는 홍수조인洪水造人 고사로 간략하게 칭하고자 함)가 전해져 오고 있다. 그 모체의 가장 전형적인 형식은 "하나의 가장(아버지 혹은 오빠)과 집안에 한 쌍의 어린 남자아이와 여자아이(가장의 자녀 혹은 남동생과 여동생)로부터 가장에게 구금된 원수(때때로 가장의 남동생과 여동생)가 도움을 받아 탈출한 후에 홍수를 일으켜 가장에게 복수를 하지만, 어린 남자아이와 여자아이에게는 미리 재난에서 벗어날 수 있는 방법을 가르쳐 주어 재난에서 벗어나게 해 주었으며, 또한 홍수가 물러간 후 모든 사람이 죽고 오직 어린 남자아이와 여자아이 두 사람만 살아남았는데, 그들 남매(오빠와 여동생 혹은 누나와 남동생)가 결혼하여 부부가 되어 다시 인류를 창조했다."는 형태를 취하고 있다. 이것은 바로 원시 인류의 지혜와 경험을 함축시킨 결정체로서, 민족 전체의 운명과 관련된 사건을 예로 들어 그들의 단결의식을 강하게 결속시켜주는 작용을 하였다. 예를 들어, 인류의 기원, 천재天災의 경험, 민족 간의 원한 등등 모두 상징적인 구성 방식을 통해 이야기 속에 잘 혼합되어 있다. 이야기의 내용이 복잡하게 보이는 것은 다양한 주제가 서로 뒤섞여 있을 뿐만 아니라, 이야기가 성장해 오면서 유구한 세월을 거쳐 발전해 왔기 때문이다. 주제 중에서 가장 중요한 것은 다름 아닌 인류의 기원이고, 그 다음이 아마도 천재天災에 대한 경험일 것이다. 그리고 그 다음이 민족의 원한 등등이라고 할 수 있다. 본문은 전적으로 인류의 기원에 관한 주제를 연구 대상으로 삼고 있는 까닭에, 장차 토론하고자 하는 여러 가지 문제들은 모두 이 점을 중심으로 설명해 나고자 한다는 점을 미리 밝혀둔다.

일반적으로 이와 같은 전설을 "홍수洪水고사"라고 하는데, 사실상 숙고해 볼 만한 여지가 남아 있다. 우리가 위 문장에서 이미 제기한 바와 같이 이야기의 사회적 기능과 교육적인 의미에서 민족의 단결의식을 강화할 수 있다. 그래서 이야기 속에서 혈족의 관계를 의미하는 인종의 기원, 즉 사람을 창조했다는 전설이 사실상 이야기의 가장 기본적인 주제가 되는 것이고, 홍수는 단지 사람을 창조하는 사건의 특수한 환경에 지나지 않기 때문에 종속적인 위치에 머물게 된다. 이러한 관점에 의거해 볼 때,

가장 타당한 명칭은 "조인造人고사"라고 할 수 있다. 이를 조금 더 구체적으로 말한다면, "홍수조인洪水造人의 고사"라고 말할 수 있을 것이다. 여기서 "홍수" 라는 두 글자 역시 제한적인 의미를 지니고 있는데, 아마도 사람들이 일반적으로 이야기 속의 홍수 부분만을 주의한 나머지 인류의 창조 부분을 소홀히 다룸으로써 홍수사건 자체의 희극성에 의해 미혹되어 버린 것이 아닌가하는 생각이 든다. 사실상 이것은 순수한 우리 문명사회의 관점에 지나지 않는다고 보여진다. 우리가 알다시피 원시인류의 모든 행위는 일종의 실용적인 목적을 가지고 있는 까닭에, 이야기를 위해 이야기를 하지 않는다는 사실을 염두해 둘 필요가 있다.

바로 조인造人, 즉 인류의 창조가 전체 이야기의 핵심이고, 조롱박 역시 인류 창조가 핵심적인 내용이라고 볼 수 있다. 그러나 이야기에서 인류의 창조를 소재로 삼고 있는 조롱박을 토론하기에 앞서 우선 우리는 홍수를 피하는 도구로 사용된 조롱박에 관하여 이야기를 나눠봐야 할 것이다.

마흔 아홉 개의 이야기 내용(<표 1>에 보임)을 분석해 보면, 우리는 이야기의 줄거리와 조롱박의 발생 관계에 대해서 두 가지 사실을 발견할 수 있다. 하나는 홍수를 피할 수 있는 도구이고, 또 하나는 인류의 창조라는 소재이다. 본래 원시적인 성격을 지니고 있는 전설은 논조가 합리적일수록 원시적인 형태로부터 점점 멀어진다고 볼 수 있다. 그러므로 홍수를 피할 수 있는 도구(<표 2> 참조) 중에서 조롱박과 그와 유사한 박은 당연히 비교적 초기에 등장한 견해로 보이며, 그 나머지 북鼓, 통桶, 구臼, 상箱, 옹瓮, 상床, 주舟 등은 오히려 후대에 수정된 결과로 보여진다. 이 점과 연계해 인류 창조에 대한 소재(<표 3> 참조)를 살펴보면, 그 첫 번째 내용(물건 속에 사람을 숨기고, 물건에서 사람으로 변한다)은 여섯 가지 유형으로 구분해 볼 수 있다.

1. 남녀가 조롱박 안에서 나왔다.
2. 남녀가 박꽃 속에 앉아 있었다. 열매를 맺은 후에 두 사람이 박 속에 갇히게 되었다.
3. 사람을 만들어 북 안에 집어넣었다.
4. 박씨는 남자로 변하고, 박속은 여자로 변하였다.
5. 박을 잘라 조각이 되었고, 그 박 조각이 사람으로 변하였다.
6. 박씨를 파종하자 박씨가 사람으로 변하였다.

여기서 다섯 가지는 조롱박과 그와 유사한 박을 언급하였고, 나머지 하나만 북鼓을 언급하였다. 우리 눈에 북 가운데 사람을 집어넣는다는 것이 조롱박이나 박에 비해 더 합리적으로 보이는 것이 사실이지만, 사실상 이러한 합리성은 오히려 원시인류의 사유와는 맞지 않는다는 사실을 증명하기에 충분하다고 할 수 있다. 북 안에 사람을 숨겼다는 이야기는 바로 그 자체로 이미 위조된 "고중피수설鼓中避水說"의 영향을 받은 것으로 볼 수 있기 때문이다. 따라서 우리가 문제를 토론할 때 "인류를 창조하여 북 안에 집어넣었다."고 하는 부분은 제외시켜야 한다고 생각된다. 만일 그렇지 않으면 향후 "북鼓"자를 "과瓜"자로 잘못 쓴다고 해도 의미가 통하게 되는 오류를 범할 수도 있기 때문이다. 그러므로 우선 이 점을 분명하게 밝힌 후에야 비로소 우리는 인류의 창조와 관련된 모든 문제, 즉 인류 창조와 조롱박의 관계를 토론할 수 있을 것이다.

홍수를 피할 수 있는 도구와 마찬가지로 인류 창조와 관련된 주장 역시 비교적 황당무계한 내용과 평범한 내용으로 구성된 두 가지 유형으로 나눠볼 수 있다. 첫 번째 유형 가운데 여섯 가지 형식에 대해서는 이미 위 문장에서 언급하였기 때문에, 여기서는 두 번째 유형을 두 가지 유형으로 분류해 아래와 같이 설명해 보고자 한다.

첫 번째 유형은 형상이 사물의 형태를 지니고 있는 경우이다.

① 박의 형상을 지니고 있는 경우
② 계란의 형상을 가지고 있는 경우
③ 돌절구의 형상을 한 경우.

두 번째 유형은 사람의 형상과 다른 경우이다.

① 둥근 고깃덩어리肉球, 肉團, 肉塊인 경우
② 팔과 다리가 없거나 머리와 꼬리, 혹은 이목구비가 없는 경우
③ 기형적인 태아의 경우
④ 피가 담긴 쟁반 같은 경우

첫 번째의 세 번째 항과 두 번째의 두 번째 항은 사실 엄격한 경계를 찾기가 어렵다. 그래서 어떤 때는 "돌절구"라고 말하기도 한 것이며, 또한 "팔과 다리가 없다"는 것을 여기에서는 "팔과 다리가 없다"는 항목에 집어넣은 것이다. 상술한 바와 같이 합리적일수록 그 원래의 면모를 잃게 된다는 원칙에 근거해 볼 때, 두 번째 항목과 같이 조롱박의 형상으로부터 점차 멀어질수록, 다시 말해서 사람의 형상에 점차 가까워질수록 후대의 합리화된 관념이 반영된 결과로 볼 수 있을 것이다. 그러나 아마도 가장 이른 초기의 전설에서는 단지 인류가 조롱박에서 나왔다거나,

혹은 조롱박으로부터 변했다고 하는 내용만 언급했을 가능성이 높다고 보인다. 팔채흑묘八寨黑苗족과 단군흑묘短裙黑苗족의 경우는 어린 남자아이와 여자아이가 스스로 석단石蛋에서 나왔다고 말하고, 생묘生苗족의 경우는 혹은 알蛋에서 혹은 흰 알白蛋에서 나왔다고 말하며, 혹은 불나방 알飛蛾蛋에서 나왔다고도 말하는데, 이러한 점을 통해 고려해 보면, 최초의 전설에서는 인류가 자연물에서 변화되어 나온 것이지, 결코 사람이 낳은 것이 아니라는 사실을 암시해준다고 볼 수 있다. 그리고 알蛋과 조롱박의 형상이 서로 유사한 까닭에 혹시 어쩌면 알을 낳았다, 아니면 조롱박이 낳은 것이라는 변형된 주장이 나왔다고 볼 수도 있다. 홍수를 피할 수 있는 도구 가운데 조롱박 역시 인류 창조라는 소재를 베끼는 과정에서 나온 조롱박일 가능성도 배제할 수 없다. 또한 어쩌면 인류 창조와 홍수신화가 근본적으로 서로 다른 두 가지 이야기일 수도 있다고 본다. 생묘족生苗族의 기원가起源歌(16, 17, 18)에서는 사람의 창조, 즉 인류의 창조를 말할 때 홍수가 언급되지 않는 원시적 형태의 전설을 보존하고 있는 것을 보면, 어쩌면 인류 창조에 관한 이야기가 먼저 생성되어 나오고, 후에 홍수 이야기가 결합된 것으로 보이기도 한다. 그 이유는 바로 원래 홍수이야기 중에는 조롱박에 관한 내용이 보이지 않기 때문이다. 조롱박은 인류 창조 이야기의 유기적인 부분으로서, 인류 창조 이야기가 홍수이야기와 하나로 합쳐지는 과정에서 조롱박이 두 이야기를 이어주는 교량 역할을 교묘하게 수행했다고 볼 수도 있다.

종합해 보건데, 인류 창조라는 소재가 없는 조롱박이라면, 홍수를 피할 수 있는 도구로서의 조롱박 역시 그 의미를 잃게 된다. 그렇기 때문에 인류 창조라는 주제가 홍수보다 더 중요하게 여겨졌던 것으로 보이며, 또한 조롱박이 바로 인류 창조 이야기에서 핵심적인 위치를 차지하게 되었다고 볼 수 있다.

15) 소결

각 민족의 신화와 전설은 상당히 오랜 역사와 시간을 거치면서 귀와 입으로 전승되어온 이야기이다. 어떤 이야기는 전적 가운데 기록되어 있는 것도 있지만, 대부분의 이야기가 민간에 흩어져 있어 건국 이후에 비로소 수집하고 정리할 수 있게 되었다. 대대로 전승되어오는 과정 속에서 각 시대 사람들의 삶과 생활에 관련된 내용들이 이야기 속에 끊임없이 첨가되어 온 것은 필연적인 일이었다고 볼 수 있다. 그렇기 때문에 이야기에 대한 초기 형태를 찾는다는 것은 사실상 불가능한 일이라고 할 수 있다. 설사 그 원형의 모습이 조금 남아 있다고 해도 후세에 새로운 내용들이 끊임없이 첨가됨으로써 사실상 우리가 만나게 되는 신화와 전설은 때때로 몇 세대에 걸친 복합물로써, 이른바 전승과 변이의 산물이라고 말할 수 있을 것이다. 다시 말해서 신화와 전설은 일종의 역사적 축적물로써, 그 안에 담긴 내용은 비단 유구한 세월뿐만 아니라, 오랜 역사적 변천 과정을 기록해 놓은 것이라고 말할 수 있다. 위에서 언급한 십여 가지의 이야기 중에 식물이 사람을 낳았다고 하는 "식물생인植物生人"은 그 원시적 관념 속에 남매가 결혼할 수 있다고 하는 관념인 "혈연군혼血緣群婚"이 반영된 것으로 볼 수 있으며, 후에 "비혈연혼非血緣婚" 의식이 발생되어 나오게 되면서 다양한 천신天神의 모습과 독서식자讀書識字 등의 사물이 출현하게 되었다고 볼 수 있다. 또한 구체적인 민족이 조롱박에서 걸어 나왔다는 내용 등 역시 훗날에 후인들에 의해 보충된 것으로 볼 수 있는데, 이는 각 민족의 형성과 발전이 인류의 기원보다 한 참 뒤늦은 시기에 발생한 일이기 때문이다.

앞에서 언급한 『독미형제篤米兄弟』 이야기 가운데 조롱박이 갈라지며 사람을 집어삼켰다는 내용이 보인다. 비록 조롱박에 의해 죽임을 당했다고는 하지만, 그의 영혼은 조롱박 속에서 여전히 사람들을 보호하였다. 그렇기 때문에 후세 이족彝族 사람들은 조롱박 혹은 조롱박을 상징하는 신통神筒인 "마도馬都"를 조상의 영혼을 상징하는 상징물로서 공양했던 것이다. 이는 한족이 모시는 조상의 위패와 유사한 성격으로, 여기에 이르러 조롱박은 이미 조상숭배라는 의미를 갖추게 되었다고 볼 수 있다. 더욱이 앞에서 언급한 이야기들과 연계해 볼 때, 조롱박은 이미 사람의 기원이자 또한 사람의 귀결점으로써, 인류를 창조하였을 뿐만 아니라 세상의 모든 생명체를 창조한 근원으로 보지 않을 수 없을 것이다. 중국의 각 민족에게 전해오는 조롱박 전설은 여기에서 끝나지 않고, 앞으로 관련 장과 절에서 더 풍부한 내용을 보여주게 될 것이다. 문일다聞一多가 수집한 복희伏羲와 조롱박에 관련된 신화와 전설은 모두 49편에 이르며, 이 안에는 각 민족의 전설 가운데 등장하는 복희伏羲·여와女媧와 조롱박의 관계에 대해서도 설명해 놓았다. 그 가운데 묘족苗族의 전설이 20편(1-18, 20, 21), 요족瑤族의 전설이 16편(22-37), 동족侗族의 전설이 1편(19), 장족壯族 (농儂)의 전설이 1편(38), 이족彝族의 전설이 5편(39, 40, 41, 44, 45), 와족佤族의 전설이 1편(42), 율속족傈僳族의 전설이 1편(43), 고산족高山族(아미阿眉)의 전설이 1편(48), 월남越南 경족京族의 전설이 2편(46, 47), 인도 빌족Bhils의 전설이 1편(49) 수록되어 있다. 문일다가 작성한 통계표는 이 책 뒷부분에 첨부해 놓았다.

2. 조롱박 숭배

이상에서 인용된 이야기의 내용이 비록 모두 같다고는 할 수 없지만, 조롱박을 민족 공동의 모체로 여겼다는 점에서는 서로 같은 맥락을 보여주고 있다. 따라서 사람이 조롱박에서 나왔다고 하는 말은, 바로 지극히 낮은 생산력을 지니고 있던 원시시대 사람들이 자신의 협소한 시야와 지식으로 인류의 기원을 탐색하는 과정에서 찾아낸 답안이었다고 볼 수 있다.

애뇌산哀牢山 하단부에서 운남의 홍하洪河 유역에 걸쳐 거주하고 있는 합니족이족자치주哈尼族彝族自治州의 합니족과 이족은 인류가 조롱박에서 출현하였다는 신화를 가지고 있다. 1976년 봄, 운남대학의 역사학과 교수와 학생들이 홍하주洪河州 지역을 답사하는 과정에서 이족 노인을 건수현建水縣에서 우연히 만나게 되었다. 그 노인이 가슴 앞에 조롱박을 매달고 있어 그 연유를 묻자, 노인이 "조롱박은 이족의 조상"이며, 또한 "이족은 조롱박에서 태어났다."고 대답하였다. 이 말은 "사람이 조롱박에서 나왔다."는 것을 설명해 주는 것으로써, 신화 속에 유전되어 온 원시적 관념이 오늘날까지도 이 지역 사람들에게 영향을 주고 있다는 사실을 뒷받침하는 귀중한 사례라고 볼 수 있다.

1) 조롱박은 조상이고, 호로생葫蘆笙은 조상의 소리이다

중국의 많은 민족에게 있어서 호로생葫蘆笙은 복희伏羲와 여와女媧를 상징하는 조롱박 숭배와 서로 밀접한 관련을 맺고 있다. 예를 들어, 이족의 무속인은 조롱박에서 나오는 소리가 바로 한족·이족·묘족·태족·합니족 등이 숭배하는 복희와 여와의 소리라고 여기고 있는데, 한문漢文 전적 중에서도 이와 유사한 기록이 보인다. 예를 들어, 『예기禮記·명당위明堂位』에서 일찍이 여와가 "복희伏羲의 제도를 계승해 생황笙簧을 처음 제작하였다"고 언급한 바가 있으며, 『초사楚辭·대초大招』에서는 "복희가 『가변駕辯』을 지었다"고 말했는데, 이는 바로 복희가 『가변駕辯』이라는 악곡명의 노래를 지었다는 사실을 의미하는 것이다. 다시 말해서 호로생葫蘆笙과 그 악곡을 복희와 여와가 제작했다는 것을 말해 주는 것이다.

"여와女媧가 생황笙簧을 제작했다"는 말에 대해, 원가袁珂의 말을 빌리자면, 생笙을 생笙이라고 부르는 까닭은, 듣건대 인류가 번성해 나가기를 바라는 마음을 표현한 것으로, 그 뜻은 "생生"과 같다고 하겠다. 고대의 생笙은 조롱박(포匏)을 이용해 제작하였는데, 이 일은 또한 복희와 여와가 조롱박 안에 들어가 홍수를 피하고 나서 후에 결혼하여 인류를 번창시켰다는 고대의 신화 전설과 깊은 관련이 있다고 본다.

호로생葫蘆笙의 소리가 각 민족이 공동의 시조로 여기는 복희와 여와의 소리를 의미하기도 하지만, 또한 그 안에는 두 가지의 구체적인 사례가 반영되어 있음을 알 수 있다. 첫 번째는 사천성과 운남성 사이의 노고호瀘沽湖 주변 지역과 납서족納西族 마사인摩梭人들 사이에서 지금까지도 "그 어머니는 알지만, 그 아버지를 알지 못한다."는 모계사회의 유습이 그대로 전해오고 있다. 그래서 현지에서 장례식을 거행할 때는 앞에서 호로생葫蘆笙을 불며 노래와 춤으로 장례행렬을 인도한다. 마사족 무당은 수많은 신령이 새겨진 나무 도구를 손에 들고 다니는데, 도구 위쪽에는 두 사람의 머리 형상이 조각되어 있고, 아래쪽에는 뱀의 몸에 꼬리가 서로 교차된 복희와 여와의 형상이 조각되어 있다. 그런데 이러한 형상은 산동山東, 하남河南, 신강新疆, 사천四川 등의 지역에서 발견되는 석각의 형상이 복희와 여와의 모습과 매우 닮아있다는 점이다. 두 번째는 전남滇南의 토료족土僚族(걸노仡佬)은 장례를 지낼 때 사위가 시체 앞에서 호로생葫蘆笙을 불며, 납서족과 걸노족仡佬은 앞에서 장례행렬을 인도하며 호로생葫蘆笙을 불고, 이족彝族은 조상의 영혼을 멀리 떠나보내기 위해 호로생葫蘆笙을 분다는 점이다. 즉 이러한 습속은 바로 호로생이 모체숭배의 대상으로 삼았던 원시적 습속과 깊은 관련이 있다는 사실을 증명해 준다고 볼 수 있다.

기원전 7세기부터 1세기에 이르는 운남 지역의 청동문화시기에 속하는 초웅楚雄·상운祥雲·대리大理·곤명昆明·곡정曲靖 등 지역의 분묘에서 조롱박 숭배와 밀접한 관련이 있어 보이는 호로생 문양의 청동기가 다수 발견되었으며, 운남을 비롯한 광서 서부, 사천 남부, 귀주 서부 등 지역에서도 호로생 문양이 새겨진 북이 발견되고 있는데, 이러한 사실은 상술한 지역에서 예로부터 조롱박이 생산되었으며, 또한 조롱박이 이미 어떤 상징물로 숭배되었다는 사실을 설명해 주는 것이라 볼 수 있을 것이다.

2) 금단金壇과 남호南壺

장족壯族 사이에서는 죽은 사람의 뼈를 수습해 항아리 안에 안치하는 습골장이 성행하였는데, 이러한 항아리를 "금단金壇이라고 일컫는다. 금단과 조롱박은 서로 깊은 관련이 있다. 그 첫 번째는 조롱박이 항아리의 모형과 닮아 있다는 점이다. 일반적으로 금단항아리의 높이는 약 2척60㎝이고 직경은 약 1척30㎝으로, 상단과 하단이 약간 작은 편이다. 그리고 위에는 사발 형태의 뚜껑이 있는데, 이것은 장족의 신화 중에 보이는 뚜껑 달린 조롱박과 같은 모양이다. 두 번째는 장족의 신화에서 홍수가 일어났을 때 조롱박으로 인해 장족의 선조가 목숨을 구할 수 있었으며, 그로부터 장족이 번성하게 되었다고 하는 점이다. 그래서 장족 사람들은 이를 감사하게 여기며 조롱박을 숭배하는 동시에, 또한 조상의 유골을 조롱박 형태의 항아리에 안치한다고 한다. 아마 어쩌면 처음에는 선대의 유골을 조롱박 안에 안치했을지도 모를 일이다. 항아리가 발명되어 나온 이후에 비로소 조롱박 형태의 항아리, 즉 금단金壇을 사용하게 되었을 가능성도 있다.

대만의 배만인排灣人들은 조롱박을 모시지 않지만, 그들이 모시는 단지陶壺의 형상은 조롱박의 모양과 매우 닮아있다. 그래서 일찍이 임선민任先民은『대만 배만족의 고도호臺灣排灣族的古陶壺』중에서 다음과 같이 언급하였다.

> 배만인排灣人들은 그 항아리가 만들어진 기원에 대해서 알지 못한다. 다만 조상대대로 전해오는 신화와 전설에 따르면, 산 속에서 항아리를 발견하고 집에 가지고 돌아왔는데, 햇볕을 받자 항아리가 갈라지면서 남자아이와 여자아이가 나와 그들의 선조가 되었다고 말한다…… 항아리는 그릇으로 사용하지 않고 대부분 조선주祖先柱 옆에 있는 시렁 위나 혹은 바닥 아래에 놓아두기도 하며, 어떤 경우에는 집 뒤에 있는 조령동祖靈洞 안이나 혹은 그 옆에 놓아둔다. 노개족魯凱族의 다납촌多納村에서는 특별히 마을 안에 작은 사당을 지어놓고 그 안에 큰 항아리와 작은 항아리를 모시고 제사를 지내는데, 주로 파종 때와 수확 시기에 제사를 거행한다. 항아리는 자손의 번성을 의미하

기 때문에, 이 부족은 좁쌀과 그밖에 식물의 씨앗을 항아리에 넣고 보존하는데, 이 역시 마찬가지로 다음 파종에서 풍성한 곡식을 수확할 수 있기를 기원하는 것이다.

3) 인류의 발원지 "사강리司岡里"

전서滇西(운남) 변경지역에 위치한 각 현縣의 와족佤族은 "사강리司岡里"라고 부르는 바위굴巖洞을 인류의 발원지로 여기고 있다. 전설에 따르면, 각 민족의 선조가 모두 이곳에서 나왔다고 하는데, "사강리"의 창세신화 내용은 대략 아래와 같다.

아득한 옛날에 홍수가 범람하여 사람들이 경황없이 급히 도망치느라 그 누구도 길 위에 있는 두꺼비에 대해서 신경을 쓰지 않았지만, 한 고아가 이를 발견하고 길옆으로 집어서 옮겨 놓았다. 이에 두꺼비가 고아에게 빨리 돌아가서 집 안에 있는 작은 암소를 끌고 나무로 만든 구유 안으로 들어가라고 말하였다. 그 결과 사람들이 모두 물에 빠져 죽고 오직 이 고아만 살아남았다. 세상에 홀로 남게 되자 고아는 어쩔 수 없이 암소와 결합하는 수밖에 없었다. 암소가 임신한 지 9년이나 되었어도 새끼를 낳지 못하자 신명神明이 고아에게 암소를 죽여 배를 갈라 보면 어떤 물건을 찾게 될 것이라고 말하였다. 고아는 신명의 말대로 암소를 죽여 배를 가르고 그 안에서 조롱박 씨앗을 꺼냈다. 그가 조롱박 씨앗을 산 위에 심고 시간이 지나자 커다란 조롱박이 열렸다. 고아는 조롱박 안에서 들려오는 사람의 목소리를 듣고

> 조롱박을 쪼개려고 하였으나 쪼갤 수 있는 방법을 찾지 못했다. 그런데 다행히 하늘에서 날아온 멧새 한 마리가 날카로운 부리로 조롱박을 깨트려 그 안에서 사람들을 구할 수 있게 되었다. 그 안에서 가장 먼저 나온 민족이 와족佤族이고, 이어서 "문족問族", 태족傣族, 한족漢族……이 차례로 나왔다고 한다.

와족佤族은 사람이 나온 이 조롱박을 "사강司岡", 혹은 "사강리司岡里"라고 부르는데, 여기서 "리里"는 사람이 나왔다는 의미이다.

이 전설이 와족 가운데 오랫동안 전승되어 오면서 이 전설과 관련된 단어와 사물 등이 명·청대 서적에 기록되어 있는 것을 볼 수 있다. 예를 들어, 일부 서적에서는 지금의 아와산阿佤山 지역을 "호로국葫蘆國", 혹은 "호로왕지葫蘆王地"라고 일컬었으며, 청대 광서 17년 세력이 비교적 강대했던 아와산阿佤山 반홍班洪부락의 왕자암과王子巖果에게 "호胡"씨 성을 하사하였다는 기록이 보인다. 그리고 반홍부락에는 목각木刻 고인古印이 보존되어오고 있는데, 그 상반 부분은 조롱박 형태를 지니고 있으며, 그 측면에 두 마리 새(즉 조롱박 쪼아 깬 멧새)와 양 옆에 벼이삭이 새겨져 있다. 그리고 하단 부분에는 한문으로 쓰여진 "왕王"자가 3개 보이는데, 이는 "상호로上葫蘆" 지역을 대표하는 반홍班洪, 반노班老, 영방永邦 등의 세 개 부락을 의미한다.

왕경류王敬騮와 호덕양胡德楊이 언어적 측면에서 사강리司岡里를 분석 비교하였는데, 와족 언어에서 사강司岡(sgán)은 극모어克慕語, 붕용어崩龍語, 검동묘어黔東苗語, 계북요어桂北瑤語, 태어泰語, 태어傣語, 장어壯語 등에서 건물房子, 집家, 조롱박葫蘆, 표瓢, 창고倉廩, 부락 공동체村社, 동포同胞, 한 자녀一胎 등의 의미로 쓰이며, 와족 언어로는 호로葫蘆, 죽통竹筒의 의미로 사용되며, 이러한 음운형식은 붕용어崩龍語, 태어泰語, 태어傣語, 이어彝語, 면어緬語 등에서는 그 의미가 박瓢, 가족家族, 성씨姓氏, 조롱박葫蘆, 죽통竹筒 등의 어의로 변하게 된다. 즉 "사강리"라는 말은 태포胎胞, 가족, 성씨 등의 의미를 가지고 있으며, 직접적으로 사람의 생식 또는 번식과 연결되어 있음을 알 수 있다.

이밖에 와족의 부자연명제父子連名制는 위로 이십여 대까지 거슬러 올라가며, 가장 많은 경우에는 삼십여 대까지 거슬러 올라가 사강司岡까지 연결된다. 또한 지금도 와족은 혼례축사에서 신부를 "생련지수生蓮之水, 출인지정出人之井"이라는 말에 비유한다. 이상의 상황을 근거로 왕경류와 호덕양은 사강司岡이 여성의 생식기에 대한 숭배를 의미한다는 결론을 도출하였다. 그리고 다음과 같이 언급하였다.

> 이른바 사강司岡이라는 말이 가리키는 것은 원래 여성의 생식기를 의미하는 것으로 인류가 태어난 곳을 의미한다. 위에서 언급한 동원사同源詞가 여러 민족의 언어로 전승되면서 그 어의가 변화했다는 사실을 엿볼 수 있다. 사강은 여성의 생식기를 말한다. 그래서 아주 자연스럽게 동포, 혈연연계, 성씨 등으로 전의轉義할 수 있었던 것이다. 이밖에도 초기 인류 사회에서 사람들은 공통의 조상을 가지고 있기도 한데, 이는 일가족 혹은 씨족을 말하는 것으로 일반적으로 함께 거주하는 사람들을 의미한다. 따라서 집家이라는 말은 처음에는 하나의 부락공동체村社를 가리키는 말이었을 것이다. 그렇기 때문에 사강司岡이 집家, 건물房子, 창고倉廩, 부락공동체村社, 마을甿(태족 지역의 농촌 행정 단위) 등으로 전의되어 사용되었다고 볼 수 있다.

우리가 보기에 "사강리"에 대한 숭배를 여성의 생식기 숭배로 보는 것은 어느 정도 일리가 있어 보이기는 하지만, 이와 같은 해석이 그 심층적 의미를 완전히 밝혔다고는 볼 수 없다. "사강리"는 천연적으로 만들어진 동굴로서, 혈거穴居시대의 동굴은 인류에게 주어진 천연적인 거주지였다. 그렇기 때문에 사람들이 동굴에 출입하는 것은 아주 자연스러운 일이었을 뿐만 아니라, 또한 사람들에게 동굴숭배에 대한 물질적 기초를 제공해 주었던 것으로 보여진다. 그런데 와족이 동굴을 "출인동出人洞"이라고 일컫는 것을 보면, 우리의 예상과 달리 그 의미를 직접적으로 고려한 것 같아 보이지는 않는다. 그러나 그들이 "사강리司岡里"를 "조롱박葫蘆"으로 여겼다는 사실은, 그들이 인류를 보호하는 신물로 삼았다는 것을 의미하기 때문에 이는 사실상 임신한 인류의 모체를 최고의 숭배대상으로 여겼다고 봐야 할 것이다. 그렇기 때문에 오직 모체숭배만이 "사강리"의 심층적 의미를 구체적으로 밝혀 낼 수 있다고 보인다. 모체숭배와 관련된 부분은 뒤쪽에 가서 조금 더 자세하게 토론해 보고자 한다.

사람이 박(瓜)에서 나왔다고 하는 전설은 소수의 민족에게만 국한된 것이 아니고, 전동滇東의 동천東川 지역에 거주하는 한족漢族 사이에서도 사람이 박에서 나왔다는 신화가 전해지고 있다. 또한 이족彝族에게 호로채葫蘆寨, 그리고 와족에게 "호로국葫蘆國"이 존재했었던 것처럼 진晋의 동남쪽 지역에 위치한 태행산太行山 지역에도 일찍이 춘추시대에 "과연현瓜衍縣"이 있었다고 전한다. 선진시대에는 박이 익으면 반드시 먼저 조상에게 제사를 지냈다고 하는데, 이는 근본을 잊지 않겠다는 의미로 "과제瓜祭"라고도 불렀다. 그래서 공자 역시 이 점을 매우 중시해 채소와 박을 먹을 때는 항상 먼저 공손하게 제를 올리고 나서 먹었다고 한다. 『논어論語 · 향당鄕黨』편에서 "비록 채소나 채소국을 먹을 때도 제를 지냈으며, 과

제瓜祭를 지낼 때는 반드시 재계하듯이 하였다."는 말이 보이며, 『예옥조禮玉藻』 중에도 "박은 윗부분(꼭지부분)을 제사 지낸다."고 하는 말이 보인다. 한족은 사람이 조롱박瓜에서 나왔다고 하는 전통적 관념을 서주西周와 춘추春秋, 그리고 한대漢代의 『시경詩經』, 『좌전左傳』, 『예기禮記』 등과 같은 전적에 기록해 놓았다.

3. 조롱박 숭배의 물질적 환경

조롱박이 무엇 때문에 수많은 민족의 창세신화 중에서 숭배의 대상이 되었으며, 또한 조롱박은 어떠한 신비한 능력을 상징하는 것일까? 앞에서 언급한 바와 같이 조롱박은 생명을 낳아 기르는 모체를 대표할 뿐만 아니라, 초기 씨족사회에서 거의 결정적 작용을 하는 부녀자의 생식능력을 상징한다고 볼 수 있다. 그렇다면 이러한 상징성의 숭배대상으로, 어째서 굳이 조롱박을 선택하였던 것일까? 마르크스와 엥겔스가 『독일 이데올로기』Die Deutsche Ideologie 중에서 "의식은 어떠한 경우에도 다만 의식에 의해 존재하게 된다."고 지적한 바와 같이 원시인류의 종교와 신화에 대한 환상이 비록 커다란 주관적인 억측성을 가지고 있다고는 하지만, 현실 생활에서 제공되는 단서와 떼려야 뗄 수 없는 불가분의 관계를 가지고 있기 때문이다.

1) 광범위하게 분포되어 있는 오래된 식물

조롱박은 누구에게나 익숙한 작물이라고 할 수 있다. 이러한 식물은 여러 가지 실용적인 기능을 가지고 있는데, 이 점은 아주 일찍부터 우리 조상들에 의해 인식되어져 왔다. 조롱박의 분포는 지극히 넓어 거의 전 세계에 두루 퍼져 있다고 해도 과언이 아니다. 고고학적 자료에 의하면, 아시아의 중국과 태국, 남아메리카의 멕시코와 페루, 아프리카의 이집트 등의 지역에서 신석기시대의 조롱박이 출토되었다는 보도가 있었다. 시간적으로는 기원전 1000년경부터 7000년경에 이르는데, 어떤 조롱박은 인류가 혈거穴居했었던 동굴 속에서 발견되기도 하였다. 조롱박 유물은 세계 각 대륙에서 출토되고 있지만, 관련 문헌 기록에 의하면, 중국에서 가장 많은 유물이 발견되고 있으며, 관련 신화와 전설 역시 중국에서 가장 보존되어 오고 있다. 또한 품종 자원과 재배 경험 측면에서도 중국이 가장 풍부하고 다양하다고 한다.

다시 말해서 조롱박은 신석기시대(심지어 더 오래전) 사람들의 일상생활에서 거의 없어서는 안 되는 물건으로, 아마도 그 어떤 작물도 조롱박처럼 다양한 용도를 갖추고 있지는 못했을 것으로 보인다. 조롱박의 부드러운 속살과 잎은 식용으로 활용할 수도 있으며, 건조시켜 말린 열매는 잘라서 여러 가지 형태의 용기를 만들 수 있다. 작은 조롱박은 물고기를 잡는 그물의 찌로 사용할 수 있고, 말린 조롱박을 흔들 때 나는 소리는 작물이 익을 때 새와 짐승을 쫓는 유용한 도구가 되기도 한다. 또한 악기와 부표를 만들 수도 있다. 조롱박은 중국 고대인들의 생활과 밀접한 관계를 가지고 있었던 까닭에 중국 최초의 시가총집인 『시경』 중에서도 조롱박에 관한 기록이 적지 않게 보인다. 예를 들면, 『호엽瓠

葉』, 『석인碩人』, 『포유고엽匏有苦葉』, 『칠월七月』 등의 작품에서 조롱박에 관한 내용이 보인다.

2) 오래전에 순화된 식물

조롱박은 고대에 포匏, 혹은 호瓠, 혹은 호壺로 일컬어졌으며, 호로壺盧, 혹은 포로蒲盧, 혹은 호외瓠[illegible] 등으로 쓰이기도 하였다. 갑골문 중에서도 이미 호壺자가 출현하여 [illegible] · [illegible] 등으로 사용되었다. 조롱박은 중국인들이 처음 재배한 식물 가운데 가장 오랜 역사를 가지고 있다. 1973년과 1977년 중국 고고학자들이 절강 여요현余姚縣 하모도촌河姆渡村에서 지금으로부터 7000년 전의 원시 모계씨족공동체의 유적을 발굴하였는데, 이때 그 유적지 가운데서 조롱박이 발견되었다. 이로써 짐작해 보건데, 중국의 원시 선조가 더 오래전부터 야생 조롱박을 식용과 도구로 사용할 줄 알았으며, 또한 그것을 이식하여 작물로 재배할 줄 알았다고 추측해 볼 수 있다. 예를 들면, 벼, 보리, 밀, 콩, 좁쌀, 옥수수, 감자, 땅콩 등등의 수많은 작물에 관한 기원은 이미 밝혀졌으나 유독 조롱박만큼은 그 기원에 대해서 아직까지 명확하게 밝혀진 것이 없다. 이로써 우리는 조롱박이 이미 오래전에 인류에게 순화된 작물이었다는 사실을 짐작해 볼 수 있을 것이다.

3) 맛이 쓴 박은 먹지 못하나 강을 건널 때 사용한다

배와 다리가 출현하기 이전에 조롱박의 가장 중요한 용도는 아마도 물 위에 뜨는 도구로 활용되었다는 점일 것이다. 사람들이 강물을 건널 때, 혹은 물고기를 잡을 때 허리에 조롱박을 한두 개 매달고 있으면 마치 오늘날의 구명부표처럼 비교적 안전하면서도 편리하게 강을 건널 수 있었을 것이다. 조롱박이 물위에 띄우는 도구로 활용되었다는 기록은 지금까지도 많이 남아 있다. 기록에 의하면, 당대唐代 전서滇西 지역에 "호瓠의 길이가 1장이 넘으며 둘레가 3척"이나 되는 커다란 박이 생산되었다고 하며, 주대周代 황하와 장강 지역에서 생산된 박은 배로 삼을 수 있을 정도로 컸다고 한다. 즉 전해오는 말 중에서 "무릇 쓰디쓴 박은 사람에게 재료로 쓰이지 못하니, 다만 사람과 함께 물을 건널 수 있을 뿐이다."라는 말과 장자가 혜자에게 "지금 그대에게 다섯 섬의 박이 있는데, 어찌 이로써 큰 통을 만들어 강호에 띄우는 것을 생각하지 않는가"라는 대화 속에서 보이는 "다섯 섬의 박"은 사람을 실어 나를 수 있는 배로 삼을 수 있을 만큼 크다는 것을 뜻한다. 오늘날에도 운남의 난창강瀾滄江 양안에서는 일반 물통보다 한 배나 혹은 두 배 정도 큰 커다란 조롱박이 재배되고 있다. 그리고 장족壯族을 비롯한 묘족苗族, 백족白族, 이족彝族, 태족傣族, 납고拉枯, 합니哈尼, 납서納西, 율속傈僳 등의 소수민족은 여전히 조롱박을 음식물로 활용하고 있을 뿐만 아니라, 용기容器나 혹은 호로생葫蘆笙을 제작하는 재료로 활용하고 있는데, 이를 통해 조롱박이 음식물과 용기로써 원시인류의 생활 속에서 얼마나 중요한 위치를 차지하고 있었는지 충분히 짐작해 볼 수 있으며, 또한 조롱박을 도기陶器의 형태로 제작해 이용했다는 점 역시 인류의 물질생활 속에서 얼마나 심오한 의미를 담고 있는지 짐작해 볼 수 있을 것이다.

4) 도기陶器의 천연적 모형

사학계와 민족학계에서는 통상적으로 인류가 신석기시대, 혹은 앙소문화仰韶文化시기에 도기陶器를 발명했다고 여기고 있지만, 이러한 입장은 인류가 상당히 오랫동안 조롱박을 용기로 사용한 후에 비로소 조롱박의 모양을 모방해 도기를 제작했다는 사실을 간과한 것이라고 볼 수 있다.

도기가 어떻게 발명되었는가 하는 점과 인류 역사상에서 차지하는 의미에 대해서 원시사회사와 민족학의 일반적인 견해는 "인류의 진화과정에서 도기를 제작하는 기술의 출현은 인류의 생활 개선을 비롯한 편리한 가사생활에 신기원을 열어 주었다."는 입장이다. "도기가 출현하기 전에 사람들이 음식물을 익히는 방법은 아주 서툴렀다. 그 방법은 흙을 묻힌 광주리 위에 음식물을 올려놓는 정도였다.……", "사람들은 불이 잘 붙는 용기 위에 흙을 묻히면 불에 쉽게 타지 않는다는 사실을 발견함으로써 후에 도기를 제작하는 기술이 출현하게 되었다.", "미국의 토착민들은 처음에 골풀燈心草, 혹은 버드나무 가지를 틀에 넣어 제작한 다음 형태가 고정되면 그 틀을 불에 태웠다."

그렇지만 버드나무 가지로 도기 모형의 광주리를 제작하기 전에 천연적인 모형의 조롱박을 간과하고 말았다. 우리가 관련 근거를 토대로 판단해 보건데, 조롱박이 자라는 지역에 살았던 원시시대의 선민들은 도기를 사용하기 이전에 이미 천연의 용기인 조롱박을 사용했다고 추측해 볼 수 있다. 이는 조롱박이 이미 제작된 도기陶器의 형태를 가지고 있기 때문이다. 조롱박의 특징 가운데 하나는 파랗고 부드러울 때 음식물(쓴 조롱박은 제외)로 사용할 수 있다는 점이며, 또한 햇볕에 건조시켜 표면이 딱딱하고 매끄러워지면 속이 비어 있어 물건을 담을 수 있다는 점이다. 먼 옛날 우리의 선조들이 조롱박을 다듬거나 혹은 그 일부분을 불에 태우는 등의 거친 가공을 통해 물과 음식물을 담을 수 있는 용기를 만들어 사용했을 수도 있으며, 심지어는 깨진 조롱박을 주워 물건을 담을 수 있는 용기로 사용했을 수도 있었을 것이다. 조롱박이 잘 자라는 곳에서는 이와 같은 천연의 용기를 많이 얻을 수 있었을 것이다. 따라서 앞에서 언급한 바와 같이 큰 조롱박은 사람을 태우고 강을 건널 수 있는 도구나 물고기나 새우를 잡는 배로도 활용할 수 있었을 것으로 보인다.

채집 생활에서 화전 농업에 이르기까지, 즉 앙소문화시기 이전의 원시적 용기는 비약적으로 발전하여 반천연적인 인공 용기를 거쳐 거친 도기陶器로 발전할 수 있었다. 제작에 있어서 조롱박이 도기보다 간단하고 쉽다는 특징을 고려해 볼 때, 인류가 조롱박 표면에 진흙을 바르고 음식물을 끓이는 과정에서 부주의로 물이 증발해 조롱박은 타고 점토만 남자, 여기에 다시 물을 넣고 끓이는 이와 같은 과정을 여러 차례 반복하게 되면서 자연스럽게 도기의 제작 방법을 발명하게 되었다고 상상해 볼 수 있다. 이러한 방법은 제조공정에서 나무껍질이나 혹은 등나물 줄기로 엮어 만든 용기 위에 점토를 발라 음식물을 익히는 방법보다 더 간단해졌다고 볼 수 있다. 물론 원시인류 역시 죽통이나 야자껍질의 형태를 모방해 만들었을 수도 있다고 생각해 볼 수 있지만, 대나무와 야자껍질의 산지가 조롱박의 산지만큼 광범위하지 못하며, 그 형태 역시 조롱박만큼 다양하지 못하기 때문에 원시인류가 도기를 조롱박의 형상을 모방해 만들었다고 보는 관점은 생물공학적 원리에도 부합될 뿐만 아니라, 아마도 이것이 최초의 생물공학적 응용이지 않을까 하는 생각이 든다. 지금으로부터 6, 7천 전의 서안 반파半坡 원시모계씨족공동체 유적지에서 발견된 도기 중에서도 이미 조롱박 형태의 용기가 발견되었다는 사실 역시 조롱박을 도기의 모형으로 삼았다고 하는 당시 상황에 부합되는 유력한 증거라고 볼 수 있다.

5) 조롱박 품종과 용기 유형

원시인들이 조롱박을 쉽고 간편하게 용기로 제작할 수 있었던 것은 조롱박의 형태와 기능에 의해서 결정되었다고 볼 수 있다. 현대의 식물학에서는 조롱박을 다섯 가지 종류로 나누고 있는데, 바로 편포扁蒲를 비롯한 장병호로長柄葫蘆(懸匏), 대호로大葫蘆(匏), 호로葫蘆(細腰葫蘆), 소호로小葫蘆 등을 가리킨다. 이러한 품종은 옛부터 전해져 온 품종으로서 예를 들어, 하모도에서 출토된 조롱박은 소호로小葫蘆 계통에 속하는 것으로써, 원대 왕정王禎의 『농서農書』 가운데 언급된 네 가지 조롱박 가운데 하나에 속하는 대호로大葫蘆, 소호로小葫蘆, 장병호로長柄葫蘆, 아요호로亞腰葫蘆 등이 기록되어 있다. 이시진李時珍이 저술한 『본초강목本草綱目』의 분류에 따르면, 조롱박은 기본적으로 다섯 가지 품종이 있는데, 사람들은 이 다섯 가지 품종의 조롱박을 각기 다른 방식으로 잘라서 여러 가지 형태의 용기를 만들어 사용했다고 한다. 조롱박과 그 용기의 형태는 아래의 그림과 같다.

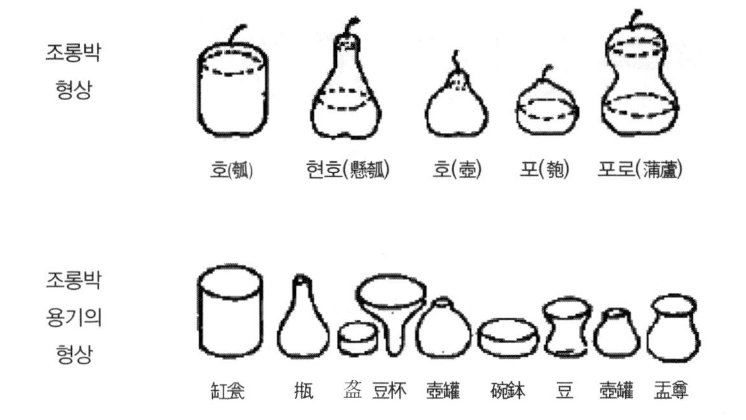

중국의 중원을 비롯한 동북, 서북, 동남과 남방 등의 각 지역에서 출토되는 신석기시대의 도기 용기는 예를 들어, 호壺, 병甁, 우盂, 항缸, 두豆, 분盆, 존尊, 관罐, 배杯, 완碗, 발鉢, 옹瓮 등등의 형태를 보여주고 있는데, 그 형태가 모두 조롱박 용기와 유사한 형태를 보여주고 있다. 그 가운데 일부 들기 편하거나, 혹은 놓기에 적당하게 용기 위에 귀耳를 덧붙여 놓은 단이單耳와 쌍이雙耳, 그리고 다리를 덧붙여 놓은 정鼎, 치저置底(바닥이 둥근 병 등) 등만 조금 차이를 보일 뿐이다. 여기에서 대략적으로나마 그 예를 열거해 보면, 그 형태는 아래와 같다.

기타 도기 용기 역시 위에서 열거한 10여 종의 조롱박 용기가 다양한 형상으로 변형된 것에 지나지 않는다. 이로써 미루어 짐작해 볼 때, 대체로 조롱박이 생산되는 지역의 도기 용기가 다른 지역에 비해 훨씬 발전된 형태를 띠고 있음을 알 수 있는데, 이는 아마도 조롱박 용기가 도기 용기의 모델이 되었기 때문에 이러한 현상이 출현한 것이라는 생각이 든다.

조롱박이 인류 최초로 등장한 숭배대상 가운데 하나가 되면서 신비한 색채를 띠게 되었으며, 또한 조롱박의 가장 보편적인 특징으로 인해 인류의 평범한 일상생활과 밀접한 관계를 가지게 되었다고 볼 수 있다. 특히 조롱박의 외형적 특징은 사람들의 상상력을 자극하는 가장 중요한 요소라고 볼 수 있다.

4. 조롱박 숭배와 민족문화심리

1) 염・황炎黃 후예의 공통적인 심리로부터

중국인과 외국 국적의 화교, 화상華商, 화교華僑가 서로 만났을 때, 모두 "염炎・황黃"의 자손이라는 공통점으로 인해 그들은 더욱 친밀감을 느끼게 된다. ≪중국청년中國青年≫ 1982년 제1기에 실렸던 양량흥梁良興의 『타국에서 한 집안 식구를 만나다–미국 유학중인 대만의 동창과 함께』에서 대만 동창의 "염炎・황黃 자손의 미덕"이라는 내용이 소개되었는데, 이 글이 ≪광명일보光明日報≫ 1982년 5월 11일 제1판과 제4판에 다시 『중화中華의 진흥은 우리의 책임이다』는 주제로 보도되었다.

> 남경공학원南京工學院의 강사 위옥韋鈺(여)은 독일에서 박사학위를 공부할 때, 1980년 여름 미국 국적의 화교 출신 교수 몇 분과 대만에서 온 두 사람, 그리고 대륙의 남경공학원에서 온 유학생이 라인강에서 유람선을 타고 교외로 소풍을 나갔다. 위옥韋鈺이 말하길, "세 지역에서 온 염·황자손이 이렇게 함께 모였으니 얼마나 기쁩니까! 한 마디로 말해서 우리 중화의 진흥은 우리의 책임이지 않겠습니까!"

『인민일보』 1982년 2월 7일 제5판에 실린 호사승胡思升의 『부총傅聰의 거문고 소리와 부뢰傅雷의 가서家書』 중에서

> 금년 새해 전야에 부총傅聰의 장기인 쇼팽의 『E단조 피아노협주곡』을 연주했는데, 때맞춰 『부뢰의 가서』가 삼련서점에서 출판되었다.

부총은 항상 베토벤을 두보, 슈베르트를 도연명, 모차르트를 이백, 그리고 쇼팽을 이후주에 비유하곤 하였는데, 대체로 쇼팽의 곡에는 고국을 그리워하는 마음이 담겨 있기 때문이다. 부총은 수천 년의 역사를 짧은 악곡 가운데 농축시켜 놓았는데, 그 특색은 중국 대지 위에서 길러낸 중국문화에 기원을 두고 있어 모든 염·황 자손을 끌어들이는 흡인력을 가지고 있다.

최근 몇 년 동안 중국의 신문 잡지에 실린 보도나 시문에 항상 "염·황자손"이라는 강렬한 감정적 색채의 명칭이 화인華人, 화교華僑, 화예華裔의 심금을 울리는 공감을 불러일으켜 사람들에게 민족의 중흥을 위해 더욱 분발해 줄 것을 호소하고 있다. 『인민일보』 1986년 10월 18일 제7판에 실린 신화사新華社 기자 온술선溫述仙의 보도 내용이 많은 사람들의 이목을 끌었다.

염·황자손의 자랑 — 1986년 노벨 화학상을 수상한 이원철李遠哲

1986년 11월 12일은 중국혁명의 선구자 손중산孫中山 선생의 탄신 120주년이다. 이를 기념하여 국내외의 염·황자손이 성대한 기념활동을 거행하였다. 『인민일보』 1986년 11월 11일 제4판에 실린 신화사의 기자 장환리張煥利는 일본의 병고현兵庫縣 무자정舞子町에서 거행된 손중산 탄신 120주년 기념을 위한 특별 전람회 개막식장에서 손중산의 손녀 손수방孫穗芳 여사(미국 국적)의 담화문 내용을 보도하였다.

조부와 일본의 우의는 이미 우리 3대까지 전해져 오고 있습니다.

> 저는 중화민족의 딸이자 손씨 자손의 한 사람으로서 중국을 통일하여 중화中華를 진흥시키고자 했던 조부의 염원을 계승할 책임을 가지고 있습니다. 이 역시 오늘날 해내외의 모든 염・황자손이 모두 진심으로 염원하는 바라고 생각합니다.

"염・황자손"이라는 말이 얼마나 많은 사람들에게 감동을 주는 말입니까! "염황자손"이라는 말이 얼마나 유구한 문화적 전통을 담고 있는 말인가! "염・황자손"이라는 말은 한족을 주체로 중화민족의 대가정을 이루는 각 구성원을 대표하고 있어 매우 유구한 역사적 연원을 가지고 있다. 국내외의 화인華人, 화교華僑, 화예華裔는 모두 "염・황자손"이라는 사실에 긍지를 가지고 있으며, 또한 공통의 선조와 혈연, 그리고 문화에 대해서 서로 친밀감을 가지고 있다. 그러나 염・황자손이라고 자처하는 사람들이 대부분 이 명칭의 유래에 대해서 잘 알지 못하고 있을 뿐만 아니라, 보기에 전혀 상관이 없어 보이는 조롱박과 어떤 관계가 있다는 사실 역시 생각조차 하지 못하고 있는 실정이다.

2) "염・황자손"의 고사에 대한 소고

염・황이라는 말은 일찍이 선진시대의 기록에서도 보이기는 하지만, "염・황자손"이라는 표현방식은 한대에 이르러 비로소 출현하였다. 그렇지만 중국인들의 선조 "염·황"에 관한 사적은 이보다 더 오래전부터 제기되어 온 말이다. 동한의 반고班固가 저술한 『한서漢書・위표魏豹・전담田儋・한신전찬韓信傳贊』의 기록에 의하면,

> 제후諸侯가 모두 사라졌으나, 염炎・황黃・우虞의 묘족 후예만이 유독 세상에 많이 흩어져 살았다.

일반적으로 말하는 "염・황자손"은 『한서漢書』에서 언급한 "염・황・당唐・우虞의 묘족 후예"에서 나온 말로 이를 간략하게 줄여 "염炎・황黃 묘예苗裔"라고 말하는데, 여기에서 이와 같은 표현법이 처음 등장하였다. "염炎"은 바로 염제炎帝 신농씨神農氏를 말하는 것이고, "황黃"은 황제皇帝 헌언씨軒轅氏를 말하는 것이다. 그리고 당唐은 요堯, 우虞는 순舜을 말한다. 『사기史記·노자老子·한비열전韓非列傳』에 대해 당대唐代의 사마정司馬貞은 『색은索隱』에서 "한비韓非가 설난說難에서 상대방이 높은 명성을 얻고자 한다."는 문장 아래에 유백장劉伯庄의 말을 인용하여

> 희羲와 황黃의 옛 제도를 자세히 살피고, 요堯와 순舜을 본받아 기술하였다.

여기서 희羲는 바로 복희伏羲를 가리킨다.
『한서漢書・석노지釋老志』의 기록에 의하면,

> 복희伏羲와 황제皇帝로부터 하夏・상商・주周 삼대에 이르기까지 말이 신비하고 은밀하였다……

양대梁代(502-557)의 소기蕭綺가 진晉의 왕가王嘉가 저술한 『습유기拾遺記・서序』에서 말하길,

> 문자는 희羲와 염炎에서 일어나 서진西晋(262-317)에 이르러 숭상하였다.

위에서 인용한 전적 중에서 복희伏羲, 염제神農, 황제軒轅, 당요唐堯, 우순虞舜 등의 명칭이 보이는데, 이들은 모두 역사에서 "삼황오제三皇五帝"라 일컫는 사람들이다. 여기에 언급된 사람들은 모두 신화 속의 인물들로서 실존했던 인물들은 아니었다. 더욱이 오늘날 우리가 볼 수 있는 제왕帝王이라는 말은 후인들이 그들에게 허울 좋은 명칭을 덧붙여 놓은 것에 지나지 않는다. 하지만 여기서 언급되고 있는 "황黃"과 "제帝"라는 칭호가 완전히 근거 없는 말이라기보다는 먼 옛날 원시시대 씨족 부락의 명칭, 혹은 수령을 불렀던 명칭이 대대로 민간에 유전되어 내려온 것이라고 볼 수 있다. 그런데 역사가들이 이러한 명칭에 인격을 부여해 인격화하고, 지속적으로 신격화함으로써 사람들의 정신을 혼란스럽게 만들어 놓았으며, 또한 시간이 지남에 따라 바뀔 수 있는 씨족 부락의 수령 자리를 자신들이 처한 사회적 제도에 의거해 종신제로 바꾸어 놓았던 것이다. 이뿐만 아니라 여기서 한 걸음 더 나아가 마침내 세습제의 제왕으로 승격시켜 놓았다고 하겠다.

3) 희염羲炎과 희황羲黃

복희·염제·황제 등의 원시 씨족부락의 명칭, 혹은 수령의 명칭이 신성화된 후에 문헌에서 다소의 차이를 보이기는 있지만, 한·당·송·원대 이래 대부분 복희伏羲(여희慮戲 : 대호大皞, 태호太皐, 대호大昊 등의 별칭이 있다)

를 이들 가운데 으뜸의 자리에 올려놓는 바람에 고적에서도 역시 복희를 으뜸으로 삼아 희염羲炎, 희황羲黃, 심지어 희문羲文으로 병칭하기에 이르렀던 것이다.

(1) 희농羲農

『문선文選』에 기재된 한대 반고班固의 『답빈희答賓戲』에서

> 희羲·농農에서 융성하여 황黃·당唐에 이르러 널리 전해졌다.

진대晉代 갈홍葛洪의 『포박자抱朴子·용형用刑』에서

> 만일 내가 위엄을 갖추고 형벌을 가하지 않으며 희羲·농農의 기풍을 선망한다면 어지러워지지 않는다.

(2) 희염羲炎

양梁의 초기肖綺는 진대晉代 왕가王嘉의 『습유기拾遺記·서(序)』에서

> 그 문장은 희염羲炎에서 시작하여 서진西晉 말년에 끝났다.

송대 사마광司馬光의 『온국문정공집溫國文正公集・직하부稷下賦』에서

아래로는 공자와 묵자를 논하고, 위로는 희염羲炎을 논하였다.

(3) 희황羲黃

『사기史記・노자老子・한비열전韓非列傳・색은索隱』에서

옛 희황羲黃을 상기하여 요순堯舜을 서술하였다.

당대 유종원柳宗元의 『유선생집柳先生集・헌홍농공獻弘農公』에서

성대한 공적은 요순舜禹에 비견할만하며, 고아한 모습은 희황羲黃에 비견할만하다네.

당대 원진元稹의 『장경집長慶集・화낙천증번저작和樂天贈樊著作』에서

희황羲黃은 희미한 구름처럼 멀어져 전적 속에서도 그 흔적을 찾을 길 없네.

(4) 희헌羲軒

당대 이상은李商隱의 『이의산집李義山集 · 한비韓碑』에서

원화元和천자의 영웅적인 자태는 가희 희羲와 헌軒에 비견할만하네.

원대 왕실보王實甫의 『서상기西廂記』에서

행적은 희헌羲軒에 버금가고, 덕은 순우舜禹를 뛰어넘었다.

(5) 희문羲文

남조 양梁대 소통肖統의 『소명문선昭明文選』에 기재된 동한 반고班固의 『동도부東都賦』에서

희문羲文의 『역易』을 잘 말하고, 공자의 『춘추春秋』를 논하였다.

남조 송 범화范曄의 『후한서後漢書』 권64 『연독전延篤傳』에서

아침에 희문羲文의 『역易』과 하우虞夏의 『서書』를 암송하였다. 예부터 전하는 바에 따르면, 복희가 8괘를 그렸고, 주 문왕이 이를 늘리어 64괘를 만들었다. 그러한 까닭에 복희와 문왕을 병칭하는 것이다.

4) 염제炎帝로부터 나온 강융羌戎

염제 신농씨와 황제 헌원씨의 관계에 대해서 『국어國語·진어晉語』4에서 "옛날 소전씨가 유교씨를 취하여 황제와 염제를 낳았다. 황제는 희수가에서 성장하였고, 염제는 강수가에서 성장하여 큰 덕을 성취하였다. 그러나 덕이 달랐기 때문에 황제는 희로 성을 삼고, 염제는 강으로 성을 삼았다."고 기록되어 있으며, 『사기史記·오제본기五帝本紀』에서는 "헌원시기에 신농씨의 무리가 쇠하였다."고 언급되어 있다. 『정의正義』에서는 『제왕세기帝王世紀』를 인용하여 "신농씨는 성이 강씨이다. 그 어머니는 임사任姒로서 유교씨의 딸로 이름을 여등女登이라 하며, 소전少典의 비가 되었다. 화산의 남쪽에서 놀다가 신농의 머리가 상양산常羊山에서 여등에게 감응하여 염제炎帝를 낳으니, 사람의 몸에 소의 머리를 하고 있었다. 강수에서 자란 까닭에 이로써 성씨를 삼았다."고 말하였다. 여기서 강수姜水는 바로 지금의 위하渭河를 말하는 것으로, 감남甘南(감숙성 서남부의 원현源縣)에서 발원하여 천수현天水縣을 거쳐 협서성 보계寶鷄로 들어가 기산岐山, 함양咸陽, 위남渭南, 화음華陰을 거쳐 서쪽에서 동쪽으로 가로질러 협서성의 중부인 지금의 산서山西와 하남河南이 만나는 곳에서 황하로 흘러 들어간다. 염제와 황제는 형제씨족으로 위원渭源의 천수, 보계와 기산 등의 협서성과 감숙성 지역에서 생활하였다.

강수姜水는 바로 강수羌水를 일컫는 것으로, 상고시대 강융羌戎이 이곳에서 생활하였다. 『후한서後漢書·서강전西羌傳』에서 "서강西羌의 근본은 삼묘족三苗族에서 나왔으며, 강씨 성姓의 별족이다."고 하여 강씨 성이 강융羌戎에서 나왔다고 밝히고 있다. 『산해경山海經·대황서경大荒西經』의 기록에 의하면, "호인국互人國이 있는데, 염제의 손자이며 이름은 영개靈恝이다. 영개가 호인互人을 낳았는데, 능히 하늘에 오르내릴 수 있었다." 그런데 왕념손王念孫이 "호互"를 "저氐"로 바꾸는 바람에 호인互人이 저인氐人이 되었다. 즉, 염제가 저강이 되었던 것이다. 염제의 "초도진初都陳"은 지금 하남성의 회양淮陽에 있었으며, "우사회又徙會"는 지금의 노남魯南에 있었다. 서주시기에 지금의 하남과 산동지역이 모두 강씨 성의 봉읍封邑이었다. 『국어國語·주어周語』에서 "제齊, 여呂, 신申, 허許는 대강大姜에서 나왔다"고 하였는데, 이 말은 바로 하남(여呂 — 제양齊陽, 신申 — 당하唐河, 허許 — 허창許昌에서 노북魯北(제齊))에 이르기까지 염제 강씨 성을 지닌 강융姜戎의 후예들이 상당히 많이 존재했었다는 사실을 말해 주는 것이다. 염제 신농의 사적은 호북성과 사천성 경계에 있는 신농가神農架와 호남성의 장사長沙에 이른다. 그래서 『노사路史·후기後紀·염제신농씨炎帝神農氏』 주석에서 진대晉代 황산송黃山松의 군국지郡國志를 인용해 "염제 신농씨는 장사에 묻혔다."고 언급하였다. 당대唐代에 이르러서도 여전히 이 지역에서 강융羌戎의 피리소리와 노래소리를 들을 수 있었다고 한다. 왕창령의 『공후인箜篌引』 가운데 "저녁에 노계군盧谿郡에 배를 정박하니, 저녁에 노계양 안에서 강융羌戎의 노래 소리 들리네."라는 구절이 보이는데, 노계盧谿는 지금의 상서湘西의 길수현吉首縣 동쪽에 위치하고 있다. 유우석의 『동정추수행洞庭秋水行』에서도 "노를 젓는 파동巴童이 『죽지竹枝』를 부르니, 돛대 늘어선 상선에서 강적羌笛소리 들려오네."라는 구절이 보인다.

5) 전욱顓頊이 호자虎子를 낳다

황제 이후 오제五帝 가운데 하나인 전욱顓頊에 관하여 『사기·오제본기』

에서 "전욱 고양제高陽帝는 황제의 손자로 창의昌意의 아들이다."고 하였으니, 전욱顓頊 역시 자연히 강융羌戎이었다고 할 수 있다. 황제에게는 두 명의 아들이 있었는데, 하나는 청양靑陽이고, 하나는 창의昌意이다. "청양은 강수江水에 살았으며", "창의는 약수若水에 살았다."고 한다. 『색은索隱』에서 "강수와 약수 모두 촉蜀에 있다."고 하였으며, 『후한서·의례지儀禮志』에서는 "계동지일季冬之日"의 조목 아래 『한구의漢舊儀』를 인용하여 "전욱顓頊은 세 명의 아들이 있었다. 태어나 죽어서 역귀疫鬼가 되었다. 하나는 강수江水에 살았으며, 호랑이가 되었다. 하나는 약수若水에 살았으며, 물귀신이 되었다. 하나는 궁궐 귀퉁이나 볏집 속에 숨어 살며 어린아이들을 잘 놀라게 하였다."고 하였다. 강수江水는 지금의 사천성 남쪽에 위치한 양산凉山의 이족자치주彝族自治州와 운남성의 초웅楚雄 이족자치주彝族自治州, 그리고 운남성의 동북쪽에 위치한 소통昭通의 금사강金沙江 일대이고, 약수若水는 사천성 서남쪽 감자甘孜의 장족자치주藏族自治州와 양산의 이족자치주를 거쳐 흘러가는 아기강雅砻江(금사강으로 들어감)을 가리킨다. 즉, 전욱이 출생한 지역이 바로 서남西南이라는 말이다. 강족羌族을 비롯해 장족藏族, 이족彝族은 모두 고강융古羌戎과 친연관계를 가지고 있다. 그리고 전욱의 자식 가운데 하나가 호랑이가 되었다고 하는데, 이는 호랑이 토템을 상징한다. 굴원의 『초사楚辭·이소離騷』와 『사기史記·초세가楚世家』에서도 모두 초楚의 선조가 전욱 고양제高陽帝에서 나왔으며 남방에 봉해졌다고 말하였다. 이뿐만 아니라 『장자莊子·대종사大宗師』에서도 "전욱이 현궁玄宮에서 머물렀다"고 언급하였는데, 이는 바로 북방을 가리킨다. 북방에는 춘추시대에 여융驪戎이 있었으며, 고강융古羌戎과 서남지역의 장족, 이족, 강족이 모두 이 장이어족藏彝語族에 속한다.

6) 호랑이 코虎鼻의 융우戎禹

하우夏禹 역시 서융西戎, 즉 서강西羌에서 나왔다. 『순자荀子·대략편大略篇』에서 "우禹는 서왕모西王母에게서 배웠다."고 하였고, 『사기史記·육국년표六國年表』에서 "우는 강융에서 흥하였다"고 하였다. 『집해集解』에서 "맹자가 우禹는 석뉴石紐에서 태어났으며 서이西夷라고 말하였는데, 전하는 바에 '우禹는 서강西羌에서 나왔다.'고 한 말이 바로 이것을 가리킨다." 『정의正義』에서 "우禹는 무주茂州 문천현汶川縣에서 태어났는데, 본래는 염준국冉駹國으로 모두 서강西羌이다."고 하였다. 즉, 하우夏禹는 지금의 사천성 북쪽에 위치한 무문茂汶 강족자치현羌族自治縣에서 태어났다는 말이다. 왕부가 『잠부론潜夫論·오덕지五德志』에서 하우를 일컬어 "융우戎禹"라고 하고 있음을 볼 때, 하우 역시 고강융古羌戎이 된다. 강족이 거주했던 사천의 북쪽과 복희伏羲가 출생한 감남甘南, 그리고 복희의 후예 파저巴氐가 거주했던 사천 동쪽은 모두 인접해 있다.

하우夏禹에 관해서 다시 『제왕세기帝王世紀』의 기록을 근거로 살펴보면, 하우의 형상에서 호랑이 토템의 흔적으로 볼 수 있는 "호랑이의 코虎鼻"의 형상을 엿볼 수 있으며, 또한 이와 함께 우모禹母가 "신주神珠 율무薏苡를 삼키고" 우를 낳았다는 내용도 엿볼 수 있다. 『사기史記·하본기夏本紀』에서 "우는 성이 사姒씨이다.", "사姒"는 "女"를 따르고 "이苡"는 "草"를 따른다. 그리고 "우禹가 융戎의 땅에서 태어"났기 때문에 "사융姒戎"이라 한다고 밝혀 놓았다. 『예위禮緯·계명정稽命征』의 기록에 의하면, "우가 인寅:(虎)을 세웠기 때문에 복희伏羲를 종宗으로 삼는 것이다." 즉 하우夏禹가 호복희虎伏羲를 종宗으로 삼았다는 말은 호랑이를 토템으로 삼았다는 사실을 말한 것이다. 문일다聞一多의 고증에 의하면, 하夏의 "우와 복희는 원래 같은 동족"이라고 한다. 그렇지만 역대로 사람들은 복희와 하우夏禹를 용龍의 토템으로 보았다. 그러나 양자 모두 호랑이를 토템으로 숭배했던 강융羌戎 부락에서 나왔기 때문에, "호虎 — 복희伏羲 — 하夏"라고 표현하는 것이 더 타당하다고 볼 수 있다.

7) 희주姬周와 강羌

희주姬周는 희姬로 성씨를 삼았는데, 역시 강융羌戎에서 나왔다. 『좌전·장공』28년의 기록에, "진晉 헌공獻公은 …… 융戎에서 두 여자를 취하였으며, 대융大戎 호희狐姬는 중이重耳를 낳았고, 소융자小戎子는 이오夷吾를 낳았다."고 하였으며, 또한 "진晉이 여융驪戎을 벌하고, 여융驪戎의 남녀를 여희驪姬로 삼았다."고 하였는데, 여기서 "대융호희大戎狐姬"에 관하여 『국어國語·진어사晉語四』에서 "호씨狐氏는 당숙唐叔에서 나왔다. 호희狐姬는 백행伯行의 여식이다. 실제로 중이重耳를 낳았고, 장성하여 훌륭한 인물이 되었다."고 한 내용을 통해 볼 때, 대융大戎은 당숙唐叔의 후예이며, 당숙은 주 무왕의 아들로써 희姬씨 성을 가지고 있었다는 사실을 알 수 있다. 호희狐姬 역시 희성姬姓이며, 희주姬周와 함께 모두 융족의 일원이다. "소융자小戎子"에 관하여 두예杜預의 『집해集解』에서 "소융小戎은 윤성允姓의 융이며, 그 아들과 여식이다."고 하였다. 여융驪戎은 희성姬姓이며, 대융大戎과 희주姬周와 함께 모두 융족에 속한다. 여융驪戎은 역대로 지금의 협서성 서쪽 임동현臨潼縣일대에 거주했던 것으로 알려져 있는데, 고힐강顧頡剛의 고증을 거쳐 지금의 산서성과 하남성 인근의 양성陽城, 그리고 원곡垣曲 두 현 사이에 있는 석성산析城山과 왕옥산王屋山 지역으로 밝혀졌다. 이 지역이 바로 주 목왕穆王이 일찍이 활동했던 "융이지국戎夷之國"이다. 그래서 맹자도 "문왕文王은 서이西夷이다."(『맹자孟子·이루하離婁下』)고 말한 것이다. 주나라 왕실의 부계 희성은 융족이며, 모계 시조인 강원姜嫄이 바로 강족이기 때문에 주계周系는 당연히 강융羌戎에 속한다고 볼 수 있다.

이상 언급된 사람들이 모두 복희의 후예들이다. 복희는 중국문화사에서 중요한 위치를 차지하고 있다. 앞에서 인용한 여러 가지 문헌에서 모두 복희를 시조로 꼽고 있는데, "염황자손炎黃子孫"이라는 말 가운데 이러한 의미가 내포되어 있다. 희문羲文의 "문文은 주대의 개국 군주였던 문왕文王을 가리키는 것으로, 그의 이름은 희창姬昌이다. 중국은 주대부터 처음 전적이 등장하기 시작해 찬란한 중국문화를 열었던 시대였다. 선진시기 공자를 비롯해 노자, 묵자 등의 백가쟁명 역시 주대 문화의 기초 위에서 한 걸음 더 발전된 새로운 국면을 개척하였던 것이다. 그렇기 때문에 희염羲炎, 희황羲黃, 희문羲文 등을 비롯해 염炎·황자손黃子孫이라는 호칭 아래 해내외의 화인華人들이 자연스럽게 친근감과 긍지를 느끼게 된다. 중국문화의 시조로 일컬어지는 복희가 도대체 사람이었는지? 아니면 신이었는지? 문일다聞一多의 고증을 통해 살펴보기로 하자.

5. 문일다가 고증한 복희伏羲의 원형과 조롱박葫蘆

문일다는 『신화여시神話與詩·복희고伏羲考·복희여호로伏羲與葫蘆』에서 복희伏羲, 여와女媧, 반고盤古 세 사람을 모두 조롱박이라고 고증하였다.

복희伏羲라는 글자 역시 "희羲", "희戲", "희希" 등의 세 가지 형태를 지니고 있다. 희羲와 희戲자는 자주 보이지만, "희希"자는 『노사路史·후기後紀』2

의 주석에 인용한 『풍속통의風俗通義』에서 여와女媧는 여희女希로도 사용되었는데, 『초학기初學記』(에 인용한 『제왕세기帝王世紀』와 『사기史記 · 보삼황본기補三皇本紀』에 보임)에 보인다. 하지만 필자가 보기에 "포包"와 "희戲"는 비교적 오래된 서법이라는 생각이 든다. 만일 "포희包戲"를 "포처匏覷"라고 읽으면, 지금의 호로표葫蘆瓢가 된다. 그렇지만 "희戲"는 예전에 "호乎"로 읽었으며, 포袍와 음이 같다. 만약 "포희包戲"를 "포호匏瓠"로 읽으면, 그 뜻은 조롱박이 된다. 즉 쪼갠 조롱박을 일러 표주박瓠이라 하며, 쪼개지 않은 것을 일러 조롱박葫蘆이라 하는데, 옛사람들은 양자를 크게 구분하지 않았던 것으로 보인다. 이는 호瓠(葫蘆)와 희戲(瓢)의 상고음上古音이 완전히 같다는 점을 통해서도 충분히 짐작해 볼 수 있다. 여와女媧의 "와媧"는 『산해경山海經 · 대황서경大荒西經』의 주석과 『한서漢書 · 고금인표古今人表』주석, 그리고 『열자列子 · 황제편皇帝篇 · 석문釋文』, 『광운廣韻』, 『집운集韻』 등에서는 모두 음을 과瓜로 표시하였고, 『노사路史 · 후기後紀』 2주석에서 인용한 『당문집唐文集』에서는 여와를 "포와匏媧라고 표기하였으나 사실 그 음은 포과匏瓜이다.", 따라서 "포희包戲"를 비롯한 "포와匏媧", "포호匏瓠", "포과匏瓜" 등 여러 가지 글자로 표기되고 있으나 실상은 모두 같은 의미를 지니고 있다. ("포희包戲"는 "복희伏希"로 바꿔 쓰고 "여와女媧"는 "여희女希"로 바꿔 쓴 것을 보면 "희戲"와 "와媧"의 음을 여러 가지로 바꿔 쓸 수 있는 법칙이 있음을 알 수 있다.) 그렇기 때문에 복희伏羲와 여와女媧가 비록 두 가지 명칭으로 불리우고 있지만, 그 의미 역시 사실상 한 가지라고 하겠다. 본래 두 사람 모두 조롱박의 화신으로서 다른 것은 오직 성별의 차이만 있을 뿐이다. 그 음성陰性적인 부분을 일컬어 "여와女媧"라고 말한다면, 혹여 "여포희女匏戲", 혹은 "여복희女伏羲라고 말할 수도 있을 것이다.

> 한족漢族은 조롱박葫蘆(瓜)을 복희로 여겼고, 여와 자체는 ……
>
> 복희는 목덕왕木德王이며, 조롱박葫蘆은 초목의 종류이다. 복희는 조롱박葫蘆의 화신이기 때문에 복희목덕伏羲木德이라고 말하는 것이다.

위 문장을 근거로 해 볼 때, "복희伏羲"와 "반호槃瓠"가 서로 다른 계통으로 보이지만 이를 조금 더 자세히 분석해 보면, 양자가 하나의 근원에서 나왔다는 사실을 알 수 있다. "반호槃瓠"의 이름 가운데 "호瓠"자가 있고(『삼국三國·위지魏志』의 주석 인용), 『위략魏略』 등에 충茧(풀이름)이 자라기 전에 다시 "부인이 조롱박에 담아 쟁반으로 덮었다."는 말이 있는 것을 보면, "호瓠" 역시 이 고사의 주제 가운데 일부분이라는 사실을 알 수 있다. 실제로 "반槃"은 호瓠를 쪼개어 만들기 때문에 "반호槃瓠"와 "포희包羲"는 사실상 글자만 다를 뿐 음과 뜻이 모두 같다고 하겠다.

제2장

조롱박으로부터 발전되어 나온 개犬와 호랑이虎

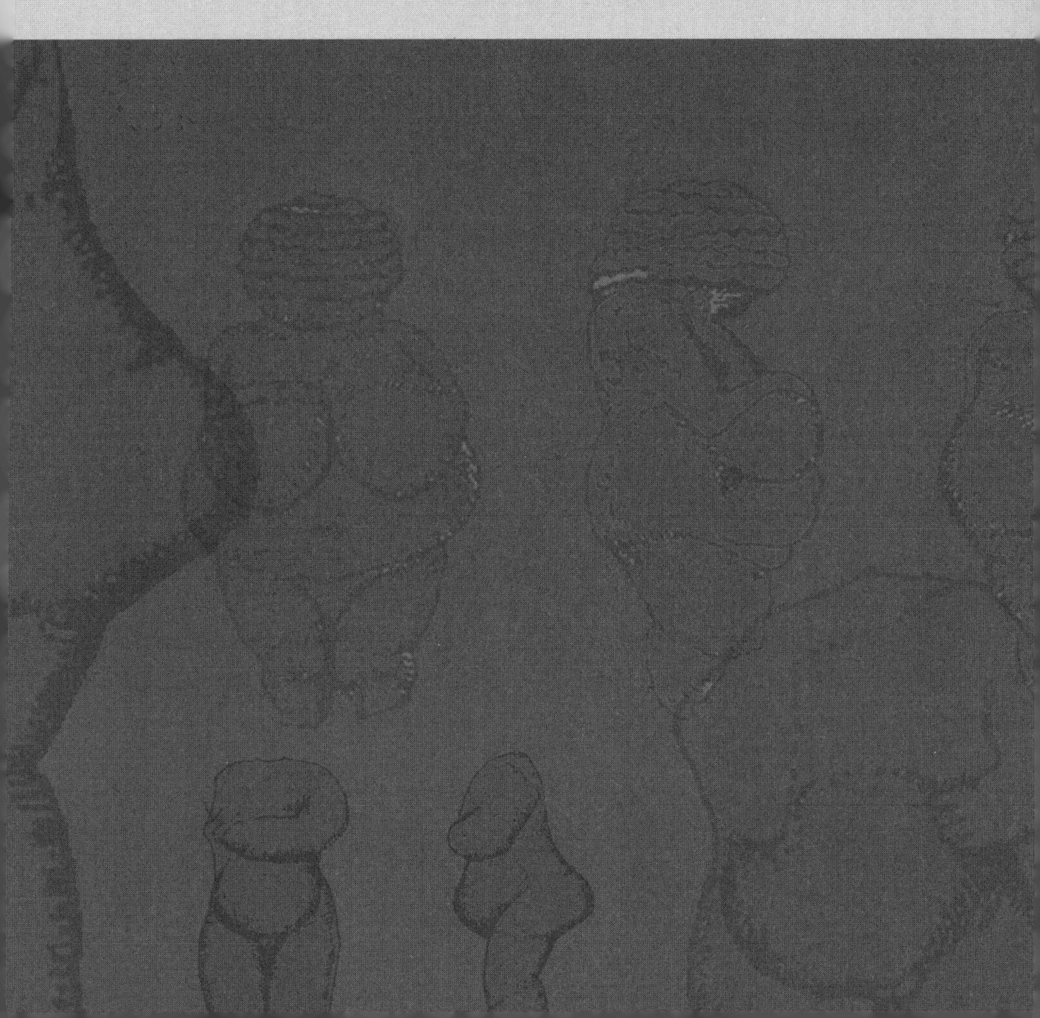

1. 반호槃瓠 — 신견神犬과 조롱박葫蘆의 통일

중국의 요족瑤族을 비롯한 묘족苗族, 여족畬族 등은 모두 반호槃瓠를 자신들의 시조로 여겨 반호槃瓠의 후예라고 생각한다. 이와 같은 관념은 이 민족들이 반호槃瓠에게 지내는 제사의식과 그와 관련된 신화와 전설 속에 반영되어 있다.

1) 반왕절盤王節

요족瑤族은 매년 음력 10월 16일이 되면 반왕절을 지내는데, 3년마다 소제小祭를 지내고 5년마다 대제大祭를 지낸다. 대제를 지낼 때는 채寨의 모든 사람이 동원되며 수백 명의 요족 남녀가 반고盤鼓를 치며 춤을 추고 『반왕가盤王歌』를 부른다. 이외에 매년 정월 설날이 되면 반호槃瓠에게 제사를 지내는 의식을 거행한다. 사료에 기록된 바에 의하면,

정월 집안사람들이 개를 등에 지고 부뚜막 둘레를 세 바퀴 돈 다음 집안의 남녀가 개를 향해 엎드려 절을 한다. 이날 밥을 먹을 때는 반드시 구유를 엎어놓고 땅에 쪼그리고 앉아 먹는데, 이는 예를 다하기 위함이다.

요족의 반호에 관한 전설은 매우 광범위하게 분포되어 있는데, 주로 광동과 광서 지역의 요족 사이에서 유전되어 오고 있다. 광동의 연산連山과 음산陰山 일대의 요족들 역시 자신들을 반호의 후예라고 여긴다. 그들의 전설에 따르면,

먼 옛날 반고시대에 번왕이 군대를 일으켜 세상을 어지럽히자 여러 차례 토벌을 단행했지만 성공하지 못하였다. 이에 천하에 알려 수괴首魁의 머리를 베어 오는 자에게 공주를 시집보내겠다고 공포하였다. 그런데 어느 날 반호槃瓠가 번왕의 수급을 입에 물고 걸어오는 모습이 보였다. 반고盤古가 대경실색하며 어떻게 공주를 반호에게 시집보낼 수 있단 말인가 하고 속으로 생각하며 약속을 지키지 않으려고 마음먹었는데, 공주의 강력한 반대에 부딪쳤다. 그리고 반호槃瓠를 올라타고 산으로 들어가 버렸다. 이로부터 사람들을 낳아 길러, 대대로 지금까지 이어져 십여만 명에 이르렀다.

2) 구황가狗皇歌

여족畲族은 과거에도 반호에게 제사를 지내는 의식을 가지고 있었다.

매 3년마다 한 번씩 제사 의식을 거행하는데, 이때 반호견槃瓠犬의 형상이 그려진 "조도祖圖"를 벽에 걸고 "구두장狗頭杖"을 바쳤다. 그리고 제사의식에 참석한 사람들은 모두 구두구미狗頭狗眉 모자를 머리에 쓰고 "구황가狗皇歌"를 불렀다. 하련규의 『여민의 토템숭배畲民的圖騰崇拜』에서 말하길,

> 내가 일찍이 절강성 여민畲民을 조사하면서 여민들에게 전해오는 도상圖像과 그 토템숭배 유적을 발견하였는데, 이는 민족학을 위한 중요한 발견이었다. 여민은 반호족계의 한 갈래로 복건성閩과 절강성浙에 분포하고 있다. 그 토템은 구전口傳과 화전畵傳, 필전筆傳 등의 세 가지 방식으로 전해오고 있는데, 구전에 의하면 그들은 용견龍犬, 즉 반호槃瓠를 시조로 삼고 있다.……화전畵傳에는 사람의 몸에 개의 머리, 그리고 기린의 목을 한 화상畵像이 전하는데, 조상에게 제사를 지낼 때 사용한다.

현재 여족민 사이에 불리어지고 있는 『구황가狗皇歌』를 다음과 같이 채록해 보고자 한다.

당초출조고신왕當初出朝高辛王, 출래희유간전장出来嬉游看田場.
황후이통삼년재皇后耳痛三年在, 의출금충삼촌장醫出金蟲三寸長.
의출금충삼촌장醫出金蟲三寸长, 변치금반나래양便置金盘拿来养.
일일삼시망장대一日三时望长大, 변성룡구장이장变成龙狗长二丈.
변성룡구장이장变成龙狗长二丈, 오색화반진성행五色花斑尽成行.
오색화반생적호五色花斑生的好, 황제골지규금룡皇帝聖旨叫金龍.
수복번왕시쾌인收服番王是儈人, 애토황제녀결친愛討皇帝女结親.
제삼궁녀생현원第三宫女生傓愿, 금종내리거변신金鐘内里去變身.
금종내리거변신金鍾内里去變身, 단정칠일변성인斷定七日變成人.

육일황후래개간六日皇后来開看, 나시두미변성인奈是頭未變成人.
두시룡구신시인頭是龍狗身是人, 애토황제여결친愛討皇帝女結親.
황제골지화난개皇帝聖旨適難改, 개기람뇌반조종開基藍雷盘祖宗.
친생삼자심단정親生三子甚端正, 황제전리거토성皇帝殿里去討姓.
대자반장성반자大子盘張姓盘字, 이자람장변성람二子藍装便姓藍.
제삼소자정일세第三小子正一歲, 황제전리나명래皇帝殿里拿名來.
뇌공운두향득호雷公雲頭响得好, 지필기래변성뇌紙笔記來便姓雷.
당초출조재광동當初出朝在廣東东, 친생삼자재일궁親生三子在一宫.
초득군정위기부招得軍丁爲其婦, 여서명자신성종女婿名字身姓鍾.

『구황가狗皇歌』는 여족畲族의 여자들과 아이들도 모두 낭송할 수 있다고 한다.

3) 반왕서盤王書

반호에 대한 묘족의 제사 역시 천여 년의 역사를 가지고 있다. 한문 사료에 근거해 볼 때, 당대唐代 묘족 사이에서 반호에 대한 제사가 성행하였으며, 송대와 명대를 거쳐 청대까지 이어져 내려왔다고 한다. 현대 장상문張相文의 『월서총담粤西叢談』(서원총고권西園叢稿(권8))의 기록을 살펴보면,

조상에게 제사 지내는 예를 묘족사람들은 가장 중시한다. 동굴 속에 때때로 크고 화려하게 반고묘盤古廟를 짓고, 그 가운데 반고盤古, 천황天皇, 지황地皇, 인황人皇을 차례로 배열하고 제사를 지낸다. 무선현武宣縣 경내에서도 역시 이와 같이 제사를 지낸다. 전하는 바에 따르면, 매년 6월 초이틀이 반고의 탄신일이라고 한다. 원근 수백리의

> 한족과 묘족은 어른아이 할 것 없이 모두 모인다. 간혹 반고盤古를 묘족의 조상이라고 하지만, 원래는 반호槃瓠가 반고盤古로 바뀐 것이다.

묘족에게도 반고盤古에 관한 찬가가 전해지고 있다. 즉 『반고서盤古書』는 민중 사이에 널리 불리어지고 있는데, 여기서 반왕盤王은 종종 문물文物을 창조한 인물로 묘사되고 있다.

"반호盤瓠"라는 두 글자는 "반고盤古"혹은 "반고盘古"로 그 음을 바꿔 쓰이기도 한다. 반호에 관한 유사한 이야기들이 중국 남방의 요족瑶族을 비롯한 묘족苗族, 려족黎族, 수족水族, 포의족布衣族 등의 민족 가운데 전해져 오고 있으며, 거의 모든 민족의 개벽신화 중에서 반고에 관한 이야기가 언급되고 있다. 예를 들면, 중가仲家(포의족)의 『반고유보盤古遺保』에서도 다음과 같이 노래하고 있다.

> 1만 년을 산 반고가 천지를 개벽하고, 건곤乾坤을 바로 세웠다.

또 다른 천지개벽의 노래 속에서는 다음과 같이 언급하고 있다.

> 사람이 처음 창조되었을 때 하늘과 땅이 한 덩어리로 위와 아래로 나누어지지 않았다. 반고가 개벽하고 하늘을 받치고 있는 구리 기둥을 쪼개버리고 철 기둥을 만들어 양쪽을 받치고 구리기둥으로 하늘의 한 가운데를 버티었다……

4) 반고분盤古墳

반고는 천지개벽과 후손의 번성에 끼친 위대한 공적으로 인해, 수많은 민족으로부터 숭배되어 오고 있다. 전설에 따르면, 남해南海에 300리나 되는 반고의 무덤이 있는데, 이 무덤은 그의 혼백을 추모하기 위한 것이라고 한다. 또한 소수민족들이 거주하는 지역에서도 그들의 전설을 통해 반고의 흔적을 찾아볼 수 있으며, 고고학적 발굴을 통해 발견되는 문물 중에서도 역시 그의 형상을 찾아볼 수 있다. 남조南朝 양임방梁任昉의 『술이기述異記』 에 기록된 내용을 살펴보면,

> 지금 남해에 반고의 묘가 있는데, 그 길이가 300리나 된다. 전하는 바에 의하면, 후인들이 반고씨의 혼백을 추모하기 위한 것이라고 한다. 남해에는 반고국盤古國이 있는데, 지금의 사람들은 모두 반고盤古를 성씨로 삼고 있다.

나필羅泌의 『노사路史』 5 가운데 다음과 같은 기록이 보인다.

> 유자진有自辰과 원래자沅來者가 말하길, 노계현瀘溪縣의 서쪽 180리에 무산武山이 있는데, 그 높이가 천 길이나 된다. 산 중턱을 바라보면 석동石洞이 뚫려있는데, 그 옆에는 개 모습에 사람형상을 한 돌이 세워져 있으며, 이것을 이른바 반호槃瓠라 한다. 지금 현縣의 서남쪽 30리에 반호사槃瓠祠가 있는데, 지붕과 기둥이 웅장하여 믿을만하다.

『무릉기武陵記』에서는 다음과 같이 말하고 있다.

> 산 중턱에 석실이 있는데, 수만 명의 사람이 들어갈만 하다. 그 가운데 석상石床이 있는데, 반호槃瓠가 남긴 행적이라고 한다. 지금의 동굴 앞에는 석수石獸와 석양石羊이 있으며, 기이한 흔적이 많이 남아 있다. 『진주도경辰州圖經』에서 "운황雲隍 석굴에 세 개의 방과 개의 형상石狗이 있는데, 전해오는 바에 의하면 반호槃瓠의 형상이라고 한다…… 네 번째는 힐료犵獠를 말한다.

오늘날의 호남성 지도에서도 노계현瀘溪縣을 찾아 볼 수 있다. 이 현은 서쪽으로 180리에 위치하고 있으며, 상서湘西의 토가족土家族과 묘족苗族자치주 정부 소재지인 길수시吉首市를 거쳐 무릉산武陵山에 이른다. 위의 문장에서 언급한 무산武山의 반호 유적은 무릉산 안에 위치하고 있으며, 반호의 후예로 지칭되는 "힐료犵獠"는 사실상 지금의 흘뇨족仡佬族을 가리킨다. 현재 흘뇨족은 주로 호남성과 이웃하고 있는 귀주성貴州省을 중심으로 생활하고 있다.

5) 반호槃瓠 동상의 출토

귀주성의 한대 묘에서 발견된 문물 가운데 반호의 형상이 발견되었는데, 이것은 한문화漢文化에 대한 소수민족의 영향을 설명해 주는 것이라 하겠다. 이연원李衍垣은 귀주성의 고고학 유물을 소개할 때 다음과 같이 언급하였다.

> 1975년 겨울 홍인興仁2호 묘에서 출토된 동제銅制 요전수搖錢樹 : 신화 속에 나오는 흔들면 돈이 떨어진다는 나무 위에 오색으로 빛나는 이중 고리 형태의 벽형물璧形物 위에 몸매가 비대하고 온몸에 반점이 있는 꽃사슴 한 마리가 서 있는데, 그 입에는 영지초靈芝草를 물고 있고, 등에는 괴상하게 생긴 괴물이 타고 있다. 이 괴물은 긴 코와 입을 벌리고 있는 개의 머리에 인간의 몸을 하고 있으며, 상반신은 알몸을 드러내었으나 하반신은 나뭇잎 형상의 치마를 두르고 있다. 오른손은 어깨에 기댄 창을 잡고 허리에는 비수를 찼는데, 마치 전투에 나가려는 자세를 취하고 있는 듯하다. 나는 이것이 바로 "반호槃瓠"의 형상이라고 생각한다.

귀주성 홍인현興仁縣은 지금의 검서남포의족黔西南布衣族자치주에 속하며, 그 서쪽은 운남성의 곡정曲靖 지역과 맞닿아 있다. 곡정은 예전에 이족이 살던 땅이었다. 포의족과 묘족, 그리고 이족이 모두 "반호盤瓠"의 후예인 까닭에 이곳의 무덤 속에서 반호의 형상이 발견되는 것은 자연스러운 일이라고 하겠다.

6) 『풍속통風俗通』- 반호가 오나라 장수를 제거하다

사적 속에서 반호의 이야기는 한말漢末 응소應劭의 『풍속통의風俗通義』에서 가장 먼저 보인다.

옛날에 고신씨高辛氏는 견융의 적이었는데, 제곡은 그 침략을 당하여 정벌을 단행하였으나 뜻을 이루지 못했다. 이에 천하에 견웅의 장군인 오장군의 머리를 가져오는 자에게 황금 천일千鎰과 만호의 고을, 그리고 공주를 아내로 삼게 하겠다는 포고령을 내렸다. 당시 제곡은 개 한 마리를 길렀는데, 그 털이 오색찬란한 빛을 띄고 있어 반호盤瓠라고 불렀다. 포고령을 내리자 반호가 사람의 머리를 입에 물고 대궐 앞으로 가져왔다. 군신이 괴이하게 여겨 살펴보니 바로 오장군吳將軍의 머리였다. 제곡이 크게 기뻐하였으나 반호에게 공주를 아내로 맞이하게 할 수도 없고, 또한 작위도 내릴 수 없어 어떻게 마땅한 상을 내려야할지 고민하고 있었다. 이 소식을 들은 공주가 왕이 명령을 바꾸면 위신이 서지 않는 법이니 원래대로 따르겠다고 하였다. 이에 제곡은 어쩔 수 없이 공주를 반호에게 시집보냈다. 반호가 공주와 결혼한 후에 공주를 등에 업고 남산南山의 석실로 들어갔는데, 산세가 험준해 인적이 닿지 않았다. 이에 공주가 옷을 벗고 반호와 결혼을 하였다. 제곡이 그녀를 그리워하며 사람을 파견해 찾고자 하였으나 비바람과 안개가 눈앞을 가려 앞으로 나아가지 못하였다. 3년이 지나 12명의 아이를 낳았는데 6남 6녀였다. 반호가 죽은 후 자식들끼리 서로 부부가 되었다. 나무껍질을 벗겨 풀과 열매로 염색해 오색 옷을 만들어 입었는데, 옷마다 꼬리모양이 있었다. 공주가 돌아가 제곡에게 지난 일을 설명하자 제곡이 아이들을 맞아들이도록 하였다. 그런데 아이들의 옷은 온통 얼룩무늬이고 알아들을 수 없는 말을 하였다. 또한 산속에 들어가 사는 것을 좋아하고 넓은 평지에서 지내는 것을 좋아하지 않았다. 제곡이 그들의 뜻을 받아들여 산과 넓은 연못을 하사하였다. 그 후 덩굴처럼 자손이 번성하였는데, 이들을 만이蠻夷라고 불렀다.

7) 『수신기搜神記』 - 반호가 공주를 취하다

진대晋代 간보干寶의 『수신기搜神記』 권14에 다음과 같은 이야기가 전한다.

고신씨의 나이 많은 부인이 왕국에 살고 있었는데, 귀에 질환이 있었다. 의사가 귓속에서 정충頂蟲을 끄집어냈는데, 크기가 누에고치만큼 컸다. 부인이 가고 나서 조롱박에 넣고 쟁반으로 덮어놓았다. 마침내 정충이 변해 개만큼 커지고 온 몸이 오색무늬로 둘러싸여 있었다. 그래서 반호盤瓠라 이름 짓고 길렀다. 그때 융오戎吳가 강성하여 국경을 자주 침범하였다. 군대를 보내 토벌하였으나 사로잡아 승리를 거두지 못하였다. 이에 천하에 융戎의 오장군 머리를 가져오는 자에게 황금 천근과 만호의 봉읍, 그리고 공주를 시집보내겠다고 포고하였다. 후에 반호가 머리 하나를 입에 물고 왕궁 앞으로 가져왔다. 왕이 그것이 바로 융오의 머리임을 알았다. 그런데 어찌한단 말인가? 군신이 모두 "반호는 가축이라 관직을 내릴 수도 없고 공주를 시집보낼 수도 없습니다."라고 말하였다. 공주가 그 소식을 듣고 왕에게 "대왕께서 이미 저를 시집보내겠다고 천하에 공포하셨습니다. 반호가 머리를 물고 와 나라의 해를 제거한 것은 천명에 따른 것이지 어찌 개의 지력에 달렸다 하겠습니까! 왕이 말을 되풀이하면 신하된 자들도 말을 되풀이하게 되니, 미약한 여자의 몸이라 해서 어찌 따르지 않을 수 있겠습니까! 천하와 한 약속을 어기면 나라에 화가 됩니다."라고 말하였다. 왕이 두려워하며 그녀의 말을 따라 반호에게 시집을 보냈다. 반호가 그녀를 등에 업고 남산에 올라가니 초목이 무성하고 인적이 없었다. 이에 그녀는 옷을 풀어헤치고 반호와 결혼하였다. 이후 반호를 따라 산에 올라가 계곡의 석실에 살게 되었는데, 왕이 그녀를 그리워하며 사람을 보내 살펴보게 하였다. 그런데 하늘에서 비바람이 일고 안개가 끼어 더 이상 앞으로 나아가지 못하였다. 3년이 지난 후 6남 6녀를 얻었다. 반호가 죽고 나서 자식들끼리 서로 부부가 되었다.

8) 오계五溪의 민족 - 반호종槃瓠種의 후예

『풍속통의風俗通義』에서 반호의 후예로 "만이蠻夷"를 말했지만, 여기서 "만이蠻夷"는 민족의 구별을 지칭한 것은 아니고, 유송劉宋 범엽范曄이 『후한서後漢書 · 남만이南蠻夷』에서 『풍속통의』와 『수신기』를 베껴 쓸 때 편말에 "지금 장사長沙의 무릉만武陵蠻을 이른다"는 한 구절을 누락시켜 일어난 결과이다. 여기서 무릉만武陵蠻은 바로 "무계만武溪蠻"을 가리킨다. 남송 주보朱輔의 『계만총소溪蠻叢笑』에 보이는 섭전葉錢의 서에 의하면,

> 무계만武溪蠻은 모두 반호盤瓠의 후손이다…… 지금의 묘족苗族, 요족徭族, 료족僚族, 동족潼族, 흘뇨족仡佬族 등을 말한다.

제霽와 양梁대 이후 사적에서 점차 묘족苗族, 요족瑤族, 장족壯族, 여족黎族

등의 이른바 “남만南蠻”을 구체적으로 가리키게 되었다.

청대 옹정擁正시기1723-1735의 『고금도서집성古今圖書集成·직방전職方典·유주풍속柳州風俗』에 기재된 내용을 살펴보면,

> 무릇 만蠻의 종류는 하나가 아니지만 모두 옛 반호槃瓠의 후손이다. 전하는 바에 의하면, 월왕越王에게 반호라고 부르는 개가 있었다고 한다. 왕이 납치되자 그 나라의 왕비가 능히 왕을 구해오는 자에게 공주를 시집보내겠다는 교지를 내렸는데, 반호가 이 말을 듣고 흔연히 나갔다가 왕을 업고 돌아와 드디어 공주를 아내로 삼았다. 반호는 바위 계곡 사이에서 살며 여러 명의 자식을 낳았는데, 이른바 요傜, 동僮(壯), 요흘료僚仡佬, 낭俍, 녕伶, 동侗,이라고 불렀으며, 후에 각기 하나의 부족이 되었다. 서로 왕래하지 않은 까닭에 요인傜人들은 대부분 반성槃姓을 가지게 되었다. 견부犬父의 흉한 모습을 싫어해 성을 반盤으로 고치고 반고盤古라 칭했는데, 이는 반호槃瓠와 글자의 음이 비슷해 이를 빌려 쓴 것이다.

9) 반고盤古의 개벽천지

삼국시대 서정徐整이 지은 『삼오력기三五曆記』에는 남방의 소수민족 가운데 전해오는 “반호槃瓠”, 혹은 “반고盤古의 전설을 취해 고대 경전 중의 철학적 요소와 자신의 상상력을 가미시켜 개벽천지의 주인공으로 반고盤古를 창조하였다.

아주 오랜 옛날에는 천지가 계란의 흰자위 같이 혼돈하였으며, 반고盤古는 그 안에서 태어나서 18,000년을 보냈다. 천지가 개벽하며 밝고 푸른 것은 하늘이 되었고, 어두컴컴하고 탁한 것은 땅이 되었다. 반고盤古는 그 안에 있으면서 하루에 아홉 번 변하였고, 신묘함이 하늘에 이르렀고, 거룩함이 땅에 이르렀다. 반고는 땅을 딛고 서서 하늘을 밀어 올려서, 하늘은 하루에 1장丈씩 높아졌고, 땅은 하루에 1장丈씩 두터워졌다. 반고盤古가 하늘과 땅 사이를 하루에 1丈씩 밀어 올리면서 18,000년이 흘러서, 하늘은 지극히 높아졌고, 땅은 지극히 깊어졌으며, 반고盤古의 키는 지극히 커졌다. 그러므로 천지는 9만리나 되었다.

서정徐整은 그의 『오운역년기五運曆年紀』 중에서 다음과 같이 언급해 놓았다.

"흐릿하고 몽롱한 원기元氣로부터 모든 것이 싹이 트고 자생하여 마침내 중화中和를 잉태하여 사람을 낳았다. 반고가 쓰러져 죽어 기氣는 바람과 구름으로 변하였고, 목소리는 천둥이 되었고, 왼쪽 눈은 태양이 되고, 오른쪽 눈은 달이 되었으며, 사지四肢는 사극四極과 오악五嶽이 되었으며, 혈액은 강물이 되었다. 머리카락은 하늘의 별이 되었고, 피부와 몸의 털은 초목이 되었고, 치아와 뼈는 금옥金玉이 되었다. 골수는 보석이 되었으며, 땀은 흘러 호수와 연못이 되었다."

남조 양梁대 임방任昉의 『술이기述異記』에서는 다음과 같이 기록되어 있다.

> 옛날 반고가 죽어 머리는 사악四嶽이 되었고, 눈은 해와 달이 되었으며, 피와 땀은 강과 바다가 되었고, 머리카락과 털은 초목이 되었다. 진한시기에 전해져 오는 말에 의하면, "반고의 머리는 동악東嶽이 되고, 배는 중악中嶽이 되었으며, 왼쪽 팔은 남악南嶽이 되고, 오른쪽 팔은 북악北嶽이 되었으며, 발은 서악西嶽이 되었다"고 한다. 선대의 유자儒子가 말하길, "반고의 눈물이 강물이 되었고, 기氣는 바람이 되었으며, 목소리는 천둥이 되었고, 눈은 번개가 되었다"고 한다. 예부터 전해오는 말에 의하면, "반고는 맑은 날씨를 좋아하고 흐린 날씨를 싫어하였다"고 한다.

적을 죽이고 공을 세워 공주를 취하여 아내로 삼은 용견龍犬이 점차 신격화되면서 마침내 천지 만물의 창조자가 되었던 것이다. 반고盤古가 죽어 몸이 변하였다는 이야기와 호랑이의 몸이 해체되어 우주가 창조되었다는 이족彝族의 이야기는 서로 상당히 유사한 점을 지니고 있다. 각 민족의 선조들은 모두 자신들의 토템을 적극적으로 신격화하고, 무한한 신통력을 부여함으로써 우주 만물의 생성을 설명하고자 했다는 사실을 엿볼 수 있다.

10) 서융西戎 - 반호종盤瓠種의 후예이다.

이상에서 언급한 "남만南蠻"은 바로 지금의 장동어족壯侗語族인 장족壯族,

수족水族, 여족黎族, 포의족布依族, 그리고 묘요어족苗瑤語族인 묘족苗族, 요족瑤族, 여족畲族 등의 여러 민족을 가리킨다. 사실상 고적에서 언급하고 있는 이른바 "서융西戎" 역시 반호종槃瓠種의 후예이다. 삼국시대 조위曹魏 어환魚豢의 『위략魏略·서융전西戎傳』에도 저강氐羌은 "그 종족이 하나가 아니며, 모두 반호槃瓠의 후손이라 일컫는다."고 하는 기록이 보인다. 그러나 여기서 반호槃瓠가 개犬라는 사실은 말하지 않았다. 『국어國語·주어周語』에서 "목왕穆王이 견융犬戎을 정벌하고자 하였다."는 말과 위주韋注에서 "견융犬戎은 서융西戎의 다른 명칭이다."는 말이 보이며, 『사기史記·주본기周本紀·정의正義』에서 "견융犬戎은 반호槃瓠의 후손이다."는 기록이 보인다. 이러한 기록이 고강융古羌戎이 반호종槃瓠種의 후예라는 사실을 설명해 주는 것이라고 한다면, 고강융의 후예인 이족彝族, 백족白族, 그리고 장족藏族 역시 모두 반호종의 후예라고 할 수 있다. 원말 주치중周致中은 『이역지異域志』에서 "나나囉囉는 고북인古僰人이 세운 나라이며, 반호槃瓠의 후손이다."라고 하였는데, 이 말은 "고북인古僰人"이 백족의 선조이고, "나나囉囉"가 바로 이족彝族이라는 말이다. 명·청시대의 문헌에서도 당대唐代 운남 동쪽滇東의 "반호납후추아정盤瓠納垕酋阿丁"이 이문彝文을 창조했다고 밝히고 있다. 『검중기문黔中紀聞』에서도 역시 "지금의 토번吐蕃은 바로 반호槃瓠의 후예이다."고 언급하였다.

지금 우리는 본 민족이 개犬를 숭배한다는 사실에 대해 크게 부끄럽게 생각할 필요는 없다. 사실상 다른 어떤 동물을 숭배하는 것과 마찬가지로 원시사회에서 이와 같은 경우는 지극히 자연스러운 일이었기 때문이다. 동물을 길들여 온 역사적 상황을 근거로 해 볼 때, 개는 사람이 가장 먼저 길들인 동물 가운데 하나였을 뿐만 아니라, 또한 사람의 훌륭한 친구로서 사람을 도와 사냥을 하거나 집을 지키고 물건을 실어 나르는 역할을 해왔다는 사실을 알 수 있다. 이외에도 개는 사람의 말을 이해할 수 있었을 뿐만 아니라, 개의 예민한 후각과 충성심, 그리고 용감성과 영리함으로 인해 원시인들이 개에 대해 신비감과 숭배 심리를 가지게 되었다고 볼 수 있다. 사람들 역시 개의 이러한 능력을 얻고자 하는 바람을 가지고 있었던 까닭에, 개犬를 시조로 숭배했다고 보는 시각은 정리에 부합되는 합리적인 생각이라고 하겠다(원시적 사유 측면에서 이해). 더욱이 개犬에 대한 숭배는 모체숭배로부터 변화 발전되어 나온 것으로 볼 수 있기 때문에, 중국의 수많은 민족이 숭배하는 반호 숭배 역시 그 기원을 조롱박葫蘆 숭배까지 거슬러 올라갈 수 있을 것이다. 다시 말해서 모체숭배에서 그 기원을 찾을 수 있다고 본다.

11) 반槃과 호瓠의 원형

"반槃"의 본의는 조롱박을 갈라 만든 표주박瓢을 의미하며, "호瓠"는 조롱박葫蘆이라는 뜻을 가지고 있다. 그러므로 "반호槃瓠"는 사실상 조롱박葫蘆을 가리킨다고 볼 수 있다. 그러나 반호槃瓠가 적을 죽이고 공을 세워 나라를 위험에서 구한 신견神犬으로 변화 발전함에 따라 반호의 정충頂虫(고대전설 가운데 머리에서 나온다는 벌레)이 신견神犬으로 변해 반호槃瓠라는 명칭을 얻게 되었다는 내용과 조롱박, 그리고 개犬를 연계한 이야기가 각 민족 사이에 전해오게 되었던 것이다. 신견神犬을 토템으로 숭배한 각 민족들은 대부분 조롱박에 관련된 전설과 숭배관념을 가지고 있는데, 이는 조롱박으로부터 신견으로 변화하는 과정 속에서 모체숭배로부터 토템숭배에 이르는 변화의 과정을 반영한 것으로 보인다. 역사시대 이전의 인류는 환상과 현실을 구분하지 못하고 주관적인 것과 객관적인 것을 혼동하였는데, 이것은 그들의 사유가 기본적으로 혼돈의 상태에 머물러 있었기 때문이다. 일찍이 프랑스의 학자 샬리Schally Anshenlin가 말한 바와 같이 "원시인들은 자신이 느끼는 모든 인상을 현실로 여기는 것"에 대해 거의 의심하지 않았다.

조롱박은 모체숭배의 상징물이었고, 신견神犬은 토템숭배의 대상이었다. 그런데 반호槃瓠는 이 양자의 의미를 모두 겸하고 있음을 볼 때, 양자 간의 연계가 바로 토템숭배의 초기형태를 의미하는 것이라고 하겠다.

2. 복희伏羲 — 호랑이虎와 조롱박葫蘆의 통일

오늘날 한장어계漢藏語系 장면어족藏緬語族에 속하는 장족藏族, 강족羌族, 이족彝族 등의 민족은 모두 고강융告羌戎과 친연관계를 가지고 있다. 그 중에서 이족의 언어彝語 계통에 속하는 이족彝族, 납서족納西族, 율속족傈僳族, 합니족哈尼族 등은 주로 청장고원靑藏高原의 동쪽 기슭과 사천 분지, 그리고 운남과 귀주고원의 고강융古羌戎과 서북지역에서 이주해 온 강융羌戎과 함께 이른바 "모우종牦牛種—월수강越嶲羌"이라 일컬어졌는데, 수·당시기에 이르러 "오만烏蠻의 후예로 발전하였다. 원래 백족白族은 사천 분지에 거주하던 강융의 일족이었으나, 북인僰人이 주변의 민족을 지속적으로 흡수 해 발전하면서 생성된 민족이다. 그리고 토가족土家族은 원래 사천의 천동川東, 호남의 상서湘西, 호북의 악서鄂西 일대의 파인巴人 : 강융의 일족에 속함의 후예에 속한다. 그렇기 때문에 고강융古羌戎의 문화전통은 각 민족에 따라 정도의 차이는 있지만, 지금까지도 각 민족의 생활 속에서 그 원형이 전해져 오고 있다. 이족彝族을 비롯한 백족白族, 납서족納西族, 토가족土家族, 율속족傈僳族, 보미족普米族 등의 민족에게는 지금까지도 호랑이를 숭배하는 유습이 남아 있는데, 그중에서 이족, 납서족, 율속 등은 검은색黑을 숭상해 흑호를 토템으로 숭배하고 있는 반면, 백족을 비롯한 토가족, 보미족 등은 흰색白을 숭상하여 백호를 토템으로 숭배하고 있다.

1) 나나喇喇의 후예

이족彝族의 일족인 납서족에게 전해오는 전설에 따르면, "호랑이가 인류의 시조"라고 전해져 오고 있다. 납서족의 상형문象形文인 동파경東巴經 첫 번째 권에는 대부분 호랑이 머리가 그려져 있는데, 예전에 납서족은 이를 "마사麽些"로 일컬었으며, 그들은 호랑이를 "납拉"이라고 불렀다. 광서 연간에 출간된 사천의 『염원현지鹽源縣志・여지산천輿地山川』에서 현지 마사인麽些人의 "성은 나나喇喇(拉拉)로 호랑이를 뜻한다."고 기록하고 있는데, 이는 바로 자신을 호랑이로 자처해 "호인虎人"이라 말한 것이다. 다시 말해서 마사麽些는 "이족夷族이 한족과 구별하기 위해서 스스로 나인喇人(虎人)으로 자처하기" 위해 지은 것이다. 또한 『염원현지鹽源縣志・토사지土司志』의 기록에 의하면, 원・명시기에 "나타喇他"라고 부르는 마사 수령이 있었는데, "나타喇他는 우물을 지킨 공으로 목리木里에 호적을 올렸다."는 기록이 보인다.

나타喇他는 사천 염원현鹽源縣 좌소구左所區 납서족의 토사土司 나보성喇寶成(남,1978년 별세)의 원元대 선조를 가리킨다. 여기서 나타喇他와 나보성喇寶成은 모두 납서족이 호랑이拉를 성씨로 삼은 실례이다. "나타喇他"라는 말은 양산凉山 이족彝族의 말 중에서 "납탑拉塔"과 운남 이족의 말 중에서 "나타羅拖"라는 말과 그 뜻이 같으며, 그 의미는 호진虎辰을 나타낸다. 납서족 수령을 "나인喇人"이라 부르고, 토사를 "나타喇他"라고 부른 것은 그들이 호랑이虎를 숭배한다는 사실을 밝히기 위한 것으로, 그들은 이러한 관념의 연속선상에서 호년虎年, 호일虎日, 혹은 호진虎辰을 길하다고 생각하였다. 영녕永寧의 납서족 토사土司가 호랑이를 숭배했던 사실을 예로 들어보면, 해방 전 토사의 관아에서 문지기를 했던 사람들은 모두 이구동성으로 "토사가 호랑이를 마치 선조를 대하듯 경건하게 받들었다."고 증언하였다. 또한 토사는 호랑이 사냥을 금지하고, 만일 누군가 호랑이를 죽이게 되면, 반드시 태형에 맞아 죽은 사람처럼 죽은 호랑이를 토사부土司府에 가져다 놓고 집에 초상이라도 난 듯이 죽은 호랑이에게 절을 해야 했다고 한다. 이외에도 현지의 수많은 지역에서는 호랑이라는 명칭을 지역이나 사람의 이름에 덧붙여 사용하였다. 예를 들면, 호산虎山, 호호虎湖, 호촌虎村, 호도虎島 등과 같은 경우이다. 또한 문미門楣 위에 호랑이 그림을 걸어 사악한 기운을 물리치는 부적으로 활용하였으며, 심지어 달파達巴의 신봉神棒 위에 호랑이의 머리 형상을 조각해 놓기도 하였다. 운남과 사천 경계지역의 노고호瀘沽湖 부근에 사는 납서족 마사인摩梭人들은 여신의 이름을 "파정랍정巴丁拉丁"이라고 부르며 숭배하는데, 여기서 "납목拉木"은 바로 "납마拉摩를 가리키는 것으로, 그 의미는 암컷 호랑이라는 뜻을 내포하고 있다. 그렇기 때문에 "파정랍정巴丁拉丁"에 대한 숭배는 사실상 암컷호랑이를 숭배하는 토템을 의미한다고 하겠다. 양산凉山 이족자치주 감낙현甘洛縣의 강어羌語 일족 가운데 하나인 이소인耳蘇人들은 자신들의 상형문 역서曆書 뒤표지에 지구를 밀고 있는 4폭의 호랑이 도안을 인쇄해 놓았는데, 이는 일찍이 양산 이족의 제사장이 언급한 바와 같이 지구가 호랑이에 의

해서 움직인다는 그들의 믿음을 형상화해 놓은 것이다.

또한 납서족은 씨족의 구성원들이 호랑이로 변하거나 사람이 호랑이로 변한다고 믿었는데, 문헌 기록에 의하면, "원대 초기 여강麗江의 백사리白沙里 이인夷人(납서족) 목도모지木都牟地"가 "반석磐石 위에 누워 있다가 잠시 후에 호랑이로 변해 크게 한 번 포효하고는 가버렸다."고 하는 내용이 보인다.

2) 납배臘扒 씨족

율속족傈僳族의 토템 유적 역시 풍부하게 전해오고 있으며, 그 다양성에 있어서도 이족彝族과 매우 유사한 성격을 지니고 있다. 율속족 가운데 호씨족虎氏族을 "납배臘扒"라고 일컫는데, 전설에 따르면 한 여자가 산에 올라가 땔나무를 하다가 청년으로 변한 호랑이를 만나 정을 통한 후 아이를 낳았다고 한다. 그래서 호씨족 사람들은 산에 올라가 호랑이를 사냥하지 못한다. 한족漢族의 성으로 표기할 때는 "납臘" 혹은 "호胡"라고 부른다. 율속족의 씨족 명칭과 토템의 형식 역시 이족彝族의 형식과 매우 흡사한데, 이는 두 민족의 기원이 서로 오랜 역사적 연원을 가지고 있다는 사실을 설명해 주는 것이라고 하겠다. 이족은 원·명시대 한족의 문헌 속에서 "나나羅羅"라고 일컬어졌다. 그래서 명대 경태景泰의 『운남도경지서雲南圖經志書』 권4 등에서 "율속栗粟은 나나羅羅의 별종이다."고 기록해 놓았다.

일찍이 어떤 사람이 장족藏族에 대해 고강古羌의 후예라고 고증해 놓았는데, 고힐강顧頡剛 역시 『고적 중에서 우리나라의 서부민족을 탐색하다—강족羌族』이라는 문장에서 "서장인은 바로 춘추시대 애검자愛劍子의 자손인 50여 개 씨족 중에서 강羌이 갈라져 나왔다."고 고증하였다. 『구당서舊唐書・토번전土蕃傳』에서는 "강중羌中"은 토번이며, 그 중군中軍이 호표피虎豹皮를 입었다."고 하는 기록이 보인다. 사천 양산의 염원鹽源과 목리木里, 그리고 남녕南寧 낭현蒗縣의 장족藏族은 현지의 강어羌語일족 가운데 하나인 보미족普米族과 이어彝語 일족 가운데 하나인 마사인摩梭人과 마찬가지로, 이들 역시 암컷 호랑이를 가리키는 "파정랍정巴丁拉丁"을 여신으로 숭배하고 있다.

3) 나나마羅羅摩와 나나파羅羅頗

다른 민족과 비교해 볼 때, 이족彝族의 호랑이 토템이 가장 명확한 특징을 보여주고 있다고 할 수 있는데, 이러한 특징은 이족 스스로 자신의 민족을 호랑이라고 부르고 있다는 점에서 더욱 더 구체적으로 나타난다. 이족은 호랑이를 "나羅"라고 부른다. 그래서 양산凉山의 이족은 자신의 부계씨족을 암컷호랑이 "늑마勒摩"라고 일컫는다. 애뇌산愛牢山 위쪽에 위치한 외산巍山, 남간南澗, 미도彌渡, 경동景東, 남화南華, 초웅楚雄, 쌍백雙柏 등의 현에 거주하는 이족은 대부분 자신을 "나나羅羅", 혹은 "나羅"라고 일컫는데, 남자는 자신을 "나나파羅羅頗", 여자는 "나나마羅羅摩"라고 부른다. 여기서 "파頗"는 이족의 언어로 수컷을 의미하며, "마摩"는 암컷을 나타낸다. 이처럼 이족은 자신을 호랑이로 지칭하며 사람과 호랑이를 동일시하는데, 이점이야말로 바로 이족이 일찍이 호랑이를 토템으로 숭배했다고 보는 유력한 증거라고 할 수 있다. 애뇌산愛牢山의 "나나羅羅"는 집집마다 무사巫師가 그린 남녀의 화상畵像을 걸고 이를 일컬어 "열나마涅羅摩(涅의 의미는 신령 혹은 조상이라는 뜻이다)라고 부르는데, 그 의미는 암컷 호랑이 신령, 혹은 암컷 호랑이 조상이라는 의미를 가지고 있다. 따라서 암컷 호랑이가 조상을 대표한다는 사실은, 이들의 토템숭배가 원시시대의 모계 씨족사회로부터 유래되었다는 사실을 반영한 것으로 볼 수 있다. 즉 당시의 인류는 모계를 중심으로 전승되었기 때문에, 그 토템의 대상 역시 암컷이었다고 할 수 있다.

4) 고후古侯·곡열曲涅과 나나羅羅

사천과 운남 지역에 거주하는 이족彝族은 자신들을 "낙소諾蘇"라고 지칭한다. 그래서 그들은 자신을 "나나羅羅"라 부르고, 호랑이를 "나羅" 혹은 "납拉"이라고 일컫는다. 또한 그들은 자신들을 운남의 동북쪽滇東北 소통昭通지역과 오몽산烏蒙山 지역에서 이주해 온 고후古侯와 곡열曲涅의 "나나마羅羅摩"(즉 암컷호랑이母虎를 공동의 조상으로 여김)의 후예라고 여긴다. 그 계보를 살펴보면, 아보도목阿普都木(篤木) — 도목오오都木烏烏 — 오나나烏羅羅 — 나나포아羅羅布亞 — 포아사납자布亞史拉兹 — 사납자고후史拉兹古侯와 사납자곡열史拉兹曲涅로 이어지며, 지금까지 44, 45대에 이르고 있다. 오나나烏羅羅는 고후古侯와 곡열曲涅의 증조부로서 고후와 곡열 두 형제가 거주했던 마을에서는 자손들에게 여전히 "나나羅羅"라는 이름을 지어주고 있다. 예를 들어, 양산주凉山州 감낙현甘洛縣의 토사土司 영방정嶺邦正(1978년 별세)의 숙조부叔祖父는 이름이 목길나나木吉羅羅이며, 그 아래가 바로 나나영고羅羅嶺固(閏巖土司)였다. 그리고 곡열曲涅 부락의 나홍씨족羅洪氏族 중에도 나홍나나羅洪羅羅(운남 영낭寧蒗이족자치현의 무역회사 간부)라고 부르는 여자가 있는데, 이러한 예들을 통해 "나나羅羅"라는 먼 조상의 이름을 현재까지도 자신의 이름으로 삼고 있다는 실례를 살펴 볼 수 있다. 해래씨족海來氏族 중에도 해래납막海來拉莫이라고 부르는 남자가 있는데, 여기서 "납막拉莫"은 바로 "나마羅摩"를 가리킨다. 양산의 이족 언어로 "씨족氏族"이라는 말은 "늑마勒摩"—"나마羅摩"를 가리키며, 그 의미는 암컷호랑이母虎라는 뜻이다. 해래납막海來拉莫의 말에 의하면, 양산의 이족 가운데 "납막拉莫"이라는 이름은 고대뿐만 아니라 지금도 많은 사람들이 사용하고 있다고 한다. 양산의 이족 마을에서는 조상을 모두 암컷 호랑이母虎라고 부른다. 사회가 부계사회로 바뀐 지 이미 오래되었다고 하지만, 지금도 "씨족"이라는 말은 암컷 호랑이母虎를 일컫는 말로 사용되고 있다는 사실을 지적한 것이다. 남자가 이름을 지을 때도 역시 암컷 호랑이母虎라는 말을 덧붙여 사용하였는데, 이러한 사실은 모두 이족이 호랑이를 토템으로 숭배한다는 사실을 반증해 준다고 하겠다.

양산涼山이족자치주의 덕창현德昌縣 성남城南에 위치한 흔동납달촌欣東拉達村의 갑파비고甲巴比古와 갑파리니甲巴里尼라는 두 노인의 말에 의하면, 우리 아모금고가阿姆金古家(氏族)는 예전부터 모두 호랑이의 후예로 여겨왔으며, 이족의 속담 중에서 "아달납막오도자기阿達拉莫烏都茨基"라는 말은 바로 호랑이의 혈통이라는 뜻을 가리킨다. 그래서 이족 가운데 "뼈는 호랑이가 만든 것이고, 혈액은 호랑이가 낳은 것이다"는 말이 전해져 오고 있다. 또한 남간南澗의 동쪽 경내에 있는 보화구寶華區 호가虎街 동쪽에 위치한 흑마저黑摩苴에 거주하는 이족은 자신들을 "나나羅羅"라고 일컬을 뿐만 아니라, 항상 손바닥으로 자신의 가슴을 치면서 "우리는 호족虎族"이라고 자랑스럽게 말을 한다.

5) 나나羅羅·오만烏蠻과 호족虎族

"나나羅羅"라는 말이 이족을 부르는 호칭으로 사용된 경우는 원대의 문헌에서 가장 먼저 보인다. 이경李京이 『운남지략雲南志略』에서 "나나羅羅는 오만烏蠻이다."고 하였는데, "오만烏蠻"은 당·송시기에 한문漢文에서 이족彝族을 비롯한 납서족納西族, 율속족傈僳族 등의 민족을 통칭하여 부르는 말로 사용되었다. 이 중에는 이족의 수가 가장 많고 그 지역도 널리 분포되어 있어 "오만烏蠻"이란 말은 주로 이족을 호칭하는 말로 사용되어 왔다. "오만烏蠻"이란 명칭은 그들이 스스로 지칭한 말이 아니고, 검은색黑을 숭상했던 그들의 습속으로 인해 얻게 된 명칭이다. 또한 당송시기에 이르러서는 오만烏蠻의 이족彝族을 "녹만鹿蠻", "나씨羅氏" 등의 명칭으로 호칭하였던 까닭에 오만 중에는 이족의 명칭을 가진 마을이 많이 보인다. 예를 들면, 나도羅都, 나무부羅婺部, 나가부羅伽部, 나웅부羅雄部, 낙란부落蘭部, 낙온부落溫部, 녹려부鹿盧部, 백녹부白鹿部, 휴랍부休臘部, 미륵부彌勒部 등과 같은 경우로서, 낙落, 난蘭, 녹鹿, 노盧, 납臘, 늑勒 등의 음이 모두 "나羅"와 유사할 뿐만 아니라, 그 의미도 호랑이虎라는 뜻을 가리키고 있어 이족의 호칭이 호랑이와 관련 있다는 사실을 짐작해 볼 수 있다.

이족彝族은 자신을 호랑이의 후예라고 여기는 까닭에 자신의 뼈骨와 혈액血 역시 호골虎骨, 호혈虎血이라고 생각하였다. 그렇기 때문에 향촌의 관리자인 "화두伙頭"가 사용하는 인장 역시 호골虎骨로 만들었다. 영인현永仁縣 동쪽과 대요현大姚현 경계 지역에 위치한 직저항直苴鄉에서는 과거 향관鄉官인 화두伙頭를 이족의 언어로 "기서器西"라고 불렀으며, 인장을 상징하는 여섯 개의 호골虎骨을 나무상자 안에 넣어 보관하였다. 그리고 다음 화두伙頭에게 인장을 전할 때는 정월 중순 호일虎日에 의식을 거행하는 것이 관습이었다.

영인현은 초웅주楚雄州에서 이족이 가장 많이 거주하는 지역縣으로서, 그 지역에 거주하는 한족漢族을 비롯한 이족彝族, 태족傣族, 회족回族, 율속족傈僳族 등의 5개 민족 중에서 이족이 40.9%를 차지하고 있다. 영인현 남쪽에 "납고拉古라는 명칭을 가진 고개가 하나 있는데, 이 명칭은 이족의 언어로 맹호猛虎라는 뜻을 가지고 있다. 또한 영인현 동북쪽에는 맹호猛虎라고 불리는 촌락이 하나 있는데, 그 곳에는 영인현 맹호구猛虎區의 행정사무소가 자리하고 있다. 이외에도 영인현에는 수많은 촌장村庄의 명칭으로 호虎자를 덧붙여 사용하고 있으며, 사람의 성씨에도 호虎자를 덧붙여 사용하고 있는 사람들이 있다. 1986년 4월 영인현의 남쪽과 대요현 근처에 있는 노회초향老懷哨鄕(주민의 절대다수가 이족임)을 답사할 때, 이 향鄕의 산속에서 맹호가 발견되기도 하였다. 노회초향老懷哨鄕은 대, 중, 소 3개의 촌으로 구성되어 있으며, 호씨虎氏 성을 가진 집이 작은 마을에 한 채 있었는데, 그 집 주인의 이름이 바로 호여승虎如升(60세)이었다.

6) 호랑이虎숭배의 흔적

초웅楚雄의 이주彝州 초웅시楚雄市 서남쪽 교외에 위치한 동화구東華區(시내에서 15㎞)의 홍장향紅墻鄕은 이족이 가장 많이 거주하는 향鄕으로서, 그 곳의 이족은 집집마다 조상을 모시는 감실龕室 위에 석호石虎(형상은 고양이와 비슷함)를 모셔 놓고 호조虎祖로 숭배한다. 이와 같이 호조虎祖를 숭배하는 문화적 전통으로 인해 이 향鄕의 석장石匠들은 대대로 뛰어난 조각기술을 이어오고 있다.

이처럼 이족의 호랑이 토템은 기물器物이나, 도구, 그리고 작물作物 등의 명칭으로까지 활용되어 왔다는 사실을 알 수 있다. 오몽산 지역에서 자신을 "납소파納蘇頗"로 일컫는 이족의 언어를 예로 들어 살펴보고자 한다.

(1) **이두**犁頭 : 이족의 언어로 "나개羅開"라고 칭하는데, "나羅"의 의미는 호랑이虎를 뜻하며, "개開"는 입口을 의미하기 때문에, 이를 직역하면 호랑이의 입虎口이라는 뜻이 된다.

(2) **석사자**石獅子 : 이족의 언어로 "포라飽羅"라고 일컫는데, "포飽"는 부유하다는 뜻을 가지고 있다. 그렇기 때문에 "포라飽羅"라는 말은 복록을 주는 호랑이라는 의미를 가지고 있다. 비록 이족의 언어 가운데 "술절術節이라는 말이 사자를 가리키는 말이지만, 사람들은 여전히 석사자石獅子를 "포라飽羅"라고 부르고 있다. 물론 시대의 변화에 따라 지금은 석사자石獅子가 세워져 있으나, 원래는 복록과 보호의 신으로 여겼던 석호石虎가 세워져 있었다. 이는 이족의 토템관념을 표현한 것이다.

(3) **차엽**茶葉 : 이족의 언어彝語로 "나파羅帕" 혹은 "나견羅堅"으로 일컫는데, 이를 직역하면 "호엽虎葉"이라는 의미가 된다.

(4) **향춘**香椿 : 이족의 언어彝語로 "나오羅傲"로 일컫는데, 이를 직역하면 "호채虎菜"라는 의미가 된다.

(5) **도곡**稻谷 : 옛 이족의 언어彝語로 "나철羅徹"이라고 일컫는데, 그 의미

는 호곡虎谷을 뜻한다. 즉 곡谷은 호족의 벼稻谷를 의미한다. 강융의 문화적 특징을 보여주고 있는 신석기시대의 원모대돈자元謀大墩子 유적지에서 출토된 갱도粳稻와 연계해 볼 때, 이족 역시 비교적 이른 시기부터 벼를 재배했던 민족 가운데 하나라는 사실을 알 수 있다. 지금도 이족이 거주하는 오몽산烏蒙山 산악 지역에서는 벼농사를 짓고 있지만 그 생산량은 아주 적은 편이다. 하지만 조상에게 제사를 지낼 때는 항상 쌀밥을 지어 공양하거나, 혹은 쌀죽을 쑤어 제사를 지낸다.

이외에 이족은 호설虎舌을 칼날, 혹은 도끼날처럼 예리한 도구에 비유하기도 하며, 호자虎子를 사람의 영리함과 기지에 비유하기도 한다. 또한 호랑이虎를 사람의 기상에 비유하기도 한다.

7) 수령首領은 호피虎皮를 걸친다

제사를 주관하는 이족彝族의 수령은 몸에 호피虎皮를 걸치는데, 이는 이족이 호족虎族이라는 것을 상징한다. 민국시기 『귀주통지貴州通志·토민지土民志·노녹족盧鹿族』에 기록된 내용 가운데 귀주의 이무彝巫는 "호피를 걸친다."는 말이 보이며, 『신오대사新五代史·사이부록四夷附錄』의 기록에도 다음과 같은 내용이 보인다.

곤명昆明은 검주黔州 서남쪽 3천리 밖에 있는데, 땅에서는 양과 말이 생산되며, 사람들은 상투를 틀고 맨발로 다니며 털가죽을 걸치는

> 데, 그 수령은 호피를 걸친다. 후당後唐 천성天成 2년(927)에 모두 한자리에 모인 적이 있다. 그 수령이 곤명대귀주昆明大鬼主, 나전왕羅殿王, 보로정왕普露靜王을 부르자 아홉 개의 부락이 각기 사자를 파견하여 왔다.

곤명대귀주昆明大鬼主와 나전왕羅殿王 등은 전남滇南 동쪽에 위치한 곡정曲靖과 선위宣威에서 위녕威寧의 이족회족묘족자치현彝族回族苗族自治縣과 현재 이족彝族이 비교적 많이 거주하고 있는 필절畢節, 혁장赫章, 대방大方, 검서黔西 등 검서 북쪽의 필절畢節 지역에 이르는 이족의 선조들을 가리키는 용어로 사용되고 있다.

민국시기에 간행된 운남의 『몽화현지蒙化縣志·인류지人類志』에 현지 애뇌산愛牢山의 "나나마羅羅摩는 당남조唐南詔(왕)의 세노나후細奴羅後(후예)"라고 하는 말이 보이는데, 당번작唐樊綽의 『만서蠻書』에도 남조南詔가 "죽은 지 3일 만에 시체를 화장했다."고 하는 기록이 보인다. 남조는 호피로 예복을 만들었다고 하는데, 즉 "대충大蟲(虎)이란 말은 남조南詔가 호랑이 가죽을 걸쳤다."는 사실을 말한 것이다. 또한 남조왕南詔王 이모심교異牟尋郊가 당唐나라 사신을 영접할 때 "금갑金甲을 입고 대충피大蟲皮를 걸쳤다."고 전한다. 남조南詔는 "강로羌虜", "대강大羌" 등으로 일컬어지는데, 당대唐代 이족의 선민先民이라고 할 수 있는 오만烏蠻의 남조南詔가 호피虎皮를 걸쳤다는 말은 자신이 호족이라는 사실을 상징적으로 밝힌 것이다.

8) 호시虎尸가 해체되어 우주가 창조되었다

전서滇西 초웅楚雄의 이족자치주인 요안姚安과 대요大姚 등의 현에는 호시虎尸가 해체되어 우주가 창조되었다는 내용이 창세서사시 매갈梅葛 가운데 묘사되어 있는데, 호랑이에 대한 이족의 토템관념이 비교적 체계적으로 잘 반영되어 있다.

하늘에는 태양도 없고, 하늘에는 달도 없고, 하늘에는 별도 없고, 하늘에는 흰 구름도 없었다네.

땅에는 나무도 없고, 땅에는 나무뿌리도 없고, 땅에는 큰 강도 없고, 땅에는 큰 바다도 없었다네.

땅에는 날짐승도 없고, 땅에는 짐승도 없고, 땅에는 아무것도 없었다네.

호랑이 머리로 하늘의 머리로 만들고, 호랑이 꼬리로 땅의 꼬리를 만들고, 호랑이 코로 하늘의 코를 만들고, 호랑이 귀로 하늘의 귀를 만들었다네.

왼쪽 눈으로 태양을 만들고, 오른쪽 눈으로 달을 만들었다네. 호랑이 수염으로 햇빛을 만들고, 호랑이 이빨로 별을 만들었다네.

호랑이 기름으로 구름을 만들고, 호랑이 숨결로 안개를 만들고, 호랑이 심장으로 하늘의 심장과 땅의 쓸개를 만들고, 호랑이 배로 큰 바다를 만들었다네.

호랑이 피로 바닷물을 만들고, 대장大腸을 큰 강으로 변하게 하였다네. 소장小腸을 강물로 변하게 하였으며, 갈비뼈로 길을 만들었다네.

호랑이 가죽으로 땅의 껍질을 만들고, 굵은 털을 풀로 변하게 하였으며, 가는 털로 새싹을 만들었다네.……

이렇게 천지만물이 모두 호랑이로부터 창조되었다고 주장하는 것을 볼 때, 그들이 호랑이라는 말을 자신의 이름으로 삼았다고 하는 것은 매우 자연스러운 일이었다고 볼 수 있다. 또한 이족은 호랑이를 자신들의 조상이자 보호신으로 여겼던 까닭에 이족의 무사巫師가 법술을 행할 때도 역시 호랑이에 대한 관념을 벗어나지 못하였다.

9) 호랑이 머리虎頭의 법기法器

오몽산烏蒙山 지역의 초웅주楚雄州 영인현永仁縣 마정자馬井子 이촌彝村(금사강金沙江 남안산南岸山 지역)에는 현재 약 4백 여 가구3천여 명의 이족이 살고 있는데, 이들은 원래 사천 지역의 양산凉山 이주彝州에서 이주해온 사람들이다. 그 마을에는 "필마畢摩"라고 불리는 유명한 법사 아도자리阿都茨理(1983년 세상을 떠남, 향년 67세)라는 사람이 있었는데, 그는 사천 양산凉山에 거주했던 원대元代 나나선위사겸군사羅羅宣慰司兼軍師 아소납칙阿蘇拉則의 후손 가운데 한 사람이었다(다른 하나는 지금의 양산주 미고현美姑縣 오기곡비부달吳奇曲比富達이다). 그가 매번 장례 의식을 주재할 때마다 전통에 따라 대나무뿌리로 조상의 위패인 "마도瑪都"를 제작했는데, 그때마다 대대로 전해오는 법기法器를 몸에 착용하였다. 이 법기는 "납도拉圖"라고 부르며 검은 호랑이의 머리黑虎頭를 목재 재질로 만든 것이다. 법사는 의식을 진행할 때, 주문을 외우는 동시에 또 한편으로 제사용 닭피鷄血, 양피羊血 그리고 닭털을 "납도拉圖"의 입가에 묻힌다. 이렇게 해야 죽은 사람의 영혼이 대나무 뿌리로 만들어진 "마도瑪都"에 달라붙는다고 믿었으며, 또한 그들은 법사가 반드시 호랑이 머리虎頭의 법기를 의식에 사용해야만 조상의 위패가 영험해진다고 믿었는데, 이점이야말로 바로 이족의 원시 선조가 호랑이를 토템으로 모셨다고 하는 사실을 반증해 준다고 하겠다. 그렇기 때문에 호랑이 머리 형상의 법기 "납도拉圖"는 이족에게 있어 중요한 민족학적 유물이며, 또한 이족의 원시 선조로부터 전해져 온 호랑이 토템이 조상을 숭배하는 후대인들의 관념 속에 여전히 살아 숨 쉬고 있다는 사실을 보여주는 귀중한 사례라고 하겠다.

민국시기 편찬된 『귀주통지貴州通志·토민지土民志·노녹족盧鹿族』의 기록에 의하면, 귀주 지역의 이족 법사는 장례 의식이나 제례의식을 거행할 때마다 "호랑이 가죽虎皮"를 걸쳤다고 한다. 검서黔西 북쪽의 필절畢節 지역에서 명대 홍무洪武 연간에 수서선위사水西宣慰司(지금 대방현大方縣을 다스림)를 지낸 관리의 부인이었던 사향부인奢香夫人의 묘 옆에서 근래 석호石虎가 하나 발굴되었으며(대방현문화관에 보존), 위영현威寧縣의 원대 오살토사烏撒土司의 선조 묘 옆에서도 역시 석호石虎(위영현문화관에 보존)가 발굴되었다. 그러나 한족의 왕후나 사대부 등의 묘와 사당에서는 석호가 아닌 돌사자石獅가 발견되고 있다. 원래 사자는 중국 고유의 동물이 아닌 외국에서 전래된 동물이다. 그런데 이족이 호랑이를 숭배했던 까닭에 묘 옆에 석호石虎 대신 돌사자를 배치한 것으로 보이며, 이 역시 중화민족의 고유한 전통문화 가운데 하나인 희염羲炎문화의 전승으로 볼 수 있다.

10) 열나마涅羅摩와 호신무虎神舞

애뇌산愛牢山의 이족은 집집마다 제사를 주재하는 법사가 그린 선조의 화상을 한 폭씩 모셔 놓고 제를 올리는데, 이를 이족의 말로 “열나마涅羅摩”(열涅은 조상의 영혼, 신령을 의미한다)라고 부르며, 그 의미는 모호母虎 조상을 숭배한다는 의미를 지니고 있다.

운남 애뇌산 남간南澗의 이족자치현에 위치한 남호가南虎街 근처에 산신을 모시는 사당이 하나 있는데, 그 사당 정중앙 벽 위에는 검은색의 커다란 호랑이 머리가 붉은 흙바탕 위에 그려져 있다. 호랑이 머리 왼쪽 아래 측면에는 토끼, 천산갑, 뱀, 말, 양 등이 차례로 그려져 있고, 오른쪽 아래에는 원숭이 닭, 개, 돼지, 쥐, 소 등이 그려져 있다. 3년마다 음력 정월虎月 첫 번째 호일虎日이 되면, 원근의 이족촌 사람들이 이곳에 모여 대제大祭를 지낸다. 이때가 되면 각 촌의 무사巫師가 모두 모여 낮에는 나이 많은 무사가 의식을 주재하고, 저녁에는 젊은 남녀가 사당 밖에서 노래와 춤으로 “12띠(짐승)” 중에 으뜸으로 여기는 모호신母虎神의 기일을 경축한다. 이때 남녀가 각각 여섯 명씩 하나의 대열을 이루는데, 호랑이 가면을 쓰고 꼬리(혹은 표범 꼬리)를 허리에 묶은 여무사女巫師가 이들을 인솔하면, 나머지 열한 사람은 호랑이 꼬리를 자신들의 허리에 묶고 열두 띠짐승의 자세를 취하거나 소리를 흉내 내며 춤을 춘다. 이때 사람들로부터 가장 주목을 받는 춤이 바로 호랑이 춤虎舞이다. 여제사女祭司는 호랑이 울음소리를 흉내 내거나 다른 동물을 포식하는 행동을 취해 호랑이의 위험을 연출한다. 애뇌산愛牢山 지역에는 산신을 모신 사당이 상당히 많이 전해오고 있는데, 이러한 사당은 모두 호신虎神을 공양하기 위한 것이다.

11) 흑호黑虎 숭배

애뇌산愛牢山 기슭에 위치한 이족의 흑호黑虎 "납루納樓"는 토사土司가 검은색 호랑이를 숭배했다는 사실을 보여주는 것으로, 이족의 흑호 숭배에 대한 대표적인 사례라고 할 수 있다. 전서滇西 남쪽에 위치한 홍하洪河 하니족哈尼族이족彝族자치주 경내의 태족傣族, 합니족哈尼族, 이족彝族 등은 명·청대부터 민국시기까지 토사土司의 통치를 받았으며, 현지의 이족은 대부분 자신을 "나나羅羅", 즉 호족虎族이라고 일컫고 있는데, 이는 바로 흑호黑虎를 가리킨다. 청대 초기의 모기령毛奇齡이 저술한 『만사합지蠻司合志』에 의하면, 이족은 토사를 "납루納樓"라고 불렀다고 하는데, 이족의 언어로 흑족黑族을 의미한다. 마지막 토사土司였던 청말 민국 초기의 보응원普應元(자는 균당鈞堂)은 광동의 독군督軍 용제광龍濟光(지금 홍하주紅河州 합니족哈尼族의 토사)에 협조하여 원세개袁世凱를 지지하고 운남의 호국군護國軍에 반대했다가 실패하는 바람에 토사의 직위를 박탈당하고 1916년 병으로 세상을 떠났다. 그의 아들 보매부普梅夫(1908년 생)의 말에 의하면, 납루納樓 토사土司의 선조가 흑호黑虎를 낳았다고 한다. 그래서 토사가 앉는 좌석에는 호피가 깔려 있으며, 보응원이 호국군을 반대해 출병할 때도 조상의 위패 앞에서 먼저 맹세를 하고 호피虎皮를 걸친 다음 검은색 군기를 들었다고 한다. 그리고 검은 소黑牛와 검은 양黑羊을 희생으로 받쳤다고 하는데, 이는 흑호黑虎 숭배에 대한 "납루納樓" 토사의 특징이 잘 반영되어 있다고 볼 수 있다.

12) 십열야고씨족什列惹古氏族의 신물神物 -호랑이 머리虎頭

이족이 많이 거주하는 사천의 양산凉山 고후古侯촌의 십열야고씨족什列惹古氏族은 호랑이虎를 수호신으로 섬긴다. 그래서 호년虎年 호일虎日을 길하다고 여기며, 또한 호랑이 머리虎頭를 숭배한다. 십열야고씨족什列惹古氏族 가운데 한 사람인 안비토安比土는 "문화대혁명" 때까지 자신의 집 안에 완전한 형태의 호랑이 두개골이 보존되어 있었다고 한다. 그들의 말에 따르면, 이 호랑이 두개골은 이미 십여 대를 전해 내려왔으며, 또한 매년 호년虎年 호월虎月 호일虎日이 되면 제사를 지내왔다고 한다. 그런데 "문화대혁명" 이후에 씨족의 상징을 호랑이 가죽으로 바꾸었다고 한다.

양산凉山의 이족이 호랑이를 토템으로 삼고 있다는 사실은 고후古侯촌의 십열야고씨족什列惹古氏族과 공동 시조였던 철격달사哲格達史의 계보를 통해서도 잘 나타나 있는데, 그 대표적인 특징은 바로 철격달사哲格達史가 호년虎年 호일虎日에 태어나 호년虎年 호일虎日에 세상을 떠났다고 하는 점이다.

십열야고씨족什列惹古氏族가운데 한사람인 안비고安比古(62세, 을축년 1925년 생)의 말에 따르면, 십열야고씨족什列惹古氏族의 선대는 원래 나노극오羅魯克烏에 살았으며, 집안에 대대로 전해오는 신보神寶인 한 쌍의 옥조호석玉雕虎石 덕분에 철격달사哲格達史의 7대 조까지 그 지역에서 이름을 떨쳤다고 한다. 전설에 따르면, 그가 세상을 떠나기 전 아홉 명의 아들이 서로 다툴 것을 걱정해 옥조호석을 집 뒤에 있는 일곱 번째 석봉石峰아래 동굴 속에 몰래 감추어 두었다고 한다. 그리고 아홉 명의 아들을 불러 자신이 세상을 떠난 후 유골과 위패를 집 뒤에 있는 일곱 번째 석봉 아래 동굴에 매장해 달라는 유언을 남겼다. 그리고 자신의 위패를 안치하고 나서 100일 동안 그 누구도 집 밖을 나가지 말라고 당부하였다. 그러면서 "내가 죽은 후 호랑이로 변해 후손을 보호해줄 것이다."고 말하였다. 그런데 철격달사哲格達史가 세상을 떠난 지 99일 되던 날 그만 전쟁이 일어나고 말았다. 이에 그의 아홉 명의 아들들은 어쩔 수 없이 병마를 거느리고 출전할 수밖에 없는 상황에 놓이게 되었다. 그들이 막 출정하려고 나서는 순간 갑자기 그들의 모습이 사람도 아니고 귀신도 아닌 기이한 모습으로 변하였으며, 그들이 타고 있던 말의 형상 역시 말도 아니고 호랑이도 아닌 이상한 모습으로 변하였다. 그러자 병사들은 그들을 알아보지 못해 우왕좌왕하다가 적에게 패하고 말았다. 일곱 번째 아들 달사자고는 이미 형세가 기울어졌다는 사실을 깨닫고 말을 채찍질해 낙의諾衣(금사강을 가리킴) 기슭까지 도망쳤으나, 앞을 보니 푸른 물이 거세게 흐르는 만장이나 되는 깊은 계곡이 앞길을 막고 서 있어 그만 진퇴양난의 처지에 놓이고 말았다. 이때 그가 타고 있던 말이 순식간에 커다란 호랑이로 변해 머리를 쳐들고 사납게 포효하자 계곡과 강물이 온통 진동하며 사람의 간담을 서늘하게 만들었다. 이 틈에 달사자고는 호랑이를 타고 강물을 건널 수 있었으며, 드디어 여목정과黎木汀科에 이르러 정착할 수 있게 되었다고 한다. 이로부터 달사자고達史茲古의 아들 십열대什列代는 아홉 명의 아들을 낳았으며, 후에 이들이 아홉 개의 아씨족亞氏族으로 나누어져 사천과 운남의 양산凉山 지역에 흩어져 살게 되면서 십열야고씨족什列惹古氏族이 출현하였으며, 십열야고씨족은 대대로 호랑이를 시조로 모시게 되었다고 한다.

그래서 십열야고씨족什列惹古氏族은 자신들을 스스로 "아달납막야阿達拉莫惹", 즉 "호랑이의 자손"이라고 일컬으며 자랑스러워한다. 또한 십열什列로부터 안비고安比古까지 35대 중에서 10여 대의 선조가 호랑이虎의 명칭을 자신의 이름으로 사용하였다고 한다. 예를 들어, 안비고의 조부는 납기拉機, 혹은 납조상拉祖桑이라고 불렀으며, 부친은 납화拉伙라고 불렀다고 한다. 그리고 그의 아들은 납야拉惹(黑虎)라고 부르며, 그의 조카인 이기爾基의 손자 두 명도 납이拉爾와 납사拉司라고 부른다고 한다.

13) 지명, 인명, 습속을 통해 본 호랑이虎 숭배

이족은 호랑이를 토템으로 숭배하였는데, 이러한 특징은 여러 가지 측면에서 살펴볼 수 있다. 특히 지명을 비롯한 인명, 복식, 상장喪葬, 제사 등의 측면에서 이와 같은 특징이 두드러지게 나타난다. 양산에 거주하는 이족彝族은 지금까지도 대대로 유목 생활을 하며, "납나산納羅山"(아롱산雅礱山과 금사강金沙江의 분수령)산맥에서 생활해 오고 있다. 대량산大凉山 중심에 "나나羅羅", "나나마羅羅摩"라고 부르는 촌이 있는데, 그 의미는 흑호족黑虎族(납납納拉), 호족虎族, 모호족母虎族이 거주하는 산맥, 혹은 촌락이라는 뜻을 지니고 있다. 양산의 이주彝州 북쪽 근교에 위치한 아미산峨眉山은 이족의 고향이라고 할 수 있는데, 이족의 언어彝語로 "나목羅目" 즉 나마羅摩라고 일컫으며, 그 의미는 모호산母虎山이라는 뜻을 지니고 있다. 또한 현재 이와 아울러 이족의 문자로 기록된 『나목산경羅目山經』이 전해오고 있다. 그래서 이들은 혼례를 비롯해 장례, 제사, 전쟁 등의 "길일을 택할 때, 호일虎日을 가장 길한 날"로 삼는다고 한다.

남간南澗의 이족 자치현 서쪽 경내에는 낙추구樂秋區가 있으며, 그 서쪽은 외산巍山 이족彝族회족回族자치현 동남쪽 경계와 접해 있다. 낙추구樂秋區의 낙추하樂秋河(상류는 외산현巍山縣 경내에 있음)는 예사강禮社江 상류(하류에는 추원강秋元江, 홍하紅河가 있음)의 지류 가운데 하나이다. 낙추구의 남북쪽 지명을 "낙추樂秋"라고 부르며, 북쪽의 "낙추樂秋"는 낙추가樂秋街라고도 부른다. 그리고 남쪽의 낙추南樂秋는 호초가虎哨街라고도 부른다. 낙추하樂秋河는 바로 두 지역 사이를 가로질러 흘러가는데, "낙추樂秋"의 "낙樂"은 "나羅"를 가리키는 것으로, 호랑이虎라는 의미이다. 그리고 "추秋"는 음역한 것으로, 이족의 언어로 거리街라는 뜻을 지니고 있다. 그러므로 "낙추樂秋"라는 말은 바로 호랑이 거리虎街라는 의미를 나타낸다. 북쪽의 "낙추樂秋"에는 석호石虎가 하나 모셔져 있으며, 이족彝族은 이 석호를 조상으로 모시며 매년 제례를 지낸다고 하는데, 이때 인근의 이족 마을에서 만여 명에 이르는 사람들이 모여들 정도로 성대하게 거행한다고 한다. 원래 낙추공사樂秋公社(區)의 동남쪽 옆에는 낭창공사浪滄公社가 있었는데, 그 명칭은 남쪽의 난창강瀾滄江과 붙어 있어 얻게 된 이름이라고 한다. 여기서 난창瀾滄이란 말은 현지 이족의 말로 "납책拉策"이라는 의미를 가지고 있다. 전설에 의하면, 옛날에 호랑이 한 마리가 강을 건너뛰다가 그만 강물에 떨어져 죽었다는 이야기가 전해 오는데, "납拉"이란 말은 호랑이를 뜻하고, "책策"이란 말은 떨어져 들어가다, 혹은 떨어지다라는 의미를 지니고 있다. 그래서 이족의 언어로 납책강拉策江이라 부른 것인데, 후에 한족이 난창강瀾滄江이라 부르게 되었던 것이다. 또한 낭창공사浪滄公社 동남쪽 경내에 노호산老虎山(해발 2355m)이 있는데, 현지의 이족은 이 산을 선조산先祖山으로 받들고 있다. 『경동현지景東縣志』에서는 애뇌산哀牢山을 "애낙산哀樂山"음역이라 지칭하는데, 그 의미는 대호산大虎山이라는 뜻을 나타낸다("애哀"와 "애艾"는 이족의 말로 크다는 뜻이고, "낙樂"은 호랑이라는 의미이다). 즉 호족虎族(이족)이 거주하는 산이라는 의미를 가지고 있다. 오몽산烏蒙山은 전滇과 천川, 그리고 검黔 지역에 거주하며 생활했던 이족의 선조인 아보도목阿普都木(아보독모阿普篤慕라고도 함)이 살았던 곳으로서, 이족의 말로 "오나분敖羅奔"("오敖"는 아보도목의 다른 이름이다. "나羅"는 호랑이의 뜻이고, "분奔"은 산이라는 뜻이다)이라고 부르는데, 그 의미는 호족虎族의 선조산이라는 뜻을 가지고 있다. 귀주의 『서남이지선西南彝志選』 기록 가운데 전滇의 동북쪽에 위치한 오몽산 동천현東川縣에 "낙니백樂尼伯", "낙니백洛尼伯", 혹은 "나니백羅尼白"이라고 부르는 언덕이 하나 있는데, 이 산언덕이 바로 고대 이족중에서 무武・사乍・항恒・포布・묵默 등의 여섯 부락 시조阿普가 되는 독모篤慕가 생활했던 곳이라고 전해 오고 있다. 이 언덕의 뜻은 청호산青虎山("낙樂"・"낙洛"・"나羅"의 의미 모두 호랑이라는 뜻이다. "니尼"는 청색이라는 뜻이고, "백伯"은 바로 "분奔"의 변음으로서, 그 의미는 언덕을 나타낸다)이라는 의미를 가지고 있다. 이족은 대체로 검은색을 청색으로 부르는 습관이 있어 "낙니백樂尼伯"이란 말 역시 흑호산黑虎山을 가리킨다고 볼 수 있다. 검黔의 서북쪽에 위치한 필절畢節 오몽산 지역에는 일찍이 촉한蜀漢 시기에 나전왕국羅殿王國이 존재했었다고 하며, 당대唐代에 이르러 나나귀주羅羅鬼主가 이 곳에 살았다고 하는 이야기가 전해져 오고 있다. "나전羅甸"을 분석해 보면, 그 의미 역시 호족虎族이 거주하는 곳(이족의 언어로 "전甸"의 뜻은 산간의 평평한 곳)이라는 뜻을 가지고 있다. 또한 애뇌산 지역의 초웅현楚雄縣에 "나마羅摩"라고 부르는 이촌彝村이 있는데, 이는 바로 모호母虎를 가지고 촌의 이름으로 삼은 것이라 볼 수 있다.

14) 화장火葬과 반조返祖

이족은 호랑이虎를 선조로 여기고 있을 뿐만 아니라, 자신들을 스스로 호족虎族이라고 부른다. 또한 이들은 사람과 호랑이가 서로 변화할 수 있다고 믿어 사람이 죽은 후에 호랑이로 변한다고 생각한다. 명대의 『호회虎薈』 권3에서 말하길,

> 나나羅羅 — 운남의 만인蠻人들은 호랑이를 나나羅羅라고 부르며, 늙으면 호랑이로 변한다고 여긴다. 『만서蠻書』 권1에서 당대唐代에 남조南詔를 "강로羌虜"라고 일컬었으나, 권3에서는 이들을 일컬어 "오만烏蠻"이라고 칭하였다.

권8에 의하면,

> 몽사蒙舍와 오만烏蠻은 묘장을 하지 않는다. 무릇 죽은 지 3일 후에 시체를 화장한다.

양산凉山의 이족은 사람이 죽으면 화장을 한다. 그래서 애뇌산哀牢山의 이족 사이에서는 지금으로부터 5, 6세대19세기 초 이전까지만 해도 화장이 성행하였다. 그 이유에 대해 이족의 법사는 "이족은 호랑이가 변해서 된 것이기 때문에, 화장을 하지 않으면 그 영혼이 원래의 호랑이 모습으로 돌아갈 수 없다."고 생각하기 때문이라고 한다. 문헌 기록에 의하면, 운남의 이족은 화장을 하기 전에 호랑이 가죽으로 시체를 감싼다고 한다.

> 시체를 고피皐皮(호랑이 가죽)로 감싼다.

이것은 죽은 자가 생전에 "호족虎族"이었던 까닭에, 죽은 후에 다시 호

랑이로 환생하게 된다는 것을 상징한다.

건륭乾隆시기 『운남포지雲南通志』 권119의 『종인種人 · 흑과라黑倮儸』 나나羅羅 조목 아래에 화장 전 "귀족은 고비皐比(호랑이 가죽)로 감싼다."고 주석을 달아 설명해 놓았다. 이족은 화장을 하기 전에 호랑이 가죽으로 시체를 감싸는데, 이것은 바로 그들의 선조인 저강氐羌의 옛 풍습을 계승한 것이라고 볼 수 있다. 저강氐羌의 화장 풍속은 여러 고적古籍을 통해 살펴 볼 수 있다.

『태평어람太平御覽』 권794, 『서융삼西戎三 · 황중월씨호湟中月氏胡』의 기록에 의하면,

> 『장자莊子』에서 강인羌人이 죽으면 그 시체를 태워 재灰를 날린다.

『순자荀子 · 대략편大略篇』에서

> 저강氐羌은 포로로 잡혀 감옥에 갇히는 것은 걱정하지 않으나, 타지 않는 것은 근심한다.

이 말의 의미는 저강氐羌이 포로로 감옥에 갇혀 고문을 당하는 것은 두려워하지 않으나, 죽은 후에 자신의 시체가 불에 타지 않는 것을 걱정한다는 의미이다.

『남제서南齊書 · 하남河南 · 저강氐羌』의 기록에 의하면,

> 탕창宕昌은 강종羌種이다. 세간에서는 호랑이 가죽으로 죽은 자를 감싸 장사를 지내기 때문에 나라에서는 이것을 물품으로 여긴다.

이 말은 남북조시기에도 저강氐羌이 여전히 호랑이 가죽으로 시체를 감싸 화장을 한 당시의 상황을 반영한 것이라고 볼 수 있다. 『한서漢書·지리지地理志·장액군張掖郡·번화番和』 아래에 보이는 기록에 따르면, 동한 초기 감숙甘肅의 강인羌人을 "나로羅虜"라고 일컬었는데, 그 의미는 당연히 『방여기요方輿紀要·건창변도建昌邊圖』에 기재된 양산凉山 이족의 "나만羅蠻", 즉 호족虎族을 가리킨다. 『후한서後漢書·서강전西羌傳』의 기록에 의하면, 춘추시대 강羌의 선조 원검爰劍이 진나라 사람들의 추격을 피해 탕동宕洞으로 들어가자 진나라 사람들이 탕동宕洞 입구에 연기를 피웠으나, "마치 그 광경은 호랑이가 불을 피하는 것 같아 죽일 수가 없었다." 이것은 호조虎祖가 강인羌人을 보우하고 있다는 것을 의미한다. 이족의 무사巫師는 사람이 죽은 후에 화장을 하지 않으면 호랑이로 다시 환생할 수 없다고 여겼는데, 이러한 관념은 강인古羌人의 관념과 일맥상통하는 것으로, 그들이 공통적으로 숭배했던 호랑이 토템의 반영이라고 볼 수 있다.

15) 백호족白虎族의 후예

상湘·악鄂·천川·전滇에 거주하는 토가족土家族을 비롯한 보미족普米族, 백족白族 등은 모두 백호를 토템으로 숭배하고 있는데, 이는 이족彝族이 흑호黑虎를 숭배하고 있는 점과 서로 상응한다고 볼 수 있다.

이족의 언어彝語 가운데 한 갈래인 백족과 토가족은 모두 백색을 숭상하는 민족으로서, 백족은 주로 전滇의 서쪽에 위치한 대리大理백족자치주에 모여 살고 있고, 토가족은 주로 상湘의 서쪽에 위치한 토가족土家族묘족苗族자치주와 인접해 있는 악鄂의 서쪽, 천川의 동쪽, 검黔의 동북쪽 일대에 모여 살고 있다. 백족과 토가족 가운데 한 무리는 전滇의 서쪽 점창산點蒼山 아래에, 그리고 또 한 무리는 상湘의 서쪽 유수하酉水河 유역에 모여 살고 있어, 이 두 지역의 거리가 수천 킬로미터나 떨어져 있다. 하지만 양자가 서로 역사적인 연원 관계를 가지고 있음을 볼 때, 이들이 고강융古羌戎과 친연親緣 관계를 가지고 있다는 사실을 알 수 있다. 백족은 주로 고대 북인僰人의 후예이고, 토가족은 고대 파인巴人의 후예인 까닭에 파인巴人이나 북인僰人 모두 강융羌戎에 속하는 민족이라고 볼 수 있다. 고대 파인巴人이 건국한 파국巴國의 위치는 대략 지금의 천川 동쪽에 자리한 가릉강嘉陵江 유역으로서, 이곳은 또한 춘추시대 백족의 선조였던 북인僰人이 북후국僰侯國을 건립했던 곳이기도 하다. 이러한 사실로 미루어 볼 때, 두 민족의 선조가 일찍이 서로 혼거했었다는 사실을 짐작하게 해준다. 운남과 귀주의 백족은 그들 스스로 "백자白子", 혹은 "비자比子"라고 부르고 있고, 호남湖南과 호북湖北의 토가족 역시 자칭 "비자比兹"라고 부르고 있는 것을 보면, 기본적으로 이들이 서로 같은 호칭을 사용했다고 하는 사실을 알 수 있다. 이를 통해 우리는 두 민족이 숭배하는 호랑이 토템의 역사적 연원을 어느 정도 살펴볼 수 있을 것이다. 백족은 전滇의 서쪽에 위치한 대리大理백족자치주의 주도인 하관시下關市 동남쪽에 거주하고 있는데, 강희康熙년간에 편찬된 『대리부지大理府志 · 산천山川』에 비자강毘雎江이라는 기록이 보이며, 이를 속칭 비제하比霽河라고도 부른다. 민국시기에 편찬된 『대정현지大定縣志』 권5의 기록에 의하면, 귀주 필절현畢節縣은 "비제比躋인 백나나白羅羅"(백족)가 거주하고 있어 붙여진 이름이라고 한다. ≪원문류元文類 · 초복

招扑≫에 의하면, 지금의 귀양시貴陽市와 혜수현惠水縣 사이에는 원래 "필제인必際人"이 거주했던 필제현必際縣이 있었다고 하며, 더욱이 비자毘雌, 비제比霽, 비제比躋, 필절畢節, 필제必際 등의 백족은 자신을 모두 "백자白子"라고 불렀다고 한다.

16) 비자比自와 비자比玆

우리가 주목할 만한 점은 "복희伏羲"의 고음古音 "비자比自"와 백족이 자신들을 일컫는 "백자白子", 그리고 토가족이 스스로 자신들을 일컫는 "비자比玆"가 모두 같은 의미를 지니고 있다는 사실이다. 일찍이 『예기禮記·왕제王制』에서 "서방을 융戎이라 한다."고 하였으며, 『소疏』에서는 ≪이아구주爾雅舊注≫를 인용해 "여섯 융戎 가운데 비식鼻息이 있다."고 하였다. 그리고 『풍속통의風俗通義·사이四夷』에서도 서쪽에 여섯 융戎이 있는데, 이 가운데 다섯 번째가 비식鼻息이라고 밝혀 놓았다. 여기서 "식息"은 성부인 자自의 음을 따라 "자子"로 읽을 수 있다. 그러므로 "비식鼻息"은 "비자比自", "비자比子", "비자比玆", "백자白子" 등으로 읽을 수 있다. 복희伏羲의 또 다른 독음과도 대비해 볼 수 있는데, 복희는 『관자管子·봉신편封神篇』과 『회남자淮南子·남명훈覽冥訓』에서 모두 "여희虙羲"로 기록되어 있고, 두 자 모두 의부인 "호虎"를 따르고 있으며, 그 뜻은 호랑이라는 의미를 가리키고 있다. 그렇기 때문에 백족과 토가족이 숭배하는 호랑이 토템 역시 서로 같다고 볼 수 있으며, 또한 『설문說文』 중에서 "여虙, 호아虎皃(모양)는 의부 호虎를 따르고 성부는 필必을 따른다고 하였는데, 이는 여희虙戲가 필희必戲, 필식必息, 필자必子, 비자比玆 등으로 읽을 수 있으며, 그 음 역시 토가족과 백족이 스스로 자신을 일컫는 말과 같다고 볼 수 있다.

17) 파인巴人과 추인貙人

복희伏羲는 서융西戎, 혹은 서강西羌이 거주하며 생활했던 강융羌戎 지역에서 태어났다. 『방여기요方輿紀要』 권59에 의하면, 협서陝西의 『성기폐현成紀廢縣』에서 『제왕세기帝王世紀』를 인용해 "복희는 성기成紀에서 태어났다"고 하였는데, 이는 바로 지금의 감숙성 남천수南川水 지역을 가리킨다. 천수川水의 동쪽은 협서 지역과 연결되어 있고, 남쪽은 고대 파국巴國(지금의 사천 동쪽)과 접해 있다. 『산해경山海經・해내경海內經』에 의하면,

> 서남쪽에 파국巴國이 있다. 대호大皞가 함조咸鳥를 낳았고, 함조咸鳥가 승리乘釐를 낳았다. 그리고 승리乘釐는 후조後照를 낳았고, 후조는 파인巴人의 시조가 되었다.

『정씨시보鄭氏詩譜・진陣』에서는 복희를 "대호大皞 여희慮戱"라고 하였으며, 『노사路史・후기後紀・태호복희씨太昊伏羲氏』에서는

> 복희는 함조咸鳥를 낳았고, 함조는 승리乘釐를 낳았으며, 수토水土를 관장하였다. 후소後炤를 낳았으며, 후소는 고상顧相을 낳았다. 후에 파巴 땅을 점령하여 파인을 낳았다.

다시 말해서 지금의 사천 동쪽에 살았던 고대 파국巴國의 파인巴人이 바

로 복희의 후예라는 말이다. 그래서 『진서晉書・이특재기李特載記』에서는 파인을 "파저巴氐", "동강東羌"이라고 불렀다. 『순자荀子・강국편疆國篇』에서도 진秦의 서쪽에 파융巴戎이 있다고 하였다. 위의 문장을 통해 우리는 복희가 고대 서융西戎, 혹은 강융羌戎을 일컫는 상징적 의미로 쓰였다는 사실을 알 수 있다. 사천의 동쪽은 고대 파국巴國의 땅으로, 그 서남쪽과 인접한 지금의 의빈宜賓이 바로 춘추시대 백족의 선조였던 북후국僰侯國의 국경이었으며, 그 동남쪽 모퉁이에 있는 수산秀山과 유양酉陽에 토가족土家族 자치현이 자리 잡고 있다. 그리고 그 동쪽에 호북湖北의 내봉來鳳 토가족자치현과 상서湘西 토가족묘족자치주가 위치해 있다. 『화양국지華陽國志・파지巴志』에서는 세간에서 파인巴人을 "백호복이白虎復夷", 또는 "강두호자弜頭虎子"라고 불렀다는 기록이 보인다. 여기서 "복復"과 "강弜"은 모두 필必로 읽을 수 있기 때문에, 백족과 토가족이 자칭하는 "비比"와 "복이復夷"는 당연히 "비이比夷"를 가리킨다고 하겠다. 그러므로 백족과 토가족은 백호白虎를 토템으로 삼았던 "백호복이白虎復夷", 즉 파인巴人의 후예라고 할 수 있다. 다시 말해서 고대의 강융羌戎에 속하는 파저巴氐에서 갈라져 나온 하나의 지파로 볼 수 있다는 말이다.

반광단潘光旦은 『상서湘西 북쪽에 위치한 "토가土家"와 고대의 파인巴人』이라는 문장 속에서,

> 파인巴人과 "토가土家"는 모두 "호랑이虎"를 좋아해 사람의 이름으로 사용한다. 『북사北史』 권95에서 서위西魏 공제恭帝 연간554-557에 "파촉의 서쪽 사람인 초암譙淹이 만蠻을 선동하여 양梁에 붙고자 하였다. 만의 군대가 진후鎭侯, 백호白虎 등을 향해 진격하자 이에 맞서 싸웠다." 오늘날 "토가족"의 전설 가운데, 처음 상서湘西 영순永順에 살던

토가족의 선조는 두 형제였는데, 하나는 동노호銅老虎라고 불렀고, 하나는 철노호鐵老虎라고 불렀다고 한다. 악서鄂西와 상서湘西 각 현의 지방지에 기록된 "토가족"의 인명 글자 중에 호虎자를 사용한 경우가 하나 둘이 아니다. 호랑이虎를 이름자로 사용한 것은 그들이 영원히 잊지 않겠다는 의미를 가지고 있다.

또한 다음과 같이 말하였다.

호랑이虎는 파인巴人들의 생활 속에서 중심적 위치를 차지하고 있으며, 이러한 관념이 발전하여 파인과 하나로 결합되어 마침내 파인이 "호인"이라는 관념을 가지게 되었다. 늠군廩君이 죽어 그의 혼백이 백호白虎로 환생하였는데, 파인이 바로 늠군廩君의 자손이다. 다시 말해서 백호의 자손이란 말이다. 백호의 자손은 서로 같은 유전인자를 지니고 있는 까닭에 당연히 백호 혹은 호랑이의 인자를 가지고 있다고 하겠다.…… 서한西漢 초년부터 송대에 이르기까지 파인巴人들은 자칭 "백호이白虎夷", 혹은 "호만虎蠻", 혹은 스스로 그 먼 조상을 계승한 백호白虎, 또한 "호자虎子", 혹은 "호노虎奴"라고도 불러왔다. 이 중에서 "호노虎奴"는 아마도 다른 사람들이 그들을 불렀던 명칭이었을 가능성이 크다고 볼 수 있다.

파인巴人은 또한 "추인貙人"이라고 불리워지기도 했는데, 이는 호랑이虎가 변해서 사람이 되었다는 말이다. 진대晋代 간보干寶의 『수신기搜神記』 권1, 2에서,

장강長江과 한수漢水 사이에 추인貙人이 살았는데, 그들은 선조 늠군廩君의 후예로서 능히 호랑이虎로 변할 수 있었다.

장화張華의 『박물지博物志』 『패해稗海』本, 권2와 『지해指海』本 권6에도 다음과 같은 내용의 기록이 보인다.

강릉江陵에 맹인猛人이 살았는데, 능히 호랑이虎로 변할 수 있었다. 세간에서는 또한 추貙라고 부르기도 한다. 호랑이가 변화하여 사람이 되는데, 자주빛 갈의를 걸치는 것을 좋아하며, 뒤꿈치는 없지만 다섯 손가락이 있어 모두 추貙라고 한다.

반광단潘光旦이 또 말하기를,

추貙는 자서字書에서 본래 호랑이의 일종이라고 설명해 놓았다. 그래서 능히 호랑이가 사람으로 변할 수 있는 사람을 일러 "추인貙人"이라고 한다. 물론 이 이야기는 모두 신화적인 내용이다. 종족 간에는 거리상으로 떨어져 있을 뿐만 아니라, 서로 경시하고 차별하는 관념을 가지고 있다. 또한 토템 같은 이론에 대해서는 명확하게 알지 못하고 있었기 때문에 길에서 주워들은 말이 고사로 변화 발전하여 이와 같은 신화가 된 것이다. 실제로 이와 같은 사람들이 장강과 한수 사이에 살고 있으며, 또한 늠군廩君의 후예로서 특별히 호랑이虎와 밀접한 관계를 가지고 있는데, 분명한 것은 이들이 바로 파인巴人이라는 점이다.

18) 토가土家와 호랑이虎

상서湘西에서 출토된 병기, 악기, 생산도구 등의 문물 역시 모두 호랑이虎와 밀접한 관계를 보여주고 있다. 예를 들면, 호랑이의 문양과 점이 새겨진 검劍, 원후부援後部를 호랑이의 문양으로 장식한 동과銅戈, 호랑이 머리 모양의 동부銅斧 등은 모두 토가족土家族과 고대 파인巴人 간에 깊은 역사적 연원 관계가 있었다는 사실을 말해 준다. 또한 청동기 위에 보이는 호랑이 형태의 문양 역시 토가족과 그 선조인 파인巴人 사이에 호랑이 숭배가 성행했었다는 사실을 설명해 주는 것이라 하겠다.

토가족이 모여 살고 있는 악서鄂西 지역에는 일찍부터 사람이 호랑이로 변했다거나, 혹은 호랑이가 사람으로 변했다고 하는 이야기들이 널리 유행하였는데, 이러한 사실에 대해 『고금도서집성古今圖書集成·직방편職方篇』 권1158에서 는『양양부지襄陽府志』를 인용해 다음과 같이 말하고 있다.

> 개원開元(713-741) 년간에 최생崔生이 과거에 응시하기 위해 경성으로 가다가 양양襄陽의 와불사臥佛寺를 지나게 되었는데, 저녁이 되어 와불사에서 투숙을 하게 되었다. 마침 이때 호랑이 한 마리가 절에 들어가 가죽을 벗고 아름다운 부인의 모습으로 변하는 것을 보게 되었다. 최생이 다가가 절에서 하룻밤 유숙하기를 청하고 그곳에서 잠을 자게 되었다. 호랑이 가죽이 우물가 옆에 있는 것을 보고 최생이 우물 속에 집어 던져 넣었다. 부인이 가죽을 찾았으나 찾을 수가 없자, 드디어 최생을 따라 경성에 이르렀다. 최생이 현위縣尉를 제수 받고 현윤縣尹을 거치는 6년 동안 두 아들을 얻었다. 후에 관직을 그만두고 이전의 절을 다시 지나게 되었는데, 최생은 세월이 이미 많이

흐른 터라 별다른 걱정 없이 예전의 일을 부인에게 이야기하였다. 그런데 부인이 쾌히 그 가죽을 찾아 들고 보니 손상된 곳이 없었다. 이에 부인이 그 가죽을 걸치자 호랑이로 변하였다. 호랑이는 크게 한번 울부짖으며 두 아들을 돌아보고 그 자리를 떠났다. 그래서 후인들이 그 우물을 가리켜 호피정虎皮井이라고 이름을 붙였다고 한다.

이 고사는 당시 최생崔生이라는 사람이 호랑이를 토템으로 숭배하는 토가족土家族 여자와 결혼했다가 헤어진 사실을 반영한 것으로 생각해볼 수 있다. 이를 통해 토가족 역시 그들의 인명, 지명, 풍속, 관습, 무속활동 등에 호랑이 토템을 숭배하는 관념이 자리 잡고 있었다는 사실을 짐작해 볼 수 있다.

19) 백호白虎 숭배 - 보미족普米

운남의 영낭寧蒗 이족彝族자치현 경내에 거주하고 있는 보미족普米族 역시 백호를 숭배하고 있다.

『민족문화民族文化』 1985년 제2기에 발표된 영낭현寧蒗縣의 『보미족 명칭의 유래』라는 문장 속에서, 보미족은 백색白色을 좋아하며 백호를 숭상한다고 밝히면서, 만일 아이가 호년虎年 호일虎日에 출생하면 전통적으로 대길大吉하다고 여겨, 특별히 잔치상을 차린 다음 가족과 친척들을 초청해 경축한다고 한다. 보미족의 언어는 한장어계漢藏語系에 속하는 까닭에 이족彝族과 장족藏族, 그리고 강족 언어羌語 가운데 한 갈래인 강어지羌語支는 역사와 문화적 측면에서 이족과 유구한 친연관계를 가지고 있다는 사실을 알 수 있다. 그러므로 이족이 검은색黑과 흑호黑虎를 숭상하고, 보미족이 흰색白과 백호白虎를 숭상한 것은 어쩌면 아주 자연스러운 일이었다고 볼 수 있다.

지금의 백족은 호랑이虎를 일컬어 "나羅", "늑勒", "납臘"이라 일컫고, 수컷 호랑이를 "나파羅頗", "납배臘扒", 그리고 암컷 호랑이를 "나마羅摩", "늑묵勒墨"이라고 일컫는 것을 보면, 이족이 호랑이를 일컫는 호칭과 서로 일치된다는 사실을 알 수 있다. 토가족은 호랑이를 "리利"라 부르며, 수컷 호랑이는 "리파利把", 암컷 호랑이는 "리니잡利尼卡"이라고 부르는데, 호랑이를 통칭하는 "리利"와 수컷 호랑이의 "리파利把"가 이족의 언어彛語에서 갈라져 나온 이족과 백족의 호칭("나羅", "이李" 및 나파羅頗, 납배臘扒 등)이 서로 같거나, 혹은 서로 유사하다는 사실을 발견할 수 있다. 즉 토가족이 수컷 호랑이를 "리파利把", 암컷 호랑이를 "리니잡利尼卡"으로 호칭했던 고대 파어巴語의 "이부李父"와 "이이李耳"를 직접 계승한 것으로 볼 수 있다. 토가족과 백족이 부르는 명칭과 호랑이虎를 숭배했던 "복희伏羲" 부락의 토템 명칭이 서로 같다는 사실은, 그들 역시 호랑이 토템을 숭배한 민족의 후예라는 사실을 설명해 주는 것이며, 또한 고대부터 이미 자신들이 호랑이를 숭배해 온 민족이라는 사실을 스스로 인정한 것으로도 볼 수 있다.

20) 복희伏羲는 호랑이虎 - 반광단潘光旦의 고증

반광단潘光旦은 『상서湘西 북쪽의 "토가土家"와 고대의 파인巴人』이라는 문장 중에서 복희라는 말에 내포되어 있는 의미가 호랑이라는 사실을 고증하였다.

첫째, 복희를 표기하는 몇 가지 방법 중에서 "복희虙戱"가 가장 이르다는 점이다. 나필羅泌 또한 일찍이 "장주壯周 등의 고서에서 모두 복희虙戱"라고 썼으며, 『설문說文』에서 "복虙"은 호아虎皃(모습)이며, 호虎부를 따르고 성부 필必을 따른다. 후에 가차하여 복伏(주준성朱駿聲 『설문통훈정성說文通訓定聲』 리부履部 제12)으로 쓰기 시작하였다. 그래서 후대 자서字書에서는 "복虙"자에 대해 호랑이를 온순하게 길들인다는 의미로 해석하였다. 여기서 "종호從虍"는 토템관계를 설명한 것이고, "필성必聲"은 음音을 설명한 것이다.

둘째, 복희의 성은 풍風이며, 그와 밀접한 관계를 지닌 여와女媧의 성은 운雲이다. 이러한 성씨는 물론 후대에 추가한 것으로 볼 수 있지만, 후에 "구름은 용을 좇고, 바람은 호랑이를 좇는다", 혹은 "풍호운용風虎雲龍은 각기 그 무리를 따른다." 등의 전고典故가 출현해 통행되었던 시기 역시 그렇게 늦지는 않아 보인다. 그 이유는 『역경易經·건乾』 괘 가운데 이미 이러한 전고가 보이기 때문이다. 따라서 우리는 그 시기에도 복희와 호랑이의 관계가 여전히 사람들 관념 속에 살아 있었다고 볼 수 있다. 만일 전설 속에서 단지 복희의 성이 풍風이라는 말만 남아 있었다면, 우리가 추측하는데 많은 어려움이 따랐을 것이다. 그러나 마침 여와女媧의 성이 운雲이라는 기록도 함께 전해져 오고 있어, 우리가 당시의 상황을 추측하는데 어느 정도 어려움을 덜게 되었는데, 이러한 상황을 결코 우연으로 볼 수만은 없다. 왜냐하면 이러한 사실이 복희가 원래 호랑이를 토템으로 숭배하는 부족 가운데 한 사람이고, 여와는 뱀蛇이나 혹은 용을 토템으로 숭배하는 부족 가운데 한 사람이라는 사실을 설명해 주고 있기 때문이다.

복희와 여와의 관계에 대해서는 오늘날까지도 후대 여러 민족 가운데 전해져 오고 있는 전설을 통해서도 살펴볼 수 있다. 어떤 이야기 속에서는 오누이兄妹, 혹은 부부夫妻, 또 어떤 이야기 속에서는 부부가 된 오누이를 소개하고 있다.…… 위의 문장에 비추어 볼 때, 여와女媧는 한인漢人의 먼 조상으로, 그리고 복희伏羲는 파인巴人의 먼 조상으로 추측해 볼 수 있다. 그들 두 사람이 결혼했다는 말은 바로 호족虎族 남자가 용족龍族 여자에게 장가를 들었다는 의미로 해석해 볼 수 있다. 다시 말해서 용족에게 장가를 들어 용족 사람이 되었다고 볼 수 있다. 이는 당시의 사회가 아직 부계사회로 진입하기 이전의 단계에 머물러 있었던 까닭에 일어난 현상이다. 한인漢人의 조상은 부계사회로 진입한 후에 복희를 용족으로 말해야 할 필요성을 더욱 더 요구받게 되었고, 이에 따라 그의 모습에서 호족의 여러 가지 흔적을 최대한 지워버리고자 했던 것으로 보인다. 그 결과 두 마리 뱀이나, 혹은 두 마리 용이 꼬리를 교차시킨 모습의 석각石刻이 출현하게 되었던 것이다. 그러나 그들의 이러한 행위로 인해 난처한 상황에 직면하게 되었는데, 바로 두 사람의 관계를 오누이, 혹은 이 두 사람을 결혼시키지 않으면 안 되는 상황을 초래하고 말았던 것이다. 사실 두 사람의 토템이 서로 다르다는 말은 그들이 족외혼族外婚을 거행하는 모계사회로 접어들었다는 사실을 설명해 주는 것으로, 오누이가 서로 결혼을 하던 원시사회로부터 이미 멀리 벗어났음을 의미한다. 그러나 이로 인해 또 다시 난처한 상황에 직면하게 되자 그들은 이러한 사실

> 을 감추고자 하다가 오히려 더 큰 곤란한 상황에 놓이고 말았다. 그 첫 번째 문제가 바로 "복虙"자의 호모필성虎貌必聲이고, 두 번째 문제는 "복虙"자 이름을 가진 사람의 성씨를 풍風으로 삼았다고 하는 점이다.

반광단潘光旦은 복희가 호랑이虎를 의미한다는 사실에 대해 고증을 통해 밝혀내었는데, 우리는 토가족土家族을 비롯한 백족白族, 보미족普米族, 이족彝族, 납서족納西族, 장족藏族, 율속족傈傈族 등의 호랑이 토템 숭배를 통해서도 복희와의 관계를 충분히 유추해 볼 수 있다. 그렇기 때문에 우리는 위에서 언급한 각 민족의 선조가 모두 호복희虎虙戲로부터 갈라져 나온 후예이며, 또한 그들이 상고시대의 강융과 깊은 연원 관계를 가지고 있었다는 사실을 추측해 볼 수 있다. 다시 말해서 호랑이 토템 숭배가 그들의 문화적 특징 가운데 공통적으로 등장하는 사실에 주목할 필요가 있다는 점이다.

문일다聞一多와 반광단潘光旦 같은 학자들의 고증을 통해, 우리는 복희伏羲가 조롱박葫蘆, 또는 호랑이虎를 가리킨다는 사실을 알게 되었으며, 이와 동시에 신견神犬으로 등장한 반호槃瓠와 조롱박葫蘆의 특징을 "복희伏羲와 반호槃瓠가 동일한 근원에서 나왔다"고 주장한 문일다의 주장과 연계해 보면, 아주 자연스럽게 다음과 결론을 얻을 수 있다. 수많은 민족이 비록 서로 다른 언어와 습속을 가지고 있고, 또한 산과 강을 사이에 두고 서로 멀리 떨어져 있음에도 불구하고 조롱박에 대한 숭배 형식이 이들 민족들에게 공통적으로 등장한다는 사실은 바로 중국이라는 대지 위에 살아온 모든 민족이 "원모원인元謀猿人" 등과 같은 중국의 고원인古猿人에서 갈라져 나왔다는 사실을 반증해 준다고 하겠다.

21) 이족彝族 토템의 층차層次

이족의 토템은 풍부하면서도 복잡하며, 또한 그 명칭 역시 번잡하다고 할 정도로 다양한데, 이는 모씨족母氏族이 여러 갈래의 씨족으로 분화되고 발전해 오면서 나타난 현상이라고 할 수 있다. 예를 들면, 운남성 신평新平의 이족彝族태족傣族자치현 양무구揚武區 노괴산魯魁山 대채大寨에 거주하는 이족은 조롱박葫蘆을 비롯한 파초芭蕉, 세아래細芽萊, 노루獐, 산양巖羊, 물소水牛, 흑반구黑斑鳩, 녹반구綠斑鳩, 저조猪槽 등 이십 여종에 이르는 동식물과 기물器物을 토템으로 숭배하고 있다.

초웅楚雄의 이주彝州 무정현武定縣에 거주하는 이족 역시 호랑이虎를 비롯한 벌蜂, 새鳥, 노루獐子, 황소黃牛, 쥐鼠, 용龍, 뱀蛇, 풀草, 배나무梨樹, 흑黑, 산山, 물水 등 이십 여종의 동식물을 토템으로 숭배하고 있을 뿐만 아니라, 또한 무생물과 자연현상까지도 씨족 토템의 상징으로 숭배하고 있다.

사천성 양산凉山의 이주彝州 덕창현德昌縣에 거주하는 이족은 자신들을 "납소納蘇"라고 부르는데, 이들은 "백수柏樹"와 "흑죽黑竹"이라는 두 개의 지파로 나누어져 있다. "백수柏樹"는 다시 여덟 개의 작은 지파로 나뉘며, 이들은 각 지파마다 양羊, 노루獐, 이리狼, 곰熊, 매鷹, 꿩雉, 곡谷, 이李 등의 동식물을 토템으로 숭배하고 있다. 이에 비해 "흑죽黑竹"은 십여 개의 지파로 나뉘며, 이들 역시 각 지파마다 흑서黑鼠, 백서白鼠, 화서花鼠, 조모서粗毛鼠 등 십여 종의 색깔과 서로 다른 형태를 지닌 쥐鼠를 토템의 상징으로 숭배하고 있다.

초웅楚雄의 이주彝州 남화현南華縣 마합저摩哈苴(彝村)에는 75호가 모여 살고 있는데, 해방 전에 이들은 청송青松, 당리棠梨, 호로葫蘆를 혼인의 경계 기준으로 삼아 종족의 명칭으로 사용하였다.

현대의 종족 명칭 중에서 동식물의 명칭이 사용되고 있는 것은 이들의 임의적 선택에 따른 결과라기보다는 초기의 토템제圖騰制로부터 물려받은 유산에 의한 것이라고 볼 수 있다. 그렇다면 어째서 토템의 명칭이 날로 증가하는 상황 속에서도 이족은 여전히 호랑이虎를 토템으로 숭배하고 있단 말인가? 이러한 현상에 대해 해석할 수 있는 과학적 이론과 방법은 바로 토템에 대한 층차적 분석을 통한 접근이라고 할 수 있다. 그래서 일찍이 양화삼楊和森은 이러한 층차적 분석 방법을 통해 이족의 토템에 대해 폭넓고 깊이 있는 분석을 시도하였다.

> 토템은 원생原生, 연생演生, 재연생再演生 등의 특징을 가지고 있을 뿐만 아니라, 또한 여러 차례 진화하고 발전再演生하면서 다층차多層次적인 형태를 지니게 되었다. 이족彝族의 호랑이 토템은 그 선조인 고대 강융羌戎의 원생原生 토템을 보존해 온 것이며, 다른 토템 역시 모두 호랑이 토템으로부터 연생演生된 경우이거나, 혹은 재연생再演生한 경우라고 할 수 있다. 심지어 여러 차례 재연생再演生된 토템의 경우도 있다. 이렇게 여러 차례 재연생再演生의 과정을 거쳐 출현한 토템은 특정한 사회적 조건 아래에서도 여전히 새로운 토템으로 진화 발전되어 오고 있다. 오래된 원생原生 토템은 여러 차례 연생의 과정을 거치는 과정에서 토템의 껍질을 벗고 그 본질을 잃어버려 마침내 사람들로부터 잊혀지게 되었던 것이다.

우리가 생각하기에, 여러 씨족이 수차례 갈라지면서 혈연관계도 희박해지고, 또한 오래된 토템 가운데 어떤 것은 시조화始祖化의 경향을 보이는 경우도 발생하였다. 예를 들어, 이족의 원생原生 토템이었던 호랑이虎 토템이 흑호黑虎와 백호白虎를 숭배하는 토템으로 진화 발전한 경우로서, 이와 같은 경우에 해당 된다고 볼 수 있다. 더욱이 흑호와 백호가 이족을 비롯한 다른 민족의 숭배를 받게 되면서, 점차 혼인의 경계를 구분 짓던 상황 역시 사라지게 되었으며, 오래된 토템 형식 가운데 일부 역시 사람들의 기억 속에서 사라져 버렸다고 할 수 있다. 예를 들면, 흑호黑虎와 백호白虎에 대한 숭배는 지금까지도 토템의 변화 흔적이 여전히 남아 있는데, 모두 이러한 경우에 속하는 것이다.

22) 최초의 숭배 - 암컷 호랑이母虎

호랑이虎 토템 역시 그 자체의 변천 과정을 보여주고 있다. 최초로 숭배되었던 대상은 암컷母虎 호랑이었다. 그래서 전설 속에서 여인과 호랑이가 서로 변화하는 모습을 자주 볼 수 있었으나, 후에 수컷 호랑公虎이가 숭배의 대상으로 변화하면서 남자와 호랑이가 서로 변화하는 형태의 전설이 등장하게 되었던 것이다. 또한 어떤 지역에서는 호랑이 토템이 토사土司의 전유물로 전락되는 경우도 있었다. 예를 들면, 영녕현永寧縣의 납서족 토사土司는 호랑이를 일반 사람들이 볼 수 없는 신神으로 생각하였으며, 크고 굵은 호랑이 뼈를 토사의 뿌리라고 간주하였다. 그래서 토사는 평소 호랑이 가죽을 소중하게 보관해 두었다가 매년 정월 초하루와 초이튿날이 되면 꺼내 토사土司가 앉는 의자 위에 올려놓고 관리와 백성들에게 엎드려 절을 하도록 하였다. 그리고 초삼일이 지나면 이를 다시 거두어 깊숙히 감춰두고 사람들에게 보여주지 않았다. 이와 같은 호랑이

虎 토템에 대한 숭배는 모계母系씨족제와 부계父系씨족제를 거쳐 계급사회에 이르는 과정에서, 각 시대마다 그 시기의 구체적 특징들을 반영하며 발전해 왔다. 물론, 계급사회에 이르러 호랑이 토템이 토사土司의 전유물로 전락했다고는 하지만, 일반 백성들 사이에서는 여전히 어떤 계급이나 계층의 고하를 막론하고 사람이 죽으면 다시 호랑이로 환생한다고 믿었다. 이처럼 이족은 조롱박葫蘆과 호랑이虎 토템을 비롯해 본 씨족의 토템물을 숭배하였다. 이들이 숭배한 조롱박葫蘆과 호랑이虎 토템 속에는 모체숭배母體崇拜와 시조숭배始祖崇拜의 의미가 함축되어 있지만, 보편적 의미에서 볼 때 후자만이 진정한 토템이라고 말할 수 있을 것이다.

3. 조롱박葫蘆을 토템으로 볼 수 있는가?

조롱박葫蘆은 의심할 것도 없이 인류가 최초로 숭배했던 대상 가운데 하나이다. 그렇다면 조롱박은 도대체 어떤 종류의 숭배를 의미하는가?

종교의 기원에 관한 문제에 대해서 이미 적지 않은 이론과 관점이 제기되었지만, 이러한 이론이나 관점은 지금까지도 하나로 통일되지 못하고 있다. 세계사적인 범위에서 볼 때, 비교적 이른 시기에 등장한 한 학파는 일찍이 최초의 종교가 "자연숭배"(Macurs · Miller)에서 출발했다고 정의하였으며, Taylor의 경우는 종교가 "만물에 영혼이 있다."는 관념에서 기원했다고 주장하였다. 그리고 Frazer의 경우는 무속巫術이 먼저 등장한 후에 종교가 출현했다고 주장하였다. 반면에 프랑스의 사회학파 Durkheim의 경우는 토템에 대한 숭배가 최초의 종교라고 주장하기도 하였다.

한편, 중국의 학술계에서는 보편적으로 원시종교는 자연숭배, 토템숭배, 조상숭배 등의 순으로 생성하여 발전하였다고 보는 견해가 지배적이다. 이러한 관점은 채가기蔡家麒의 『자연自然・토템圖騰・조상祖先』에 비교적 체계적으로 반영되어 있으며, 이밖에 양곤楊堃의 토템숭배・자연숭배・조상숭배 등의 관점이 비교적 대표적이라고 할 수 있다. 이러한 그의 주장은 ≪민족학개론民族學槪論≫과 그의 관련 저서에 잘 반영되어 있다.

1) 자연・토템・조상

어떤 학자는 대자연에 대한 숭배가 인류 최초의 종교의식 활동으로서 자연계에 대한 인류 최초의 인식을 반영한 것이라고 보았다. 이처럼 인류는 오랫동안 생활해 오면서 변화하는 자연계에 대한 최초의 추상적 사유능력을 가지게 되었고, 집단의 언어 역시 이와 상응하며 발전하였다. 다시 말해서 자연계의 인격화, 더 나아가 초인화超人化, 혹은 신비화에 따라 "영靈"적 관념과 자연에 대한 숭배 의식이 등장하였다고 볼 수 있는데, 이러한 조건에 의해 씨족사회가 형성되었다고 볼 수 있다. 석기石器를 비롯해 골기骨器, 목기木器 등의 제작기술을 어느 정도 장악한 원시 인류가 토지와 환경에 의지하며 생활했던 까닭에, 그들은 배고픔, 추위와 더위, 희망, 두려움 등이 모두 자연계의 변화와 밀접한 관련이 있다고 믿었다. 그렇기 때문에 원시인들은 종종 자신에 대한 관심을 초월하여 자연계에 대해 깊은 관심을 가질 수밖에 없었는데, 이러한 상황은 당시 사회의 생산 조건에 의해 결정되었다. 원시 인류는 자연계의 다양한 현상에 대해 잘 이해하지는 못했지만, 그들은 끊임없이 생장과 번식을 이어나갔다. 더욱이 그들은 원시적인 "영靈"적 관념으로 자연계의 변화와 그 원인을 해석함에 따라, 그들에게 "영靈"적 환상과 음식물을 제공해 주는 동식물에 대해 유달리 숭배하는 의식을 가지게 되었다. 또한 자연재해 앞에 무력함을 느낄 수밖에 없었던 그들에게 자연재해는 당연히 두려움의 대상이 될 수밖에 없었다. 그래서 그들은 자연의 은혜, 혹은 자연의 재해를 모두 "영靈"적인 작용이라고 생각하였다. 그들은 또한 자연계로부터 사람들에게 필요한 음식과 생필품을 영원히 제공받는 동시에 자연계의 재앙으로부터 벗어 날 수 있기를 갈망하였다. 더욱이 그들은 자신들이 갈망하는 바를 자연계가 이해하고 만족시켜 줄 수 있다고 믿었는데, 바로 이러한 관념으로부터 자연을 숭배하는 종교의식이 싹터 나오게 되었던 것이다.

원시 인류는 자연계로부터 물질적 힘의 위협을 받는 과정 속에서 점차 자신의 길흉화복을 자연계의 변화와 연계시켜 생각하기 시작하였으며, 또한 그들은 자연계가 사람들에게 일상생활에 필요한 물건의 제공은 물론 집단의 구성원들을 보호해 줄 수 있는 거대한 힘을 가지고 있다고 믿었다. 그래서 원시 인류는 자연계의 수많은 숭배물 중에서 집단 구성원들과 가장 밀접하고 친근하며, 또한 가장 중요하다고 생각되는 한두 가지의 숭배물을 선택해 특수한 위치에 올려놓고 일련의 의식을 통해 자손들의 비호를 갈망하였는데, 이것이 바로 토템에 대한 숭배가 출현하는 계기가 되었다. 한편, 채가기蔡家麒는 자연숭배 단계를 거치면서 비교적 성숙한 영혼관념과 씨족외혼제가 확립되었고, 생식에 대한 관념이 형성되기 시작하면서 조상에 대한 관념이 등장했다고 주장하였는데, 이 두 가지가 바로 토템에 대한 숭배관념이 생성되는 가장 기본적인 조건으로 작용하였다. 후에 성숙한 영혼관념을 토대로 등장하게 된 토템신앙은 사람들의 숭배의식을 점점 더 복잡하게 만들었다. 그 결과 숭배의 대상으로서 실물이나 혹은 형상을 암석, 나무 등에 그리거나 조각하여 아무도 모르는 비밀장소, 혹은 집단 활동 장소, 혹은 사람들의 신체 부위에 새겨 영원히 숭배하고자 하였다. 또한 각 집단은 성별과 연령, 그리고 통혼通婚 서열에 의거하여 제사 활동을 상시적으로 진행함으로써 토템물의 번창과 족인族人들의 번성을 기원하였다. 이때 토템물의 형상과 동작을 모방한 노래와 춤은 토템숭배 의식 가운데 중요한 활동으로 자리 잡게 되었다.

오랜 세월 자연숭배와 토템숭배의 역사적 단계를 거쳐 만물에 영혼이 깃들어 있다는 관념과 영혼관념 속에 귀신관념이 등장하면서 모권제母權制는 쇠락하고 부권제父權制가 흥기하여 점차 남자의 역할을 더 중시받게 되었다. 혼인 역시 불안정한 대우혼對偶婚에서 비교적 안정적인 일부일처제一夫一妻制로 전환됨에 따라 사람을 숭배하는 분위기가 점차 지배적인 위치를 차지하게 되었고, 이러한 상황 속에서 조상에 대한 숭배의식이 점차 싹트게 되었던 것이다.

2) 토템・자연・조상

또 다른 학자들의 견해에 따르면, 씨족사회에 이르러 비로소 원시종교의 초기형태가 출현했다고 하는데, 이는 바로 씨족종교를 말하는 것이라고 볼 수 있다. 일반적으로 말하는 토템주의, 혹은 토템숭배를 씨족종교의 주요 형식이라고 볼 수 있는데, 그 이유는 모계씨족사회가 원시적 사유와 혼돈의 지배로 인해 몽롱한 상태에서 미처 벗어나지 못하고 있었기 때문이다. 즉 사람들은 자신과 자연계를 나누어 생각하지 못했기 때문에 신격화된 자연계를 숭배의 대상으로 삼는다는 것은 생각조차 할 수 없는 상황이었다. 더욱이 당시 사람들의 생산력이 극히 낮았을 뿐만 아니라, 안목도 매우 협소해 자연계를 이해하고 분석할 수 있는 사유능력이나 안목이 부족하였다. 이 때문에 그들은 자신들과 밀접한 관계를 가지고 있는 사물이나, 혹은 씨족의 생활과 밀접한 관련이 있는 토템을 숭배의 대상으로 삼았던 것이다.

원시사회 말기에 이르러 씨족의 종교가 부락의 종교로 발전하면서 토템숭배는 점차 쇠락하거나, 혹은 그 일부의 형식과 흔적만 남게 되었다. 이 시기의 사람들이 생산 활동 과정에서 인공적으로 불을 얻거나, 혹은 식물 재배와 목축에 대한 능력을 어느 정도 갖추었다고는 하지만 지극히 제한적일 수밖에 없었다. 또한 사회의 생산력이나 인류의 인식 능력 역시 지극히 낮은 수준에 머물러 있었기 때문에, 사람들은 여전히 자연에 의지할 수밖에 없었다. 이러한 상황 속에서 그들은 자신들과 가장 밀접하다고 여기는 자연물과 자연의 힘을 숭배의 대상으로 삼아 신격화하고 인격화해 나가는 과정에서 자연숭배의식이 싹트게 되었으며, 원시사회 말기에 이르러 부권제의 출현과 함께 귀신숭배를 토대로 한 조상숭배의식이 새롭게 출현하게 되었던 것이다.

3) 토템의 전신 - 조롱박葫蘆

토템숭배의 특징은 바로 어떤 혈연체血緣體와 동물의 어떤 특정한 유형 간에 혈연적 관계가 존재한다고 믿는 것이다. 초기의 인류는 토템, 즉 모종의 동식물을 자신의 조부모, 부모, 형제자매, 혹은 자신이라고 생각하였다. 그래서 그들은 자신의 씨족이 토템물圖騰物로부터 나왔다고 믿었으며, 또한 토템물을 자신의 씨족 구성원이라고 여겨, 본 씨족 구성들과 토템이 서로 변화한다고 믿었다. 예를 들어, 곰熊 씨족 사람들은 곰을 자신의 구성원이라고 생각할 뿐만 아니라, 자신과 곰이 서로 변화할 수 있다고 믿는 현상 등의 경우를 가리킨다.

그렇다면, 수많은 민족이 숭배하고 있는 조롱박葫蘆을 그 민족의 토템으로 볼 수 있는가? 우리가 생각하기에 조롱박을 비록 토템이라고 말할 수는 없지만, 조롱박이 토템과 떼려야 뗄 수 없는 밀접한 관계를 가지고 있다고 본다. 즉, 조롱박葫蘆 숭배관념은 토템숭배 의식보다 먼저 등장한 모체숭배로서 모체의 대체물이자 토템의 전신으로 볼 수 있다. 이족의 언어彝語에서 갈라져 나온 각 민족의 상황을 살펴볼 때, 그들의 관념 역시 아마도 이와 같은 과정을 거쳐 진화 발전했을 것으로 추측해 볼 수 있다.

혼돈에서 깨어나지 못한 상태에서 사람들이 조롱박을 모체의 대체물로 인식함으로써 조롱박에 대한 숭배관념이 싹트게 되었으며, 또한 자연계 동식물의 도움을 갈망하게 되면서 모체숭배가 모호母虎숭배와 연계되어 나타난 것이라 볼 수 있다. 이족의 전설 가운데 호랑이의 몸이 해체되어 세상이 창조되었다(천지만물과 사람 모두 호랑이가 변해서 생성되었다)는 이야기가 전해져 오는 것을 보면, 호랑이 숭배의식이 자연계 전체로 확대되었다는 사실을 엿보게 해준다. 이러한 숭배의식은 자연계의 모든 사물이 호랑이에 대한 숭배관념을 토대로 생성되었다고 볼 수 있기 때문에 조롱박에 대한 숭배 역시 이러한 관점에서 토템숭배 가운데 하나로 볼 수 있다. 생산력의 발전에 따라 자연계에 대한 사람들의 인식 역시 발전하게 되었고, 또한 사람들의 관념 속에 자리 잡고 있던 각종 자연물 역시 독립된 "인격人格"을 가지게 되었다. 이에 따라 자연물에 영혼이 깃들어 있다는 관념의 출현과 함께 마침내 만물에 영혼이 깃들어 있다는 의식이 출현하게 되었다고 하겠다.

필자는 인류가 자신과 자연계를 미처 구분하지 못하고 있던 시기에 자연에 대한 인류의 숭배관념이 출현했다는 것은 있을 수 없는 일이라고 주장한 양곤楊堃 선생의 말에 찬성하는데, 그 이유는 조롱박에 대한 숭배의식이 이 시기(뒤에 가서 자세히 논술해 놓았다)보다 이른 시기에 출현했다고 볼 수 있기 때문이다. 따라서 조롱박 숭배를 자연숭배로 보는 것은 타당하지 못하다는 생각이 든다. 우리가 여기서 언급하고자 하는 점은 각 민족으로부터 숭배 받고 있는 조롱박이 그들의 조상이 처음 출현한 곳으로 여겨지고 있다는 사실이다. 그래서 어떤 민족(예를 들어, 이족彝族)은 사람이 죽으면, 그 영혼이 다시 조롱박 속으로 들어간다고 생각하기도 한다. 그렇지만 그들은 조롱박을 자신들의 부모나 형제, 혹은 자신의 씨족 구성원으로 보지 않으며, 또한 자신이 조롱박으로 변화할 수 있다고 보지도 않는다. 다만 그들은 조롱박을 자신의 시조를 낳아 기른 모체이자, 조상의 영혼이 머무는 곳이라고 여길 뿐이다. 그렇기 때문에 우리가 조롱박 숭배를 토템숭배로 볼 수는 없지만, 또한 토템숭배와 복잡하게 얽혀 있어 서로 끊으려야 끊을 수 없는 밀접한 관계를 보여주고 있다는 사실을 부정할 수는 없다.

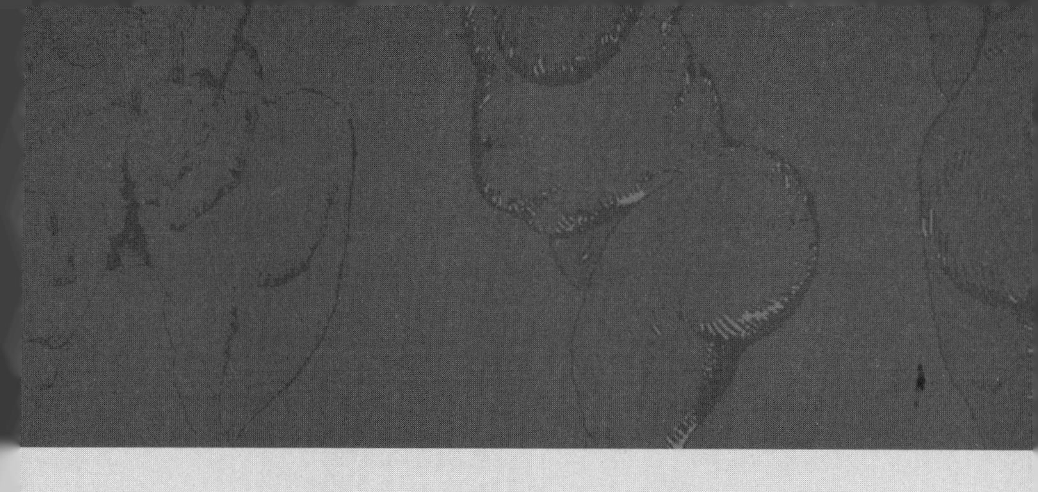

제3장

중화中華 창세기의 산물

이족彝族 조상의 영혼 조롱박

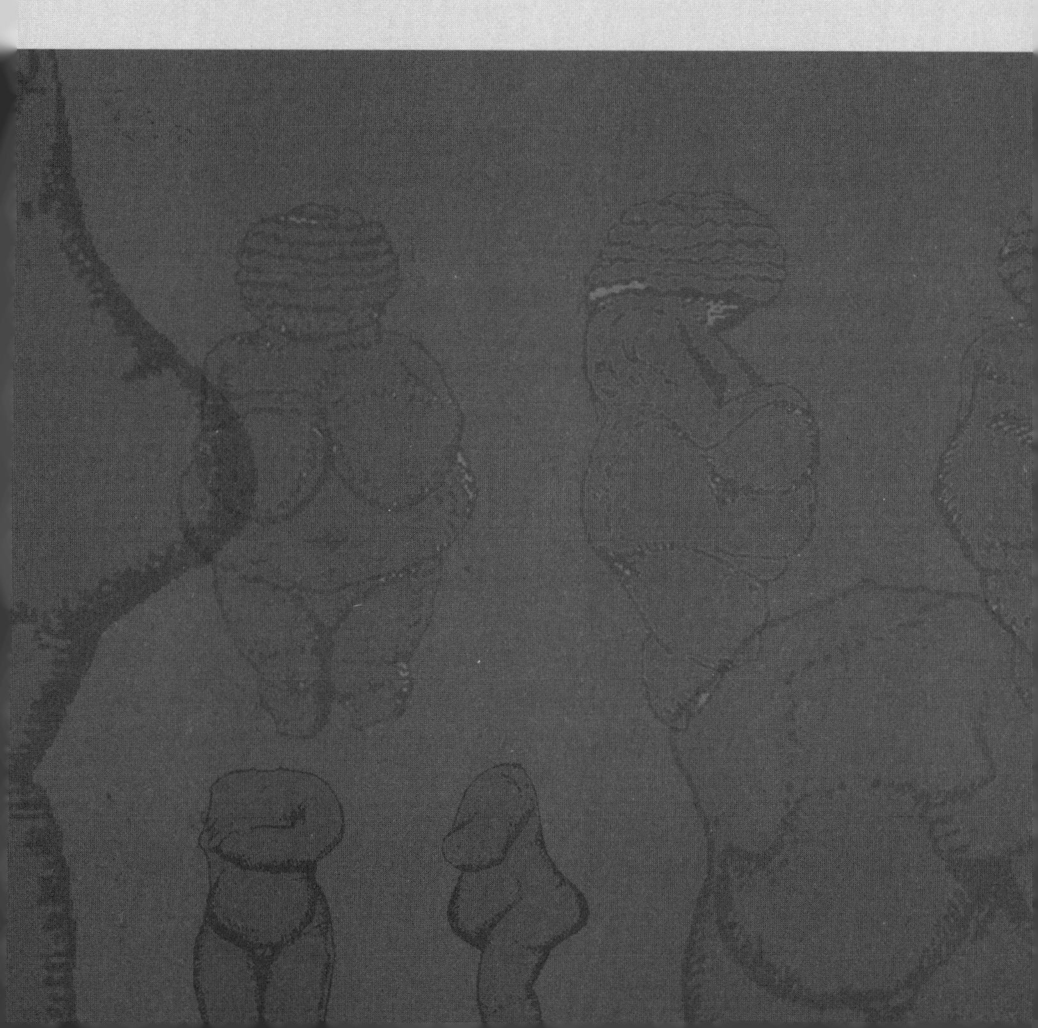

1. 이족의 조상 영혼으로서 조롱박과 그 신화

운남 초웅楚雄 이주彝州의 요안姚安과 대요大姚 두 현에는 이족의 창세시創世詩인 『매갈梅葛』이 구전되어 오고 있는데, 그 주요 내용은 호랑이의 몸이 해체되어 우주가 창조되었으며, 후에 천신 격자格茲가 오누이에게 한 알의 조롱박 씨앗을 주고 심게 한 다음, 다 자란 조롱박을 가르고 그 속에 들어가 홍수로부터 목숨을 구하도록 했다는 내용으로 구성되어 있다. 후에 오누이가 서로 결혼해 인종人種을 낳았으며, 또한 이 조롱박 안에서 한족漢族, 태족傣族, 이족彝族, 율속傈僳, 묘족苗族, 장족藏族, 백족白族, 회족回族 등 여덟 개 민족의 선조가 걸어 나왔다고 한다. 쌍백현雙柏縣 대맥지공사大麥地公社에서 이족의 문자彝文로 기록한 사시史詩 『아복다막낙阿卜多莫諾』를 채록해 놓았는데, 그 내용에 의하면, 먼 옛날 홍수가 일어나기 전 이족의 시조 아복다막낙阿卜多莫諾이 천신으로부터 조롱박 씨앗을 하나 얻어 심자 조롱박이 열렸는데, 아복다막낙阿卜多莫諾이 그 안에 들어가 홍수를 피한 다음, 홍수가 물러가고 나서 네 명의 선녀와 결혼해 다시 인류를 번창시켰다고 한다.

1) 시조 아복다막낙阿卜多莫諾

시조 "아복다막낙阿卜多莫諾"이란 말 중에는 유구한 원시 역사와 민족학적 의미를 담고 있다. 이족의 문자彝文로 가공하는 과정에서 남시조男始祖로 잘못 해석을 하였지만, 이 말은 분명 쌍백현雙柏縣 애뇌산구哀牢山區의 이족 시조인 "아보타마약阿普朵摩若"의 또 다른 해석으로 볼 수 있다. 그 북쪽 부근의 초웅楚雄과 남화南華 두 현에 거주하는 이족 사이에서도 역시 "아보阿普"라고 부르는 명칭이 전해오고 있는데, 이 명칭에는 조부祖父, 시조祖先, 호로葫蘆 등의 세 가지 의미가 담겨 있다. "타朵"자에는 원래, 먼 옛날, 높고 크며, 존경한다는 등의 의미를 담고 있으며, "마摩"자는 암컷과 여인이라는 의미를 담고 있다. 그리고 "약若"은 오직 남자만을 가리킬 때 사용한다. 그러므로 "아보타阿普朵"의 뜻은 시조, 먼 옛날 조상, 큰 조롱박 등의 의미로 해석할 수 있으며, "아보타마阿普朵摩"는 여시조女始祖라는 뜻으로 해석할 수 있다. 따라서 "아보타마약阿普朵摩若", 혹은 "아보다마약阿普多摩若"이란 말은 남녀시조라는 의미를 가지기 때문에, 이는 먼 옛날 홍수 속에서 요행이 살아남은 복희伏羲와 여와女媧를 가리킨다고 볼 수 있다.

운남성 금평金平의 이족彝族태족傣族자치현 노괴산魯魁山의 이족 사람들은 지금도 시조를 일컬어 "아보타마阿普朵摩", 즉 여시조女始祖라고 부르고 있다. 현지 이족의 전설에 의하면, 먼 옛날 홍수로 인해 온 세상이 폐허가 된 이후, 오직 "아보타마阿普朵摩" 한 사람만이 살아남게 되었는데, 그 이름을 간략하게 줄여 "아보阿普"라고 부른다고 한다. 아보타마가 선녀와 결혼하여 조롱박葫蘆을 낳자, 아보가 이 조롱박을 네 쪽으로 가르자 이 네 조각이 변하여 네 명의 남자가 되었다고 하며, 후에 이들이 각기 한족漢族, 이족彝族, 합니족哈尼族, 태족傣族의 시조가 되었다고 전한다. "아보타마"

라는 말이 비록 여시조를 가리키는 말이지만, 현재 남시조의 명칭으로 사용되고 있는 것을 보면, 이는 분명 후에 남권이 우위를 차지하게 되면서 여권의 지위를 개조시켜 놓은 결과라고 볼 수 있다.

부록에서 인용한 문일다聞一多의 표에 소개된 수십여 가지의 민간전설은 대부분 조롱박 속에 들어가 목숨을 건질 수 있었으며, 이로부터 인류가 번창하게 되었다는 줄거리를 담고 있다. 중국의 수십여 개 민족 가운데 전해져 오고 있는 조롱박 신화가 비록 그 전개 과정에서 다소 서로 다른 내용을 보여주고 있지만, 인류의 시조, 혹은 중국 각 민족의 시조가 모두 하나의 조롱박에서 나왔다는 사실만은 반드시 언급되고 있다. 그중에서도 특히 이족彝族의 조롱박 신화가 다른 신화들과 달리 보편성을 지니고 풍부한 내용을 생동적으로 전해주고 있으며, 또한 오늘날까지도 여전히 조롱박을 시조로 여기는 문화가 전승되어 오고 있다는 사실은 바로 이족의 조롱박이 그들의 조상 영혼을 상징한다는 사실을 뒷받침해 주는 것이라고 볼 수 있다.

2) 마합저촌摩哈苴의 조상 영혼

운남성 초웅주楚雄州의 남화현南華縣 애뇌산哀牢山 마합저摩哈苴 이촌彝村에서는 아직도 네 가구에서 조상의 영혼을 상징하는 조롱박을 모시고 있다. 마합저촌摩哈苴村은 모두 182가구로서, 총 인구는 1,301명(1982년)에 이른다. 그 중에서 이족이 161가구 895명이며, 한족은 21가구 136명이다. 총 인구의 86%를 차지하는 이족은 다시 자칭 “나나파羅羅頗”와 “밀주파密酒巴”로 나누어지는데, 그중에서 나나파羅羅頗가 절대다수를 차지하고 있다.

이 마을의 이족은 주로 이李, 노魯, 나羅, 하何, 장張, 기杞 등의 한족漢族 성씨로 구성되어 있다. 애뇌산哀牢山에 거주하는 이족의 각 종파와 지파는 모두 특정한 조상의 영혼이 깃들어 있는 도구를 섬기는데, 조상의 위패인 영대靈臺가 바로 그 대표적인 예라고 하겠다. 이족의 영대는 조상과 동종同宗을 식별하는 작용을 한다. 마합저의 이족은 조상의 영대를 제작할 때, 청송목青松木, 조강목粗糠木, 백화목白花木, 호로葫蘆, 죽근竹根, 산백초山白草 등의 여섯 가지 재료를 사용한다. 이중에서 이씨李氏 성은 "청송이青松李", "호로이葫蘆李", "조강이粗糠李" 등 세 종파로 나뉘고, 노씨魯氏 성 역시 "죽근노竹根魯", "송수노松樹魯", "조강노粗糠魯" 등의 세 종파로 나뉜다. 나씨羅氏 성은 "죽근나竹根羅"를 조상의 영혼으로 섬기며, 하씨何氏와 장씨張氏 두 성은 "백화목白花木"을 조상의 영혼으로 모신다. 그리고 기씨杞氏 성은 "산백초山白草"를 조상의 영혼으로 모신다.

3) 영대靈臺의 제작

앞에서 언급한 바와 같이, 이족의 영대는 조상에 대한 공양과 종파, 지파를 식별하는 작용을 한다. 이로 인해 최근 이족들은 대부분 한족漢族의 성을 빌려 사용함에 따라 성은 같으나 뿌리가 서로 다른 기이한 현상(이족은 원래 성이 없고 다만 부자가 이름을 연명해 사용한다)이 나타나고 있다. 그래서 각 종파와 지파 간에는 여전히 조상의 영혼을 제작하는 재료의 종류에 따라 서로 구분하고 있다. 예를 들면, "청송이青松李", "호로이葫蘆李" 등과 같은 경우로서 이씨李氏라는 성은 같지만, 그 조상의 영혼을 제작하는 재료가 다른 까닭에 서로 통혼을 할 수가 있다. 그렇지만 "호로이葫蘆

李"와 "호로노葫蘆魯가 통혼하는 것은 금지되어 있다.

한족 문화의 영향으로 인해, 현재 이족은 자신들이 살고 있는 본체의 정중앙 벽 가운데 집안의 수호신인 "천지군친사天地君親師"의 위패를 모시며, 조상의 영혼을 모시는 집에서는 이 위패의 좌측이족은 좌측을 큰 것으로 봄에 조롱박葫蘆을 모신다. 만약 몇 개의 조롱박을 동시에 모실 경우에는 조상의 항렬에 따라 좌측에서 오른쪽으로 배열해 모신다.

다른 재료를 사용해 영대를 만들 경우에는, 영대를 영심靈心, 영좌靈座, 영배靈背 등 세 부분으로 나누고, 부부 두 사람의 영심靈心을 각기 하나씩 만들어 영배靈背 위에 묶어 놓는다. 여기서 호로영葫蘆靈은 바로 부부의 합체를 나타낸다. 조롱박葫蘆은 여름에 심어 가을에 수확하는 식물인 까닭에 현지에서는 심지 않는다. 그래서 조롱박을 조상의 영혼으로 모시는 집에서는 반드시 먼저 조롱박을 잘 골라 보존해야 한다. 조상의 영혼을 모시는 조롱박葫蘆은 조롱박 복부에 중지 크기만한 작은 구멍을 뚫고, 그 구멍을 통해 은자와 쌀을 비롯한 소금과 차를 소량 집어넣는다. 즉 사람마다 은자를 하나씩 넣고, 쌀은 남자가 7대對 여자가 6대對를 넣는데, 이것은 영혼이 사용하게 한다는 의미이며, 동시에 후대 자손의 복록을 상징한다. 조롱박葫蘆 안에 있는 씨앗은 한 알이라도 꺼내서는 안 된다. 그 이유는 씨앗이 후대 자손을 의미하기 때문에 만일 하나라도 꺼내면 자손이 그만큼 줄어든다고 믿기 때문이다. 그리고 조롱박葫蘆 위의 작은 구멍은 조강수粗糠樹 잎을 따서 말아 끼운다. 여기서 조강수의 잎은 조상의 옷을 의미하기 때문에, 반드시 조강나무의 잎을 따서 의식을 거친 다음 사용해야 한다. 나뭇잎을 찾고자 할 때는 먼저 타서朵西를 청한 다음, 장자長子가 쟁반을 들고 타서朵西를 따라 산에 올라가 타서가 골라준 나무 아래에 무릎을 꿇고 타서朵西의 질문에 대답해야 한다. 점괘가 좋게 나올 경우는 괜찮지만, 그렇지 않을 경우 잎이 아무리 좋아도 사용해서는 안 된다. 사람마다 7개의 나뭇잎을 사용해 구멍을 막은 후 일년에 한 번 제를 올리기 전에 제석除夕날 막아 놓았던 잎을 빼내고 새잎으로 바꾼 다음 조롱박葫蘆을 고깃국에 씻겨 다시 모신다.

4) 부부동체夫婦同體

부부 두 사람 중에서 만일 아내 뒤에 남편이 죽으면, 남편의 조롱박葫蘆을 꺼내 영구靈柩 옆에 모셔 놓고 서방정토로 떠나보내는 의식을 거행한다. 그리고 영구를 옮겨 장사를 지낸 다음, 다시 조롱박을 집 안 탁자 위에 모신다. 이렇게 하는 것은 하나의 조롱박 안에 부부가 모셔져 있다는 것을 표시하기 위함이다. 만일 남편 뒤에 아내가 죽을 경우에는 원래 아내가 사용하던 조롱박을 교체한 다음 서방정토로 떠나보내는 의식을 거행하고 나서 아내의 영혼을 남편의 조롱박 안에 함께 합병해 모신다. 이때 조롱박은 영혼이 머무는 곳이란 의미를 가지고 있다. 원래 남자는 여자의 집에 가서 살지 않는 법이기 때문에 아내의 조롱박을 교체해야 한다. 이는 여자가 남자에게 속해 있다는 것을 뜻하는 것으로, 여자는 반드시 남편의 집에 머물러야 한다는 의미이다. 다시 말해서 여자가 죽으면 그녀의 영혼 역시 남편의 영혼이 머물고 있는 조롱박 안에 함께 머물러야 한다는 것을 가리키는 것이다. 이와 같이 부부합체의 의미를 지니고 있는 조령祖靈 조롱박은 이족의 언어彝語에 보이는 “아보타마약阿普朵摩若”남녀시조이라는 말을 구체적인 사물을 통해 형상화 시켜 놓은 것으로 볼 수 있다. 이족 무사巫師의 말에 따르면, 이족彝族의 조령祖靈 조롱박은 원래 “아보타마阿普朵摩"라고 부르며, 그 의미는 여시조女始祖, 혹은 시조를 가리킨다고 한다. 또한 간략하게 "아보阿普"(시조始祖, 조롱박葫蘆)라고 부르기도 하는데, 이는 여시조가 남시조男始祖를 대표한 것으로 볼 수 있다. 즉 지금까지 이십여 대를 거쳐 오면서 남자를 가리키는 "약若"자가 덧붙여져 "아보타마약阿普朵摩若"으로 부르게 되었다고 볼 수 있다. 따라서 우리는 이를 통해 남편의 영혼이 처갓집에 살지 않는다고 하는 관념이 후대에 와서 덧붙여졌다는 사실을 알 수 있다.

일반적으로 조령祖靈 조롱박은 3대까지 모시며, 3대 위의 조상은 무사巫師를 초빙해 조령을 떠나보내는 의식을 거행한 다음 불태운다. 의식을 거행할 때 무사巫師는 양가죽으로 만든 북을 두드리며 입으로 주문을 외우는데, 이때 옆에서 호로생葫蘆笙을 악곡의 반주에 맞추어 연주한다. 이족의 무사巫師(남 혹은 여)는 호로생葫蘆笙 연주가 시작되면 양가죽 자루와 북채를 등 뒤의 허리띠에 끼우고 춤을 추기 시작한다. 이때 두 손으로 조롱박 등의 야생 과일을 따는 자세를 표현하거나, 혹은 펄쩍펄쩍 뛰면서 야생 동물을 뒤쫓는 형상을 표현한다. 또한 옆에 있는 방목 채찍을 집어 들고 휘파람을 불며 가축을 방목하는 형상을 표현하거나, 혹은 나무 막대기를 집어 들고 땅을 경작하는 자세로 춤을 추며 밤을 지새우는데, 원시시대의 채집, 수렵, 목축, 농경 등의 정취와 분위기가 물씬 풍긴다.

5) 호두虎頭 조롱박葫蘆

이족은 흑호黑虎를 토템으로 숭배하였을 뿐만 아니라, 또한 조롱박葫蘆을 숭배하였다. 하지만 인구의 증가와 지파가 나누어짐에 따라 각 지파마다 그들이 모시는 위패 역시 다양한 나무가 사용되었다. 예를 들어, 백화목白花木, 청송靑松, 조강목粗糠木, 죽근竹根, 호로葫蘆 등과 같은 경우로 이미 앞에서 이에 관해 설명하였다. 또한 이족은 제사를 주관하는 "타희朵希(西)", 즉 필마畢摩를 초청해 제사3일에서 5일를 지내는데, 이때 붉은색 바탕 위에 검은 호랑이 머리黑虎頭가 그려진 조롱박을 대문 위에 걸어 놓고 3대 위의 조령祖靈 조롱박(증조부모)을 불태운다고 한다. 이러한 일련의 의식과 과정을 통해 살펴 볼 때, 이 호두虎頭 조롱박이 바로 모체숭배葫蘆와 토템숭배虎, 그리고 조상숭배가 하나로 융합되어 나타난 형태라는 사실을 알 수 있다.

초웅주楚雄州의 녹풍현祿豊縣 문화관에 근무하는 사악령史岳靈 동지1985년 43세의 고향인 녹풍현 흑정구黑井區 흑정진黑井鎭 석용가石龍街에는 70여 호가 거주하고 있는데, 이 가운데 한족漢族의 장씨張氏 성을 가진 두 집은 문화대혁명 이전까지만 해도 대문의 문미 위에 호두虎頭 조롱박을 걸어 놓고 숭상하는 습속이 있었다고 한다. 사악령의 말에 의하면, 문화대혁명 이전에 그는 물을 긷기 위해 항상 이 두 집(한 집은 이름이 장소림張紹林이고 약 60세였으며, 또 한 집은 이름이 장영張英으로 1962년 65세였다고 함) 앞을 지나다녔는데, 그때마다 대문의 문미 위에 걸려 있는 호두虎頭 조롱박을 보았다고 한다. 사악령의 부친 사응건史應乾(64세)의 말에 의하면, 한족漢族이 거주하는 석용가石龍街에도 다섯 집이나 호두虎頭 조롱박이 걸려있었다고 한다.

평소 대문의 문미 위에 호두 조롱박을 걸어 놓은 두 장씨 집안이 이미 이족彝族에서 한족漢族으로 변했다고는 하지만, 그들의 무의식 가운데 지금의 이족 사람들보다 더 오래된 이족의 전통을 보존해 오고 있다는 사실을 엿볼 수 있다. 이 예를 통해서 우리는 문화적 배경이 사람들의 사상과 행위에 얼마나 깊은 영향을 주는지 직접 실감할 수 있을 것이다. 마합저촌摩哈苴村의 이족은 조상의 영혼을 떠나보내는 의식을 거행할 때, 대문의 문미 위에 호두虎頭 조롱박을 걸어 놓는다. 하지만 쉽게 고정시킬 수 없기 때문에 조롱박을 반으로 갈라 그 위에 호두 조롱박을 상징하는 호두虎頭를 그려 걸어 놓는다.

그나마 다행스러운 일은 유구한 역사를 지닌 이족의 오랜 문화가 외진 이촌彝村에서나마 지금까지 보존되어 오고 있어 그 전통을 살펴볼 수 있다는 사실이다. 어떤 농가에서는 지금도 여전히 감실 위에 3대의 조령 조롱박을 모셔놓고 있으며, 또 어떤 사람의 집에서는 조상에게 제사를 지낼 때 지금도 여전히 호두虎頭 조롱박을 걸어 놓는다고 한다. 이처럼 평범해 보이는 이족의 조롱박이 아득히 먼 중화민족의 창세신화 뿐만 아니라, 한문漢文 전적을 통해 이해하기 어려운 토템관념의 변화와 발전 등의 문제들을 설명하거나 교정하는데 커다란 도움이 되고 있다. 바로 이러한 이유 때문에 우리는 이족의 조령祖靈 조롱박과 호두虎頭 조롱박을 창세기의 진귀한 유물로 소중하게 다루고 있는 것이다.

6) 조령祖靈 조롱박의 유래

현지 이족의 전설에 의하면, 아득히 먼 옛날 천지가 온통 황량하고 인적이 없을 때, 이때 대신大神에게 1남 1녀가 있었다고 한다. 대신은 장차 큰 홍수가 일어나 세상에 범람할 것을 미리 알고 있었던 까닭에, 두 아이를 커다란 조롱박 안에 넣고 물이 스며들어가지 못하게 갈라진 틈을 봉합하였다. 후에 홍수가 범람하자 조롱박이 물결을 따라 여기저기 표류하였다. 홍수가 물러간 후에 조롱박은 어느 육지 위에 멈추었다. 오누이 두 사람은 비록 홍수의 위험에서 벗어났지만, 아무리 애를 써도 밖으로 나올 수가 없었다. 이때 벌 한 마리가 조롱박 옆으로 날아오는 것을 본 두 사람은, 벌에게 부리로 조롱박을 쪼아 밖으로 나갈 수 있게 해주면 세상의 절반을 주겠다고 하였다. 하지만 벌은 주둥이가 너무 작아 조롱박을 쪼갤 수가 없었다. 후에 쥐 한 마리가 조롱박 옆을 지나가자 오누이가 급히 쥐에게 도움을 요청하였다. "네가 만일 조롱박을 쪼아 우리를 밖으로 나가게 해 준다면, 우리는 평생 힘든 노동을 마다하지 않고 곡식을 수확해 네가 누릴 수 있게 해 주겠다." 이에 쥐가 말하길, "너희 두 사람이 설사 약속을 지킨다고 해도, 만일 너희 후손들이 약속을 어긴다면 우리는 갈데없는 신세가 되고 말 것이다."고 대답하였다. 이 말을 들은 오누이가 다시 "자손들이 약속을 어기는 것을 막고 너희들의 안전과 이익을 보장하기 위해, 이 세계의 절반을 너희에게 나누어 주면 어떻겠는가? 너희에게 밤의 세계를 양보하고 인류는 낮의 세계를 차지해, 우리는 대낮에 식량을 생산하고 너희는 밤에 우리가 수확한 곡식을 누리도록 하면 어떻겠는가?" 하고 말하였다. 이에 쥐가 조롱박을 물어뜯어 구멍을 내자 오누이 두 사람이 비로소 밖으로 나와 세상을 다시 볼 수 있게 되었다. 그래서 지금 쥐가 밤에 활동하며 인간의 곡식을 먹는 것은 인류의 선조와 그들이 약속한 결과라고 한다. 한편, 오누이 두 사람은 자신들을 돕지 않은 벌을 원망해 벌을 잡아 허리띠로 벌의 배를 묶고 나서 "설령 너도 입이 있어 음식을 먹을 수 있겠지만, 네가 배불리 먹지 못하게 할 것이다."고 말하였다. 그래서 지금도 벌의 허리가 가는 것이라고 한다.

오누이는 본래 서로 결혼할 수 없는 사이였지만, 이 세상에 오직 그들 오누이 두 사람만이 남아 있었기 때문에, 인류의 멸종을 걱정한 두 사람은 서로 결혼해 인류를 번식시키고자 하였다. 그렇지만 그들 두 사람은 천신의 노여움이 두려워, 각자 키를 하나씩 들고 서로 마주보는 산 정상에 올라가 기도를 올렸다. "천신께서 만일 우리 오누이가 결혼해 인류의 번식을 허락해 주신다면, 이 두 키가 산 아래로 굴러가 서로 포개지도록 해 주십시오." 기도를 마친 두 사람이 동시에 키를 산 아래로 굴리자, 두 키가 산 아래로 굴러가 하나로 합쳐졌다. 이에 오누이가 결혼해 부부가 되었으며, 오늘날의 인류가 바로 그들의 자손이라고 한다. 그래서 그들이 낳은 자식들 가운데 청송青松을 심은 자손은 청송령青松靈을 모시고, 대나무를 심은 자손은 대나무 뿌리를 신령으로 모신다고 한다. 오누이 두 사람 가운데 태어난 장자長子는 홍수가 범람했을 때, 그 부모가 피난했던 조롱박을 기념하고자 조롱박葫蘆을 신령으로 모신다고 한다. 그래서 우리는 지금 조롱박을 조령祖靈으로 삼고 있는 이족 사람들을 인류의 맏이로 여기는 것이다.

7) 호로이葫蘆李와 호로노葫蘆魯

애뇌산哀牢山의 이족 무사巫師인 "나나羅羅"의 말에 의하면, 각 지역에 흩어져 살고 있는 이족(전滇, 천川, 검黔)은 원래 조롱박葫蘆을 조상의 위패로 모셨으나, 후에 인구가 증가해 여러 갈래로 나누어지게 되면서 조상의 위패도 각기 다른 여러 가지 나무를 사용하게 되었으며, 결국 그중에서 한 지파만이 조롱박을 조상의 위패로 모시는 전통을 유지해 오게 되었다고 한다.

마합저摩哈苴에 거주하는 이씨 성의 가족은 조령祖靈 조롱박을 일컬어 "호로이葫蘆李"라고 부른다. 그들은 일찍이 경동景東에서 이 마을로 이사해

왔다고 하며, 해방전(1947년)까지 이씨 성을 가진 다섯 집 모두 "조롱박 조령祖靈"을 모셨으나, 해방 후 구습을 타파한 "문화대혁명" 속에서 다락 위에 숨겨 놓았던 한 집만 빼고, 나머지 네 집 모두 1966년 10월 불태웠다고 한다. 그 후 1979년에 이르러 다시 몇 집에서 조령祖靈 조롱박을 모시기 시작했다고 하며, 현재 마합저摩哈苴에는 모두 열 한 개의 촌락이 분포되어 있는데, 그중에 간용담干龍潭에 거주하는 이충신李忠新의 집에서도 원래 조령祖靈 조롱박을 모셨었으나, 문화대혁명으로 인해 파괴되었다가 1979년부터 다시 모시기 시작했다고 한다. 그리고 이충영李忠榮의 집에서는 1985년에 이르러서야 비로소 새롭게 조롱박을 조령으로 모시기 시작했다고 한다. 이두촌迤頭村 아랫마을에 사는 이발李發의 친구 집에서는 두 개의 조롱박을 모시고 있는데, 그 중 하나는 이미 작고한 부모님을 합체合體한 조령祖靈이고, 또 다른 하나는 이발의 전처前妻를 모신 조령이라고 한다. 집주인 이발의 말에 의하면, 그의 전처를 모신 조롱박은 초웅현楚雄縣 경내에 있는 호로산葫蘆山에서 구해 온 것으로, 하가촌何家村의 "타서朵西"인 하응순何應順을 초청해 의식을 거행한 다음 조령祖靈으로 모셨다고 한다. 이두촌迤頭村 아랫마을에도 조령祖靈 조롱박을 모시는 집이 있는데, 그 집 주인의 이름은 노국순魯國順이며, 향년 68세였다. 그의 집에는 두 개의 조롱박 조령이 모셔져 있는데, "문화대혁명"시기에 노인이 다락 위에 숨겨 겨우 지금까지 보존해 올 수 있었다고 한다. 우리가 조사 나갔을 때도 이 두 개의 조롱박은 여전히 다락 위에 모셔져 있었다. 위층의 다락은 일반적으로 양식이나 잡다한 물건을 보관하는 곳으로 사용하기 때문에 평소 사람들은 위층 다락에 잘 올라가지 않는다. 만일 보진普珍 동지가 당시 위층 다락을 조사하지 않았다고 한다면, 아마도 우리는 지금 이러한 자료를 볼 수 없었을 것이다. 이 두 개의 조롱박 가운데 하나가 바로 노국순魯國順의 조부모 조령이고, 나머지 하나가 바로 그의 부모 조령이다. 노씨 집안에서는 원래 대나무 뿌리를 조령의 재료로 사용해 왔는데, 그 이유는 노국순의 조부(호로이葫蘆李)가 자녀를 두지 못해 그의 부친 노개원魯開遠이 이씨 집안의 양자로 들어가 이씨 집안의 조령을 계승했기 때문이라고 한다. 비록 그가 성을 이씨로 바꾸지는 않았지만 조롱박을 조상의 위패로 모시는 까닭에 이씨 집안에서는 서로 한 집안으로 여겨 통혼을 금지하고 있다고 한다.

노국순의 장자인 노충화魯忠和의 말에 의하면, 집안에서 가장 많을 경우 4개의 조롱박을 동시에 모신 적도 있었다고 하며, 작년까지 3개를 모셨었으나, 이미 그 중 하나를 산에 가져가서 불태웠다고 한다. 지금 집안에 모셔져 있는 두 개 가운데 하나는 그의 조부모 것이고, 하나는 증조부모와 그 위의 조상을 합병한 것이라고 한다. 가장 많이 합병할 경우는 대개 3대까지 합병을 하는 것이 일반적이고, 그 이상이 되면 산에 가서 불태운다고 한다.

지금 마합저摩哈苴에서 네 집이 조롱박 조령을 모시고 있지만, 호로이葫蘆李는 이 네 집만 있는 것은 아니다. 이족의 전통적인 관습에 따르면, 형제가 분가하여 일가를 이루면, 그 조령은 어린 아들이 모시게 되고, 나머지 사람들은 제사를 지낼 때만 그 집에 모여 향을 사르고 제사를 지낸다고 한다. 그리고 다음 대의 노인이 세상을 떠나게 되면, 각자 자신의 집에서 조상의 위패를 새롭게 모신다고 한다. 통계에 의하면, 마합저촌摩哈苴村에는 현재 열한 가구의 "호로이葫蘆李"가 살고 있고, 간용담촌干龍潭村에는 일곱 가구, 그리고 이두하촌迤頭下村에는 네 가구가 살고 있다고 한다.

조롱박을 조령으로 모시고 있는 마합저촌의 이족 이야기는 전설 속의 고사故事가 아닌 바로 현재 진행되고 있는 우리 인류의 이야기 가운데 하나이다. 따라서 모든 민족이 평등하다고 하지만, 이족이 인류 역사상 가장 이른 숭배물이라고 할 수 있는 조롱박을 잘 보존하여 우리에게 물려주었다는 점에서 우리가 그들에게 특별히 감사하는 부분이다.

8) 조롱박 조종祖宗 – 여러 민족의 숭배 대상

우리가 유의할 점은 대만의 고산족高山族 가운데 하나인 "파완인派宛人"(또한 배만인排灣人이라고도 함)이 도호陶壺를 모신다는 사실이다. 그들이 "조령동祖靈洞" 내에 모셔놓은 도호陶壺는 놀라울 정도로 이족의 조령 조롱박과 유사한 특징을 보여주고 있다. 전설에 의하면, 그들이 바로 도호陶壺에서 나온 한 쌍의 남녀 사이에서 태어난 후손이라고 한다. 그들은 좁쌀을 도호陶壺 안에 넣고 모시는데, 이는 자손과 작물의 번영을 기원하는 의미를 지니고 있다고 한다. 이는 도호陶壺에서 나온 두 아이의 모습이 이족彝族을 비롯한 묘족苗族, 여족黎族, 장족壯族 등의 기원이 되는 복희와 여와女媧의 형상과 유사한 특징을 지니고 있다는 점을 보여 주는 것으로, 그들의 "조령祖靈 도호陶壺"(도호로陶葫蘆) 역시 이족의 "조령祖靈 조롱박葫蘆"과 매우 흡사한 성격을 지니고 있음을 알 수 있다. 따라서 비록 두 민족이 숭배하는 대상의 형태가 표면적으로는 서로 달라 보이지만, 이들이 숭배하는 조롱박이야말로 바로 원시 모체숭배의 살아있는 표본이며, 또한 중국의 각 민족이 공통적으로 가지고 있는 태고시대의 역사적 연원에 대한 구체적인 표현이라고 볼 수 있다.

이족의 조령祖靈 조롱박은 모체숭배에 대한 각 민족의 관념을 반영한 생동적인 예증例證 가운데 하나라고 할 수 있다. 애뇌산哀牢山 경동현景東縣 여자간厲者干 지역에 거주하는 묘족 가운데 몇 사람이 해방 전 사냥감을 쫓다가 남화현南華縣 여마합저厲摩哈苴에 이르러 비가 내리자, 비를 피해 어떤 호로이葫蘆李의 집에서 유숙하게 되었는데, 이때 그 집안사람들이 사냥해온 호랑이 고기를 조령祖靈 조롱박에게 바치며 절을 하는 것을 보고, 입으로 "아! 우리의 조상이 여기에 있었구나!"하고 외쳤다고 한다. 그들이 절을 한 대상은 이 집 안에 모셔 놓은 조령祖靈 조롱박이라기보다는 조령祖靈 조롱박葫蘆 그 자체였다고 볼 수 있다. 묘족에게 대대로 전해오는 전설에 의하면, 묘족苗族을 비롯한 이족彝族, 태족傣族, 한족漢族 등이 모두 조롱박葫蘆에서 나왔다고 한다. 그래서 묘족 사람들은 이족의 조령 조롱박을 보자 바로 자신들의 조상을 떠올리고 숙연히 경의를 표했던 것이다. 비록 이족彝族과 묘족의 언어가 서로 통하지도 않고, 또한 서로가 잘 알지도 못하는 사이지만, 그들이 공통적으로 숭배해온 모체母體 조롱박葫蘆을 통해 서로의 생각과 감정이 하나로 연결된 것이라고 볼 수 있다.

이족 노인의 설명에 따르면, 조롱박葫蘆을 조상의 위패로 모시는 전통은 조롱박에 들어가 홍수로부터 구원을 받아 인류가 다시 번창하게 되었다는 점 이외에도 조롱박葫蘆의 씨앗이 자손의 번창과 양식의 풍요로움을 상징하기 때문이라고 한다. 그 기원을 거슬러 올라가 보면, 이족의 조롱박 숭배는 호랑이虎를 토템으로 숭배했던 모계사회 이전의 모체숭배까지 소급해 볼 수 있다. 따라서 상당히 원시적이며, 또한 오래된 전통을 가지고 있는 까닭에 "우리는 고고학을 비롯한 역사학, 민족학 등의 여러 학문 분야를 하나로 융합해 접근할 때, 비로소 보다 완전한 중국의 통사를 서술할 수 있을 것이다." 특히 이 점에서 중국의 원시사회사는 더욱 그러하다고 말할 수 있을 것이다.

일찍이 유수령游修齡은 하모도河姆渡 문화유적에서 출토된 조롱박 씨앗을 논하면서 다음과 같이 지적하였다.

> 조롱박葫蘆에 대한 사람들의 중시는 심지어 토템으로 삼아 자신들의 조상으로 여길 정도였다. 북방의 부족과 남방의 부족이 서로 접촉함에 따라 북방의 속문화粟文化와 남방의 도문화稻文化가 서로 섞여 융합되면서 찬란한 고대의 중화문화를 창조하였다. 7천여 년 전의 조롱박葫蘆의 씨앗 역시 바로 이러한 내용을 기록해 놓은 아주 작은 증거라고 할 수 있다.

중화민족을 구성하고 있는 각 민족들은 천지를 개벽한 반고盤古, 그리고 용여와龍女媧와 호복희虎伏羲의 합체물이라고 할 수 있는 조롱박葫蘆을 공통의 문화시조로 삼았는데, 이것이 바로 원시시대의 신화이다. 일찍이 마르크스가 지적한 바와 같이, 원시시대의 모계씨족제도가 해체되고, "특히 일부일처제一夫一妻制가 출현한 후에 많은 세월이 흘러 과거의 현실 역시 황당한 신화의 형식 속에 갇혀버렸다."고 하였다. 그래서 라파르그Lafargue는 『사상기원론思想起源論』에서 희랍을 비롯한 로마, 이집트, 인도 등의 수많은 역사시대 이전의 신화를 개괄하여 다음과 같이 말하였다.

> 이와 같은 신화는 모든 원시종교에서 찾아 볼 수 있으며, 또한 역사적 가치를 지니고 있다. 그래서 전설과 종교 의식은 오랫동안 잊혀진 시대를 증명해준다.

2. 『시면詩緜』-조롱박葫蘆에서 출현한 인류

인류가 조롱박葫蘆에서 나왔다는 주장은 지금까지도 소수민족 가운데 광범위하게 유전되어 오고 있으며, 또한 한문 전적 중에서도 이와 관련된 기록이 일찍부터 보인다. 『시詩』는 중국 최초의 시가총집이다. 『사기史記·공자세가孔子世家』에서 다음과 같이 언급하였다.

> 옛날에는 『시詩』가 3천여 편이었으나, 공자에 이르러 그 중복된 것을 삭제하고, 예법과 도덕을 베풀만한 내용을 선택하여 위로는 설契(은나라 시조)과 후직後稷(주나라 시조)에 관한 시를 채집하였으며, 또한 그 가운데 은殷과 주周나라의 성대함은 유왕幽王과 여왕厲王까지 서술되어 있다.

동한東漢의 왕충王充이 『논형·서해편』에서 "『시詩』는 민간의 노래를 채록하여 책으로 엮은 것이다."고 말한 것처럼, 『시詩』는 원래 민간의 가요에서 채집한 것으로 공자의 편집과 정리를 거쳐 경전이 되었다. 육경六經 중에서 『시경詩經』이 첫 번째 자리를 차지하고 있다.

『시경詩經』은 "풍風·아雅·송頌" 세 가지로 구분되어 있는데, "풍風"은 대부분 당시 각국에서 유행했던 민간 가요이며, "아雅"는 대부분 문인 사대부의 손에서 나온 것으로, 시사時事에 대한 포폄이나 고금古今을 논한 내용으로 구성되어 있다. 그리고 "송頌"은 공덕을 찬양하는 작품으로 구성되어 있다. 『시경詩經·대아大雅』 중에 사시史詩 몇 편이 전하는데, 그 편명이 바로 『면緜』, 『생민生民』, 『공류公劉』 등이다. 여기에서 언급된 주요 내용은 희주姬周의 기원과 발전, 그리고 흥성을 다루었는데, 그 중에서 『면緜』 1수에 인류의 기원과 관련된 창세기가 등장하기 때문에 우리는 이 작품을 일명 "중화 창세기의 사시史詩"라고 일컫는 것이다.

1) 『시경직해詩經直解・면緜』

『시경・대아』의 『면緜』에서는 본서와 비교적 밀접한 관계를 보이는 조롱박葫蘆, 귀복龜卜, 제사, 호랑이虎토템, 그리고 이족과 친연 관계에 있는 강융羌戎(강녀姜女, 혼이混彛) 등등이 언급되고 있기 때문에, 우리는 반드시 그 내용을 살펴볼 필요가 있다. 그래서 우리는 본서에 근래 출판된 진자전陳子展의 『시경직해詩經直解・면緜』과 관련된 장章과 절節을 다음과 같이 채록해 보고자 한다.

제1장

緜緜瓜瓞면면과질　　길고도 길게 뻗은 오이덩굴
民之初生민지초생　　백성들을 처음 다스리심이여
自土沮漆자토저칠　　두수에서 칠수까지 이르시어
古公亶父고공단보　　고공단보께서
陶復陶穴도복도혈　　토굴을 파고 지내셨도다
未有家室미유가실　　아직 집이 없어서라네

제2장

古公亶父고공단보　　공공단보께서

來朝走馬내조주마	일찍이 말을 달려오시어
率西水滸률서수호	서쪽의 칠수가에서부터
至于岐下지우기하	기산 밑에까지 이르시었다
爰及姜女원급강녀	강씨 여인과 함께
聿來胥宇율내서우	이곳에 와서 사시었다

제7장

迺立皐門내립고문	바깥문을 세워서
皐門有伉고문유항	그 바깥문이 우뚝하고
迺立應門내립응문	정문을 세우니
應門將將응문장장	그 정문이 반듯하였다
迺立冢土내립총토	대사를 세워서
戎醜攸行융추유행	그 나쁜 오랑캐들을 물리쳤다

진자전陳子展 선생은 『시경직해詩經直解』 부록2 『초사직해楚辭直解』 부분에서, 그가 심혈을 기울여 연구한 『시경詩經』과 『초사楚辭・이소離騷』에 관한 설명을 다음과 같이 서술하였다.

> 필자가 ≪시경≫과 ≪이소≫에 금역今譯을 하고 명칭을 직해直解라 한 것은 해석이 본의本義가 아님을 깊이 경계하여 본의를 따르고자 함이다.

진자전 선생은 아흔 살에 가까운 나이로, 수십 년간 학술 활동을 하면서 수많은 우여곡절을 겪었지만, 우리와 같은 젊은 후인들에게 풍부한 자료와 연구 성과를 물려주었다. 또한 우리가 『시경직해・대아・면』을 읽으면서 역대 경학자들의 한계를 뛰어넘지 못하는 문제점을 가지고 있었는데, 이점에 대해서도 본의와 실제에 부합되는 해설을 제시해 주었다. 예를 들어, 7장의 "내립고문迺立皐門"에서 "고문皐門"과 같은 경우로서, 그 구절 안에 희주姬周와 관련된 원시적 토템이 함축되어 있지만, 책의 주석에는 이와 관련된 해석은 보이지 않는다.

2) "緜緜瓜瓞, 民之初生"에 대한 해석

『시경詩經』의 제1장 첫 번째 구절인 "면면과질緜緜瓜瓞, 민지초생民之初生"은 희주姬周 뿐만 아니라 중화민족의 창세기와 깊은 관련을 가지고 있다. 하지만 진자전 선생은 이 구절을 해석하면서 "해석이 본의가 아님을 심히 경계한다."고 밝혔다. 이 말은 그 역시 일련의 문제에 대해 비록 깊이 있고 냉철한 분석을 시도했지만 쉽게 해결할 수 없는 부분이 있었다는 점을 밝힌 것이라 볼 수 있다. 『사기史記・유림외전儒林外傳』과 『한서漢書・예문지藝文志』에 기재되어 있는 경학가經學家나 『시경』을 정리했다고 하는 공자마저도 "면면과질緜緜瓜瓞, 민지초생民之初生"에 함축되어 있는 진정한 의미를 잘 모르고 있었던 것으로 보이며, 현대에 이르러서도 박학다식한 문일다聞一多가 『신화와 시神話與詩』를 저술하면서, 그 가운데 『시경신의詩經新義』와 『시경통의詩經通義』 등과 같은 전문적인 연구 내용을 남겼지만, 그 역시 이 구절의 요지에 대해 언급한 바가 없다. 그래서 우리는 『시경직해』를 선택해 이 문제에 대한 탐구를 시도해 보고자 한다. 왜냐하면

이 책은 『시경』 연구서 중에서 비교적 새로운 판본으로 알려져 있으며, 또한 『시경』 연구에 대해 새로운 성취를 거두었다고 평가받고 있기 때문이다. 하지만 그 역시도 이 점에 있어서 이전의 한계를 크게 뛰어넘지는 못하였다. 역대의 경학가들은 서재에 틀어박혀 서책만을 뒤적이며 현실의 사회생활에 대한 부분을 홀시했던 까닭에, 흰머리가 될 때까지 이 책에서 저 책으로 경문에 빠져 저마다 자신의 주장을 내세움에 따라 후인들이 도대체 어떤 학설을 따라야 할지 모르는 상황을 초래하였다.

중화인민공화국이 건립된 이후 민족학자들은 역사와 현실, 그리고 서책과 실제 상황을 살피고, 이와 동시에 변경지역의 소수민족에 대한 조사와 연구를 토대로 각 민족의 생활 속에 전해오는 종교와 신앙, 그리고 역사서에 기록된 내용을 유기적으로 서로 연계시켜 간단명료하면서도 설득력 있는 결론을 도출해 내었다.

> "면면과질緜緜瓜瓞, 민지초생民之初生"의 의미는 중화민족의 선조, 즉 처음에는 공동의 모체인 과질瓜瓞에서 나왔으나 점차 세대가 오래 이어지면서 자손이 번성하게 되었다.

3) 신화와 역사

『시詩·대아大雅·면緜』의 "면면과질緜緜瓜瓞, 민지초생民之初生"을 비롯한 세간에 구전되어 오고 있는 "반고盤古의 천지개벽, 그리고 삼황오제三皇五帝의 건곤乾坤" 등은 모두 중화민족의 창세신화를 언급한 것이다. 옛 서적에 기재되어 있는 "삼황오제"에 관한 내용은 그 설이 다양하게 나타난다.

서한시대 사마천司馬遷의 『사기史記』에는 "삼황三皇"에 관한 기록은 보이지 않고, 오직 오제五帝, 즉 황제黃帝, 고양高陽(顓頊), 고신高辛(帝嚳), 당뇨唐堯, 우순虞舜 등만이 보인다. 사마천과 동시대에 살았던 공안국孔安國의 『상서서尚書序』에는 복희伏羲, 신농神農, 황제黃帝를 삼황三皇이라 일컫고, 소호少昊, 전욱顓頊, 고신高辛, 당唐, 우虞를 "오제五帝"라고 일컬었다. 그리고 동한 시대 정현鄭玄의 『시전詩箋』과 응소應劭의 『풍속통의風俗通義』, 당대 사마정司馬貞의 『보사기補史記·삼황기三皇記』에서는 복희伏羲, 여와女媧, 신농神農을 "삼황三皇"이라고 일컬었다. 물론 대역사학자였던 사마천이나 경학의 대가였던 정현 등이 언급한 "삼황오제" 역시 모두 신화 속의 인물이다. 일찍이 마르크스는 전설과 신화의 역사적 의의에 대해 다음과 같이 지적하였다.

> 인물이 비록 신화 속의 인물이라고 하지만 이 점이 중요한 것은 아니다. 왜냐하면 전설 속에서 분명하게 씨족의 제도를 반영하고 있기 때문이다. 또 지적하기를, 로마의 황제가 신화 속의 인물이었는지 아니면 실제인물이었는지 중요하지 않다. 정말로 그들로부터 입법, 혹은 그러한 법률이 나왔는지 역시 마찬가지로 중요하지 않다. 인류의 진보를 상징하는 사건은 어떤 특정한 개인의 변화로 인해 구현되는 것이 아니라, 제도와 관습 속에 응집되어 있거나, 혹은 발명이나 발견하는 과정에서 드러나기 때문이다.

복희伏羲와 여와女媧를 비롯한 반고盤古, 염제炎帝, 황제黃帝 등의 신화 속 인물들은 구전 과정 속에서 종종 사적이 덧붙여지기도 했지만, 결코 근거 없는 이야기로 볼 수만은 없다. 일찍이 역사상 그들이 대표했던 시대가 분명히 존재했었고, 또한 당시의 문화가 수천 년 동안 계승되어 오면서 지금까지 전해져 오고 있기 때문이다.

주나라 초기부터 『시詩·대아大雅·면緜』은 협서성과 감숙성 지역을 중심으로 유전되어 왔으며, 지금도 두 성의 시가를 호로하葫蘆河가 가로지르고 있다(전국분성지도全國分省地圖에서 찾아 볼 수 있음). 동쪽에 위치한 호로하葫蘆河는 감숙성 화지현에서 발원하여 동남쪽의 협서성 낙하洛河로 흘러 들어갔다가 동관潼關에 이르러 다시 위하渭河로 흘러 들어간다. 그리고 서쪽에 위치한 호로하葫蘆河는 감숙성 장랑현庄浪縣에서 발원하여 남쪽으로 천수시天水市를 거쳐 위하渭河로 흘러 들어간다. 호로하葫蘆河와 위하渭河는 복희, 여와, 반고, 염제, 황제 등과 관련이 있는데, 이 중에서 복희, 여와, 반고는 원래 하나의 신神이 셋으로 나누어진 것으로, 복희伏羲에 관하여 북송北宋 유서劉恕의 『자치통감외기資治痛鑑外紀』권1 『포희씨包牺氏』에서는 다음과 같이 언급하고 있다.

> 풍성風姓이며 성기成紀에서 태어났다. 태어나면서 해와 달의 밝음을 본받았다. 그래서 태호太昊라 불리었다.

『방여기요方輿紀要』권59의 "성기폐현成紀廢縣" 아래에 다음과 같이 언급되어 있다.

> 복희는 성기成紀에서 태어났으며, 한대 현縣을 설치하였으며 천수군天水郡에 속한다.

이것은 바로 복희가 지금의 천수시天水市에서 태어났다는 말이며, 그곳이 바로 장랑현庄浪縣에서 발원한 호로하葫蘆河가 흘러가는 곳이다. 그러한 까닭에 역사서에서 복희의 출생지를 지금의 감숙성과 협서성 호로하葫蘆河 유역이라고 말한 것이다. 이는 결코 우연이 아니라고 생각된다.

4) 혼돈초개混沌初開와 고고추지呱呱墜地

현존하는 고적 가운데 비교적 완전하게 중국의 창세신화를 기록하고 있는 서적으로 서한의 유한劉安이 편찬한 『회남자淮南子』를 들 수 있다. 이 책의 『정신편精神篇』에 의하면,

> 옛날에 하늘과 땅이 생기기 전에는 오직 무형無形만이 존재했었다. 어둡고 깊으며, 아득하고 혼돈상태였으나 기氣가 용솟음쳐 나와 끝없이 이어졌다. 이 속에서 두 신神이 혼연히 생겨나 천지를 만들어 내었다. 그러나 너무 깊어 그 끝나는 곳을 알지 못했고, 너무 커서 그 멈추는 곳을 알지 못하였다. 이에 나뉘어 음양陰陽이 되고, 또 나뉘어 팔극八極이 되었다. 그리고 강剛함과 부드러움柔이 서로 어우러져 만물이 형성되었다.

이 이야기에서는 대략적이나마 아주 오랜 옛날에는 하늘도 없고 땅도 없는 혼돈상태에 있었다는 사실을 말해 주고 있다. 즉 우주는 텅 비어 있어 그 어떤 형체도 찾아볼 수 없었으며, 또한 빛도 어둠도 없는 혼돈된 상태였기 때문에 사람들은 눈앞의 통로를 찾을 수가 없었다고 한다. 이때 두 대신大神(필자는 복희와 여와라고 생각한다)이 혼돈 속에서 함께 살고 있었는데, 마침내 그들의 끊임없는 노력 덕분에 혼돈의 상태에서 벗어나

음양陰陽이 나누어지고 팔방八方이 정해지면서 만물이 출현하게 되었다고 한다.

복희와 여와가 조롱박葫蘆 속에서 함께 살 때, 그들은 통로를 찾을 수 없는 대혼돈의 느낌을 받았을 것이다. 그들이 조롱박 밖으로 나와 두 개의 개체로 나누어져 남녀가 됨으로써, 비로소 음양을 구별할 수 있게 되었던 것이다. 이러한 이야기는 각 민족 사이에 전해져 오고 있는 조롱박葫蘆 전설과 매우 유사한 내용을 보여주고 있는데, 그 중에서도 조령祖靈 조롱박을 숭배하는 이족彝族의 관념 속에 이와 같은 의식이 잘 반영되어 있다. 그래서 만일 우리가 다시 한 걸음 더 나아가 모체로 볼 수 있는 "홍동鴻洞" 중의 "막지기문莫知其門"을 상상해 본다면, 사람이 세상에 태어나면서 갑자기 눈앞이 확 트이는 것처럼 분명한 깨달음을 얻을 수 것이다. 물론 이 말은 인류가 세계를 창조했다고 하는 말을 가리키는 것이 아니라, 인류가 점차 세계를 깊이 인식하고 새롭게 만들어 나가기 시작했다는 사실을 의미하는 것이다.

3. 조령祖靈 조롱박葫蘆 – 만물자웅관萬物雌雄觀과 오행사상五行思想의 반영

1) 만물자웅관萬物雌雄觀

이족彝族의 원시 선조는 우주의 만물을 모두 자웅雌雄으로 구분하였는데, 이러한 관념은 지금까지도 이족인彝族人들의 일상생활 속에서 여전히 그 명맥이 유지되어 오고 있다. 운남의 영랑현寧蒗縣과 양산凉山 염원현鹽源縣 사이에 위치한 노고호瀘沽湖 연안에 살고 있는 이족의 한 갈래인 마사인摩梭人은 산수山水를 비롯해 수풀과 나무, 바위, 막대기, 호미와 쟁기, 칼과 도끼 등의 자연물과 도구, 용구 등은 크기의 크고 작음에 따라 자웅雌雄으로 구분하였다. 그래서 무릇 큰 것을 자雌로 삼고, 작은 것을 웅雄으로 삼았으며, 동일한 물건이나 그 크기를 비교해 작은 것을 자雌로 삼고, 큰 것을 웅雄으로 삼았다. 이처럼 그들의 만물자웅관은 상대성을 보여주고 있다. 한편, 초웅이족자치주楚雄彛族自治州의 대요현大姚縣 욕화산昙華山에 자칭 "이파哩頗"(나나파羅羅頗의 별칭)라고 부르는 이족이 살고 있는데, 이들 역시 자연물과 기물器物을 크기에 따라 자웅雌雄으로 나누어 부르고 있다. 심지어 영랑현寧蒗縣의 이족은 "시단時段", 즉 달月의 길고 짧음에 따라 자웅으로 구분하기도 한다. 또 애뇌산구哀牢山區의 남간현南澗縣과 경동현景東縣에 거주하는 이족은 위와 아래를 자웅으로 구분하였으며, 전滇과 검黔 지역의 오몽산구烏蒙山區에 거주하는 이족은 왼쪽과 오른쪽을 자웅으로 구분하였다. 이와 같이 전滇, 천川, 검黔 지역의 이족은 시간시간과 계절과 공간상하좌우을 모두 자웅으로 구분해 생각하는 관념을 가지고 있었다.

또한 각 지역의 이족은 모두 열두 마리의 동물, 즉 12개의 띠로 일자를 기록하였으며, 영랑현의 이족은 겨울과 여름을 하나의 주기로 열 개의 "시단時段"으로 나누어 구분하였으나, 이 열 개의 "시단"으로 일자를 기록한다는 것이 사실상 쉽지 않아 열두 마리의 짐승을 가지고 시단을 표시하였던 것이다. 이 때문에 이들은 자연계에서 다섯 가지 기본적인 원소(한인들은 오행五行)를 찾아내고, 이 원소들을 다시 자웅으로 구분해 시단月의 명칭으로 삼았던 것이다. 이러한 시단의 명칭은 "웅토雄土, 자토雌土, 웅동雄銅, 자동雌銅, 웅수雄水, 자수雌水, 웅목雄木, 자목雌木, 웅화雄火, 자화雌火 등으로 구분할 수 있으며, 홀수 달은 웅雄이라 부르고, 짝수 달은 자雌라고 불렀다. 즉 홀수를 웅雄, 짝수를 자雌라고 부른 것이다. 이와 동시에 다섯 가지의 자성雌性으로 달月을 표시하였고, 1년을 다섯 개의 계절로 구분하였는데, 이와 관련된 속담이 다음과 같이 전해오고 있다.

> 雌水兎日變자수토일변, 大雁回南方대안회남방.
>
> 雌木羊日變자목양일변, 耕牛下地去경우하지거.
>
> 雌火鷄日變자화계일변, 蜻蜓下溝去청정하구거.
>
> 雌土猪日變자토저일변, 水葉開始黃수엽개시황.
>
> 雌銅牛日變자동우일변, 老鷹回南方노응회남방.

각 계절마다 동일한 원소로 명시된 자웅雌雄 두 달을 포함하고 있는데, 이를 계산해보면 1달이 36일, 하나의 계절이 72일, 1년이 10개월에 해당된다. 1년 10개월과 다섯 개의 계절이 나타내는 의미는 사실상 태양의 운동 방향인 동東, 서西, 남南, 북北, 중中의 방위를 가리킨다. 영랑현寧蒗縣의 이족은 태양의 운동을 가지고 겨울과 여름을 정하고, 자웅雌雄과 오행五行으로 절기를 나타내는 아주 오래된 십월력十月曆을 보존해 오고 있는데, 이는 음양이 먼저 등장하고 나서 오행이 생겨났다는 사실을 반영한 것이다. 이 점에 대해 근현대의 일부 학자들이 그 정확성을 증명하였는데, 예를 들어 범문란范文瀾의 견해와 같은 것이다.

> 음양陰陽과 오행五行이 한 시기에 등장한 것이 아니라 음양이 오행보다 먼저 발생하였다. 가장 야만적인 사회 속에서 인류에게 있어 과실과 들짐승을 찾아 허기를 모면하는 일 이외에, 또 하는 중요한 일은 바로 남녀 간의 성행위였을 것이다. 그들은 남녀의 구분을 보고 하늘과 땅, 해와 달, 밤과 낮, 사람과 귀신 등등을 미루어 추측해 내

었고, 이로부터 "음양陰陽"을 모든 사물의 해석에 원칙으로 삼았다.

양산凉山의 이족이 바로 이와 같아 높은 산을 양陽으로 삼고, 깊은 계곡을 음陰으로 삼았으며, 하늘을 양陽으로 삼고, 땅을 음陰으로 삼았다. 그래서 쟁기를 주조하는 거푸집의 위쪽을 양陽이라 하고 아래쪽을 음陰이라 하며, 중간의 홈을 쟁기의 아들이라고 부른다.

2) 사람 - 남과 여로 나누고, 사물 - 음과 양으로 나누다

사실상 이족의 만물자웅관은 바로 음양관陰陽觀을 가리키는 것으로서 사람의 자웅雌雄관에서 파생되어 나왔다. 초웅楚雄의 이주彝州 남화현南華縣 애뇌산哀牢山 토가구兎街區 간용담향干龍潭鄉에 거주하는 이족 중에서 몇 집은 지금까지도 조롱박葫蘆을 조상의 영위靈位로 모신다. 하나의 조령祖靈 조롱박에는 부부 두 사람의 영혼을 봉안할 수 있다. 전통적으로 한 집에서 세 개까지 조령祖靈 조롱박을 모실 수 있으며, 여기에는 부모, 조부모, 증조부모의 영혼을 모신다. 여자의 영혼과 남자의 영혼, 즉 자웅雌雄의 영혼을 하나의 조롱박에 모시는 것은 조령祖靈 조롱박이 음양의 합체를 의미하기 때문이다. 이 점은 바로 『회남자淮南子·정신훈精神訓』에서 언급한 "이신혼생二神混生"의 음양합체와 같은 의미로 볼 수 있다. 그래서 고유高誘는 주석에서 "이신二神은 음양의 신을 의미하며, 혼생混生은 함께 태어났다."는 것을 의미한다고 설명해 놓았다.

고대 강융족羌戎族의 후예인 지금의 강족羌族과 이족彝族, 그리고 이족에서 갈라져 나온 몇몇 민족들은 음양에 관해 한족漢族과 서로 상반되는 견해를 지니고 있다. 사천四川의 강족羌族과 강족의 갈래인 운남지역의 보미족普米族, 이족彝族, 그리고 이족의 갈래인 전滇과 천川의 율속족慄傈族, 전滇과 천川의 마사인摩梭人 등은 모두 태양을 자성雌性으로 보고, 달月을 웅성雄性으로 보았으며, 또한 줄거리만 서로 조금 다를 뿐 대지를 비추는 태양이 여자라는 신화가 그들에게 전해오고 있다. 그렇기 때문에 태양은 부끄러워 사람들이 태양을 똑바로 쳐다볼 수 없게 햇빛을 내뿜는 것이라고 한다. 이에 반해 오늘날의 한족은 달月을 자성雌性인 음陰으로 보고, 태양을 웅성雄性인 양陽으로 보며, 일에 있어서도 양자陽者를 강剛으로 보고, 음자陰者를 유柔로 본다. 그래서 양자陽者를 귀하게 여긴 반면, 음자陰者를 낮게 보았다. 그렇지만 습관적으로는 자웅雌雄, 음양陰陽, 좌우左右라 하며, 음陰을 양陽보다 귀하게 일컫는다. 필자가 생각하기에 습관적으로 자雌를 귀하게 여기는 것은 아마도 모권제母權制 시대의 원시적 관념이 반영된 것으로, 모든 민족에게 공통적으로 나타나는 현상이라고 볼 수 있다. 부권제父權制의 확립과 발전에 따라 자웅雌雄의 높고 낮음에도 근본적인 변화가 발생하였다. 물론 한족과 같이 양陽을 귀하게 여기고 음陰을 낮게 여기는 부권제父權制가 이미 사회 각 영역에 뿌리를 깊게 내렸다고는 하지만, 일상생활에서는 여전히 음陰을 귀하게 여기고 양陽을 낮게 여기는 원시적 습관이 그대로 남아있다는 사실을 고려해 본다면, 다른 민족들 사이에서도 음을 귀하게 여기고 양을 낮게 보는 관습이 아직 그대로 남아있다고 해도 전혀 이상할 것이 없지 않겠는가!

3) 모호母虎와 모태양母太陽

양산凉山(중심 지역인 미고현美姑縣)의 제사祭司와 이족彝族의 노인들이 말하는 그들의 전설에 따르면, 태양이 움직이는 것은 호랑이가 뒤에서 태양을 밀고 있기 때문이라고 한다. 초웅주楚雄州의 대요현大姚縣과 요안현姚安縣 두 현에 전해오는 전설에 의하면, 우주의 생성은 호랑이의 몸이 해체되어 이루어진 것이기 때문에, 태양이 중심인 우주에 태양이 없으면 만물이 생장할 수 없다고 한다. 그래서 천川과 전滇 지역에 거주하는 이족은 태양을 여성으로 여기고 있을 뿐만 아니라, 자신들이 암컷호랑이 모호母虎로부터 탄생했다고 여겨 호랑이虎를 시조로 숭배한다. 또한 그들의 전통적인 역법 역시 태양력을 사용하고 있는데, 이러한 이족의 태양雌性에 대한 숭배는 모호母虎숭배와 밀접한 관련을 가지고 있다. 다시 말해서 이족의 관념 속에서는 모호母虎와 "모태양母太陽"이 하나로 합쳐져 있는데, 이러한 원시적 관념은 후대의 제사祭司활동과 법기法器 가운데 그 흔적이 고스란히 남아 있다.

40년대 말기 어느 해, 음력 섣달 한 밤중에 운남의 초웅주楚雄州 남화현南華縣 오정산五頂山(애뇌산哀牢山에 속함) 지역에 위치한 대격판향大繳板鄕과 소격판촌小繳板村의 어떤 이족의 농가에서 어린아이가 중병에 걸리자 여제사女祭司인 "타희마朵希摩를 청해 귀신을 쫓는 의식을 거행했다고 한다. 이때 여제사는 대나무의 죽순 껍질을 잘라 만든 원형의 형상 위에 두 눈이 툭 튀어나온 호랑이 머리가 그려져 있는 호안虎眼 법구法具를 사용하였다고 한다. 그런데, 그 호랑이의 눈은 마치 ⊗와 같은 형상이었으며, 호랑이 머리 위에는 1미터 정도의 식지만큼 굵은 복숭아나무가 못釘처럼 박혀 있었다. 여제사女祭司는 왼손으로 이 법구를 잡고 의식을 거행하다 의식이 최고조에 도달하는 한밤중이 되면 여제사女祭司는 주문을 외우는 중간에 때때로 호랑이 울음소리를 내곤 하였는데, 이때 여제사女祭司가 사용한 원형의 법기눈가 바로 태양을 상징하며, 또한 이족 사람들에 대한 모호母虎와 모태양母太陽의 보호 작용을 상징한다고 한다.

이족의 관념 중에서 태양숭배는 모호母虎에 대한 숭배 의식과 밀접한 관계를 가지고 있다. 조금 더 분명하게 말해서 모체숭배와 서로 일치한다고 말할 수 있다. 즉 인류를 잉태하고 낳아 기르는 모체母體는 만물의 생장과 성장을 주관하는 태양과 같은 작용을 하기 때문에, 원시인들의 눈에는 모체와 태양이 서로 공통적인 성격을 가지고 있다고 여겼던 것이다. 모체숭배는 모계씨족사회에 기원을 두고 있다. 인류의 모체로부터 태양으로 그 의미가 점차 확대되면서 천상天上의 모체로 변모하게 되었던 것이다. 만일 최초의 신神을 태양이라고 말한다면, 그 신은 분명 태양여신太陽女神이었을 것이다. 태양의 둥근 구체球體는 바로 조롱박葫蘆처럼 부풀어 오른 모체母體의 복부腹로 여겼을 것이다. 태양이 세상의 따뜻함과 만물의 생장, 그리고 양육과 번영을 가져다주는 까닭에 인류와 모든 생물의 위대한 어머니로 볼 수 있지 않았겠는가? 그래서 아마도 각 민족이 숭배했던 최초의 태양신은 여신女神이었을 것으로 추측된다. 그러나 후대에 이르러 생산 활동 가운데 남성의 역할과 지위가 점차 중시되고, 특히 부계사회에 이르러 남녀의 사회적 지위가 서로 뒤바뀌게 되면서, 여신이 남신으로 변화함에 따라 태양신 역시 여자에서 남자로 변화했다고 볼 수 있다. 하지만 이러한 상황 속에서도 일부 민족 가운데서는 여전히 태양이 여성이라는 관념이 전해져 오고 있다. 예를 들어, 이족彝族의 민간에서는 다음과 같은 고사가 전해져 오고 있다.

태양과 달은 자매라네.

달月은 동생으로 아주 아름답게 생겼을 뿐만 아니라, 마음씨가 곱고 조용한 것을 좋아했으며, 또한 사람이 매우 부지런하였다. 어려서부터 자수를 배워 뛰어난 재주를 갖추었으나 사람을 만날 때마다 부끄러움을 탔다. 그래서 그녀는 낮에는 남이 모르게 숨어서 꽃송이를 수놓아 옷을 만들다가 저녁이 되면 비로소 예쁜 옷을 입고 밖에 나와 고요한 밤풍경을 감상하였다.

태양은 언니로서 더 아름답게 생겼으나 성격이 거칠고 급할 뿐만 아니라, 시끌벅적한 것을 좋아해 자수 놓는 일은 물론이거니와 바늘에 실을 꿰는 일조차 동생에게 부탁하였다. 동생은 자신의 시간을 절약해 가며 언니가 부탁한 자수바늘에 형형색색의 실을 꿰어 언니에게 주었다. 동생은 이전처럼 낮에는 몰래 숨어서 꽃을 수놓고 저녁이 되어서야 비로소 예쁜 옷을 입고 밖에 나와 밤풍경을 감상하였다.

이로부터 태양은 미안해서 더 이상 달月에게 부탁하지 못하였다. 그러나 오랜 시간이 흐르게 되자 태양의 옷이 모두 낡아 헤져 알몸이 드러나게 되었다. 하지만 그녀는 여전히 사람들이 모이는 시끌벅적한 것을 좋아하였다. 그녀가 인간세계에 이르자 사람들이 그녀를 쳐다보았다. 그 순간 그녀는 자신의 모습이 창피하다고 여겨 동생이 실을 꿰준 자수바늘로 사람들의 눈을 찔렀다.

이 전설을 통해 우리는 태양이 자신의 나체를 수줍어하는 여자라는 사실을 알 수 있다. 여기서 한 걸음 더 나아가 터질 듯이 둥근 그녀의 배를 보면, 또한 그녀가 바로 생동감 넘치는 여신상女神象의 모습을 하고 있다는 사실도 발견할 수 있다.

모계씨족사회는 구석기시대 말기에서 신석기시대 초기에 해당하는데, 그 당시에는 민족이나 국가가 존재하지 않았을 뿐만 아니라, 한장어계漢藏語系의 민족이 분화되어 나오기 전이었기 때문에 그들의 관념 역시 자연히 같을 수밖에 없었을 것이다. 그래서 앞에서 언급한 각 민족의 숭배와 신앙 역시 이족의 원시관념을 통해서 우리가 어느 정도 살펴볼 수 있을 것이다. 즉 모든 민족이 원래 하나의 뿌리에서 갈라져 나왔다는 사실을 쉽게 이해할 수 있다. 이처럼 우리는 이족에 대한 이해를 통해 초기 인류의 숭배관념과 신앙의 발전 체계를 엿볼 수 있으며, 또한 그 기원까지도 거슬러 올라가 살펴볼 수 있다.

4) 태양숭배와 태양력

태양에 대한 이족의 숭배를 통해 우리는 수많은 과학적 요소를 찾아볼 수 있다. 영랑현寧蒗縣의 이족 제사祭司는 절기를 계산할 때, 태양의 일출과 일몰의 위치를 근거로 삼았다. 즉, 태양을 관찰하여 가장 남쪽에 위치하면 이를 동지冬至라 하고, 가장 북쪽에 위치하면 이를 하지夏至라 하였다. 그리고 저녁 무렵 북두성北斗星의 두병頭柄(북두칠성의 국자 모양 가운데, 자루에 해당하는 자리에 있는 세 개의 별)을 관찰하여 정상正上, 즉 북쪽을 가리키면 대한大寒이고, 정하正下, 즉 남쪽을 가리키면 대서大署로 보았다. 그래서 그들은 대한大寒 무렵에 “십월년十月年”을 지내고, 대서大署 무렵에는 “화파절火把節”을 지낸다(즉 한족漢族의 음양력으로 6월 24일 혹은 25일이다).

여기서 우리가 특별히 주의할 점은 이족의 10월 태양력이 태양의 운동을 가지고 동지冬至와 하지夏至를 정했다는 사실이다. 동지는 일조량이 가장 짧은 날이고, 하지는 일조량이 가장 긴 날을 가리킨다. 1년 중에서 일조량이 가장 길고 가장 짧은 것은 태양이 가장 북쪽에 위치한 북극점동지과 가장 남쪽에 위치한 남극점하지으로 이동하는 것을 기준으로 삼아 판단했던 것이다. 이것이 바로 이족彝族이 태양을 숭배한 자연계의 객관적 근거였다. 이들이 숭배한 신비한 형상에서 미신에 이르기까지 모두 자연계의 과학적 규칙에 부합되고 있어 이족의 제사祭司가 시간의 길이를 일日, 월月, 계季, 년年으로 계산한 것은 상당히 과학적이라고 볼 수 있다. 이족의 태양력은 천체 운행의 객관적 규칙과 매우 밀접한 관계를 가지고 있으며, 또한 고도의 정확성을 보여주고 있어 역법을 전문적으로 다루는 사람들은 물론 이족의 무사巫師 역시 놀라움을 금치 못한다. 역법의 출현은 생산 활동과 밀접한 관계를 가지고 있다. 그래서 어떤 민족의 생산력이 일정한 수준으로 발전하게 되면, 과거의 모든 생산 경험을 모아 향후의 생산 활동에 활용할 수 있는 역법을 만들어내는데, 이족의 선조 역시 생산 활동 가운데 천체의 현상을 관찰하고 이를 토대로 과학적인 역법을 탄생시켰던 것이다. 역법과 그 전승을 전문적으로 계승한 사람은 이족의 대무大巫인 제사祭司들이었다. 그들은 이족 중에서 지식계층에 속하지만. 그들이 처한 환경과 시대, 그리고 생산력으로 인해 그들의 지식 역시 커다란 한계를 지니고 있었다. 그렇기 때문에 역법의 정확성에 대해 일종의 신비감을 지니고 있었으며, 또한 심지어 미신으로 믿어 시간의 길이를 계산하는 일자日子로 길흉吉凶을 구분하거나 점복占卜을 보는 현상이 등장하게 되었던 것이다.

5) 두 개의 신비한 숫자에 대한 고증과 해석

일자日子 점복을 활용하기 위해서는 일련의 숫자들이 필요하다. 세계의 거의 모든 나라마다 일련의 매혹적이면서도 신비한 숫자를 가지고 있는데, 사람들은 이러한 숫자에 대해 희망, 경외, 공포, 혐오 등의 여러 가지 복잡한 감정을 보여 준다. 중국의 고대문화 중에서 길吉한 숫자로 "일一, 오五, 육六, 팔八, 구九", "삼십육三十六", "칠십이七十二" 등을 예로 들 수 있고, 흉凶한 숫자로 "삼三, 칠七", "이십일二十一" 등을 예로 들 수 있는데, 이러한 숫자는 모두 모종의 신비한 의미가 부여되어 있다. 박학다식한 문일다聞一多 선생마저도 그가 전문적으로 논술한 『칠십이七十二』에서 "그것의 유래에 대해서 알 수가 없다", 또 "그렇게 되는 까닭을 알 수가 없다"고 밝히고 있는데, 이 점이 바로 문일다聞一多가 "칠십이七十二"라는 신비한 숫자에 대해 고증을 하게 된 연유이다. 그는 문장 첫머리에서 다음과 같이 말하였다.

> 십十을 가장 큰 수로 하는 체계 중에서 오五는 절반에 해당하는 숫자이다. 그래서 오五에서 이二를 감하면 삼三으로 숫자가 감소한다. 오五에 이二를 더하면 칠七이 되기 때문에 숫자가 많아진다. 고서古書 중에서 "삼三", 혹은 "칠七"은 때때로 이러한 의미로 인해 소수少數, 혹은 다수多數의 숫자를 상징한다. 한 걸음 더 나아가 "삼십三十", "칠십七十" 역시 이와 마찬가지이다. 그러나 "삼십육三十六"과 "칠십이七十二"는 이해하기가 쉽지 않다. 그래서 지금 "삼십육三十六"은 잠시 제쳐두고, 다만 "칠십이七十二"만을 말하고자 한다.

이 문장 끝부분에 가서 문일다는 다음과 같이 언급하였다.

> "칠십이七十二"라는 숫자가 유행한 시기를 보면, 대략 오행사상五行思想이 발전하던 시기와 맞물려 있다. 이 숫자에서 주목할 점은 바로 일종의 사상, 즉 표면적으로 일종의 문화적 양상을 상징한다는 점이다.

"그렇게 되는 까닭을 알 수가 없다"는 문제에 대해 유요한劉堯漢 선생은 이족彝族의 십월태양력十月太陽曆에서 사용하는 기일紀日, 기월紀月, 기계紀季, 기년紀年 등의 계산방법을 빌려 이를 밝혀내었다. "칠십이七十二"와 "삼십육三十六"은 이족의 십월태양력이 "열두 가지 띠十二屬相"(쥐, 소, 호랑이, 토끼……), 즉 십이지지十二支地(자, 축, 인, 묘……)를 순환시켜 일자를 기록하고, 세 번 순환시켜 "삼십육三十六"일을 한 달로 계산하며, 두 개의 달을 하나의 계절로 계산하는데, 이를 더하면 "칠십이七十二"가 된다. "열두 가지 띠十二屬相"의 반은 "육六"이다. 1년 10개월을 반으로 나누면 각각 "오五"개월, 혹은 "오五"계季가 1년이 되며, "일一"년 십十개월의 "십十"은 바로 "십十(천天)간干(갑, 을, 병, 정 …… 임, 계)이 된다. 오행五行은 십간十干 보다 더 오래 되었다. 즉 오五의 숫자가 십十보다 일찍 출현했다는 의미이다. 오행五行은 필자가 생각하기에, 옛 사람들이 자연계의 물질을 사四나 혹은 육六으로 구분하지 않고, 다섯五 가지 요소로 구분한 것에서 기인했다고 볼 수 있다. 그러므로 인류가 이 다섯 개의 숫자에 대해 비교적 일찍부터 인식하고 있었다는 사실을 알 수 있다. 그 기원은 간단하다고 볼 수 있는데, 바로 이 다섯 가지 원소는 사람의 다섯 개 손가락을 표현한 것이다. 원시인들의 인식은 모두 구체적인 사물에 토대를 두고 있기 때문에, 그 기원 역시 자연에 대한 모방에서 나왔다고 볼 수 있다. 그들에게 있어 가장 구체적인 사물이나 특징 보다 더 명확한 것이 없기 때문에, 수많은 관념이 인체로부터 파생되어 나왔다. 사람에게는 남자와 여자가 있고, 사물에는 음陰과 양陽이 있다. 그리고 사람에게는 다섯 개의 손가락이 있고, 사물에는 다섯 가지 요소가 있다. 인류가 처음에 손가락을 구부려 숫자를 세었다는 사실은 민족학民族學 조사과정에서도 발견되고 있는 사실이다.

6) 호성점虎星占

"팔八"과 "구九" 두 숫자는 "호성점虎星占"을 통해 비교적 쉽게 이해해 볼 수 있다. "호성점虎星占"은 사천四川의 양산凉山 이족 가운데 대무사大巫師인 십열什列・갑파납화甲巴拉伙・비고比古(한자로는 안비고安比古)에게는 세상의 길흉吉凶을 점치는 세 가지 호성점술虎星占術이 전해지고 있는데, 그것이 바로 삼십육일점三十六日占, 팔방점八方占, 구일점九日占 등이다. 이 중에서 "팔방구일점八方九日占"은 구일九日을 교대로 순환시켜 점을 치는데, 한 번 순환시키면 이를 일러 팔방八方이라 하고, 이렇게 여덟 번 순환시키게 되면 칠십이일七十二日이 되고, 사십四十 번 순환시키면 삼백육십일三百六十日이 된다. 따라서 한 달은 삼십육일三十六日, 일 년은 오계五季, 일계一季는 칠십이일七十二日이 되기 때문에, 오五에서 육六의 "과년일過年日", 삼백육십오일三百六十五日, 혹은 삼백육십육일三百六十六日로 길흉을 점친다. 이와 같은 호성점법虎星占法은 시時와 일日에 대한 계산뿐만 아니라, 이족彝族의 십월태양력十月太陽曆을 계산하는 데도 적합하다.

7) 십월력十月曆과 "팔방지년八方之年"

이족의 십월태양력은 매년 일수가 365일에서 366일 사이이며, 평년은 365일이다. 매 3년에서 4년마다 과년일過年日이 하루씩 늘어나기 때문에 대략 4년마다 366일이 되는데, 이것은 "팔방지년八方之年"에 의거해 추산한다. 하나의 "팔방지년八方之年"에서 열두 개의 띠는 243주周, 즉 반이 되며, 두 개의 "팔방지년"을 거치면 열두 개의 띠는 정확히 487주가 된다. 이렇게 열두 띠는 기일紀日을 표시하고, 또 다시 원래의 기일紀日의 기점인 처음으로 돌아간다. 이로부터 얻을 수 있는 태양년回歸年의 시간 길이는 365·2422일로서 현재 우리가 사용하고 있는 태양력과 거의 유사하다. 이족彝族의 십월태양력十月太陽曆은 열두 개의 띠를 순환하여 기일紀日하는 "팔방지년"에 의거하여, 과학적 규칙성을 지닌 역보曆譜를 배열할 수 있다. 이족은 호일虎日을 상길上吉로 여긴다. 그래서 호일虎日과 "동방지년東方之年"으로부터 동북방지년東北方之年이 시작되는데, 하나의 "팔방지년"이 순환하면 243주周의 반이 되며, 또한 "동방지년"에서 후일猴日이 시작되는데, 이 두 개의 "팔방지년"을 다시 "동북방지년"으로 회귀시키면 487주周가 된다. 즉 이 두 개의 "팔방지년"을 거치면 원래의 띠는 또 다시 첫 번째 "팔방지년"의 기일紀日이 시작되는 호일虎日로 돌아가게 된다. 호성점술虎星占術의 세 가지 "삼십육일점三十六日占", "팔방점八方占", "구일점九日占" 등을 나타내는 "팔방구일점八方九日占"에서 "길흉점복吉凶占卜"을 정하는 부분을 제거하면 시간의 길이와 계절을 계산할 수 있는데, 이러한 계산 방법은 십월태양력十月太陽曆의 "팔방지년八方之年"이 과학적으로 역보曆譜 규칙에 부합된다는 사실을 반증해주고 있다.

중국의 고대문화 중에서 길수吉數인 "일一", "오五", "육六", "팔八", "구

九”, “삼십육三十六”, “칠십이七十二”, 그리고 흉수凶數 “칠七”, “삼三”, “이십일二十一” 등을 쉽게 볼 수 있어 그다지 신비스러워 보이지는 않는다. 그러나 이러한 “길수吉數” 모두 이족의 십월태양력十月太陽曆으로 계산할 수 있다. 생산 활동 중에서 이익吉과 재난凶을 만나게 되는 것은 아주 자연스러운 일이다. 사람마다 하는 일이 모두 순조롭다吉는 것은 불가능한 일이기 때문에 어쩔 수 없이 위험凶을 무릅 쓰지 않을 수 없다. 그렇기 때문에 사람들은 흉수凶數인 “칠七”, “삼三”, “이십일三十一”의 위험을 무릅 쓰면서도 전화위복을 목표로 삼고 노력해 나가는 것이다.

이족彝族의 태양력은 이러한 숫자만을 해석하는 것이 유일한 예증例證은 아니다. 백족白族의 창세기 전설 가운데 이족의 십월태양력을 방증傍證할 만한 또 하나의 사례가 보인다. 즉 백족白族의 “타가打歌”인 『점채소點菜蔬』의 창세기 고사 중에서 다음과 같이 언급하고 있다.

> 반고盤古와 반생盤生 오누이는 결혼 후에 한 번에 네 명의 아들을 낳았다. 후에 관음觀音이 네 명의 아들에게 천하를 나누어 주었다. 큰 아들은 동방을 나누어 받았고, 둘째 아들은 남방을 나누어 받았다. 그리고 셋째 아들은 서방을 나누어 받았으며, 넷째 아들은 북방을 나누어 받았다. 사방을 나누고 나서 또 사계四季를 나누었다. 큰 아들에게는 봄을 관리하도록 하였고, 둘째 아들에게는 여름을 관리 하도록 하였다. 그리고 셋째 아들에게는 가을을 관리하도록 하고, 넷째 아들에게는 겨울을 관리하도록 하였다. 그러나 다 나누어 주고나서 또 아들 하나를 낳았으니 어떻게 한단 말인가? 그는 아무 것도 없어 매일 울기만 하였다. 후에 형들은 그에게 “정중앙正中央”을 주고 관리하도록 하는 한편, 사계절 가운데 십팔일十八日을 그에게 나누어 주었다. 그

결과 각 형제마다 평균 칩십이일七十二日을 관리하게 되었다.

백족과 이족은 그들이 생활하는 지역이 서로 가까울 뿐만 아니라, 언어도 서로 비슷하고 또한 공통적인 토템 신앙을 가지고 있는 것을 보면, 두 민족의 선조가 서로 밀접한 관계를 가지고 있다는 사실을 알 수 있다. 백족이 1년을 다섯 개의 계절로 구분하는 방법은 이족의 역법과 완전히 일치하는데, 이것은 두 민족이 모두 이족의 한 갈래인 고강융족古羌戎族의 뿌리에 그 연원을 두고 있기 때문이다.

8) 이족의 십+자 무늬

태양과 음양은 십+자 무늬와 서로 밀접한 관련을 가지고 있는데, 이는 아주 흥미로운 문제라고 할 수 있다. 『제신의 기원諸神的起源』에서 이 문제에 관하여 특별한 지위를 부여해 다루었다. 살아 있는 사료史料라고 할 수 있는 민족학 측면에서 접근해 보면, 중국의 십자十字 무늬는 중국 고유의 상고시대 문화에 기원을 두고 있으며, 결코 외국에서 유입된 것이 아니라는 사실을 알 수 있다. 한편, 우리가 이족의 자료를 수집하고 정리할 때 중국의 고대문화 이외에 다른 민족의 문화에 대해서도 고려해야 하는데, 그 이유는 다른 민족의 문화 중에도 이에 상응하는 문화적 요소가 보존되어 있을 수 있기 때문이다. 그러나 우리는 이족문화의 측면에서 이 문제에 대해 고찰해 보고자 한다.

전서滇西 지역에 있는 초웅이족자치주楚雄彝族自治州의 남화현南華縣 마가구馬街區(이족과 한족이 혼재해 거주) 법공향法空鄕에는 이족이 모여 사는 후산촌後山村이라는 마을이 있다. 40년대 무렵 이곳에 나이 많은 제사祭司 기발왕紀發旺(이때 이미 고희가 넘었다)이 생존해 있었는데, 당시 인근의 이족과 한족의 주민들이 항상 그를 찾아가 길흉에 관해 물었다. 당시 제사祭司 기발왕紀發旺이 살던 곳은 후산향後山鄉이었는데, 그가 사는 곳이 예사강禮社江과 접해 있는 깎아지른 절벽 위였다. 그래서 사람들이 기발왕을 찾아가려면 꼬불꼬불한 작은 길로 다녀야만 했는데, 발을 잘못 디뎌 절벽 아래로 떨어지면 시신도 찾지 못할 정도로 험한 곳이었다. 제사祭司가 점복에 사용한 법기法器는 바로 대대로 전해 오는 영양의 뿔角이었는데, 금세기 20, 30년대에 이르러 사냥꾼들이 무자비하게 영양을 사냥하여 이제는 그 뿔을 구하기가 힘들어졌다. 이 때문에 율목栗木으로 영양의 뿔을 대체해 사용하고 있다.

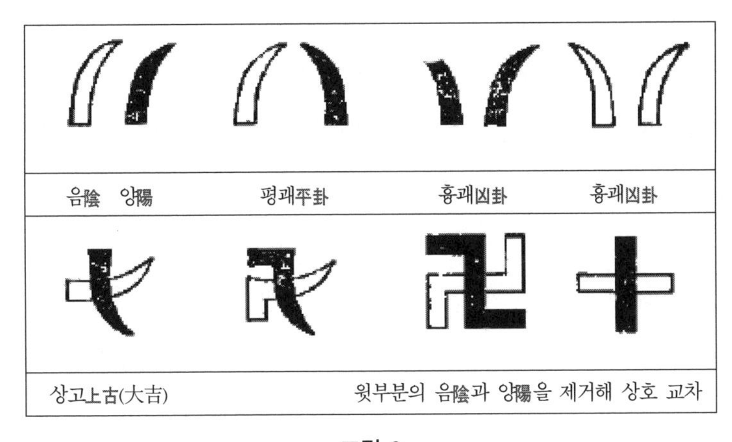

그림 3

제사祭司가 영양을 잡아 좌측 뿔(이족은 좌측을 숭상한다)을 취해 신에게 주문을 외우며 기도한 다음, 뿔의 뿌리를 자르고 뿔의 끝부분을 둘로 갈라 평면을 음陰으로 삼고, 볼록 나온 부분을 양陽으로 삼으면 한 쌍의 괘卦가 만들어져 점복占卜할 수 있는 법기가 된다. 양각羊角의 형태는 위의 <그림 3>과 같다.

제사祭司는 영양 뿔로 만든 법기法器로 점복을 칠 때, 음양을 상호 교차하여 길괘吉卦를 만든다. 음양양앙陰陽兩兩이 평행하되 서로 교차하지 않는 것을 평괘平卦라 하고, 양앙兩陽 혹은 양음兩陰을 흉괘凶卦라 한다. 그 중에서 길괘로 여겨지는 것은 음양陰陽이 서로 교차해 "십+"자 형태를 띠는 것으로, 이른바 "과맥정戈麥丁(즉 卍를 의미하며, 서방의 백과전서 중에는 Gammadin로 읽힌다)"과 그 형상이 매우 유사하다. 이족彝族 의 제사祭司는 이렇게 음양이 서로 교차한 십자형十字形을 길괘吉卦라고 여긴다. 이러한 사상은 『주역・계사상전』 중에서 "하나의 음과 하나의 양을 일컬어 도道라 하고, 그것을 계승한 자를 선善하다고 한다."고 언급하였는데, 이와 일치된다. 앞에서 우리가 언급한 바와 같이 이족의 선조는 관념 속에서 시간과 공간을 모두 음과 양으로 구분하였다. 그렇기 때문에 이족의 제사祭司인 "타희朵希" 혹은 "필마畢摩"는 점을 칠 때 나타나는 "십+"자형의 승괘勝卦를 방위의 기초인 대사방大四方(동, 서, 남, 북)으로 삼고, 이로부터 다시 소사방小四方(동남, 동북, 서남, 서북)으로 확대하였다. 그리고 더 나아가 쌍십자雙十字의 "미米"자 형태인 팔방八方의 공간 개념과 "팔방년八方年"의 시간 개념을 도출해 내었다. 이족彝族의 십+자 문양은 기본적으로 음양陰陽의 교차를 나타내며, "미米"자 문양은 태양을 상징하는 의미를 내포하고 있다.

『제신의 기원諸神的基源』 중에서 중국의 태양신日神 숭배를 언급할 때, 사천의 공현珙縣에서 발견된 암각화 자료를 활용했다고 하지만, 그것은 단지 추측성 해석에 지나지 않는다. 예를 들어, 그 책에서는 다음과 같이 서술하고 있다.

사천 공현珙縣의 암각화 중에서 십+자형 태양과 다른 형태의 태양이 사람과 동물 머리 위에 높이 걸려 있으며, …… 일부 사람들의 머리 위에는 머리 장식(긴 깃털)이 있으며, 어떤 사람은 검을 차고 어떤 사람은 말을 타고 있기도 하다. 또한 손에는 괴이한 도구를 잡고 있는데, 아마도 이것은 법술을 시행하고 있는 무사巫師를 나타내는 것 같다. 그림 중에는 여러 차례 "십+"자를 손에 잡고 있는 그림이 등장할 뿐만 아니라, 태양 아래 무사巫師가 서 있는 그림도 보이며, 또한 "과맥정戈麥丁"과 유사한 형태의 태양 그림이 등장하기도 한다. 더욱이 그림 오른쪽 위 모퉁이에 두 개의 "십+"자를 손에 잡고 머리 위에 광망光芒이 있는 사람은 다리 없는 사람의 형상을 하고 있는데, 내가 추측해 보건데, 아마도 태양신을 인격화한 상징이 아닌가 싶다.

9) 공현珙縣 암각화의 사회역사적 의미

여기서 한 가지 더 지적할 점은 천남川南의 공현 암각화 가운데 보이는 수많은 도형이 바로 지금의 천川과 전滇의 양산凉山, 그리고 전서남滇西南 지역의 애뇌산哀牢山에 거주하는 이족의 선조와 관련된 일들을 표현했다는 사실이다. 사람 머리 위의 상투는 바로 양산凉山 이족의 남자 머리 모양으로, 한어漢語로는 "천보살天菩薩"이라고 부른다. 가로 앉아 말을 타는 모습 역시 양산凉山의 이족이 말 타는 습관과 자세를 나타낸 것이다. "그림18 암각화 중에 보이는 십자가" +, ⊗, ❋ 중에서 앞에 있는 두 가지 문양은 대사방大四方(동, 서, 남, 북)을 나타낸 것이며, 뒤에 있는 쌍십자가雙+字架는 대사방大四方에 소사방小四方(동남, 동북, 서남, 서북)을 덧붙여 팔방八方을 나타낸 것이다. 이 쌍십자가 원내에 위치하여 태양의 형상을 이루고 있으며, 또한 네 개의 선이 서로 교차하여 여덟 개의 방향, 즉 태양의 광망光芒이 사방으로 뻗어나가는 형상을 상징하고 있다. 그림 가운데 "다리가 없는 무사無足巫師"(바닥에 앉아있는 까닭에 그 다리가 드러나지 않은 것이다)는 좌우측 손에 "십+"자를 잡고 있는데, 이는 태양의 광망光芒이 사방으로 퍼져나가는 형상을 표현한 것이다.

공현珙縣을 비롯한 고현高縣, 흥문興文, 장녕長寧, 강안江安 등의 현은 의빈宜賓의 남쪽 지역에 위치하고 있으며, 전동북滇東北쪽으로는 소통지구昭通地區의 수강綏江, 염진鹽津과 근접해 있다. 그리고 이량彝良, 위신威信, 진웅鎭雄 등의 현과 이웃하고 있는데, 모두 오몽산맥烏蒙山脈의 구역에 속한다. 이 지역은 이족의 옛 선조들이 거주했던 곳이며, 당唐·송宋시기에는 "오만烏蠻"으로 일컬어지기도 하였다. 『대명통일지大明一統志』 권72의 "오몽군민부烏蒙軍民府" 아래에 기록된 내용을 살펴보면,

> 옛날에는 두지전竇地甸라 하였으며, 한대에는 장가군지牂牁郡地라 하였다. 당대 오만烏蠻 중모유仲牟由의 후예인 아통자阿統者가 처음에 두지전竇地甸에서 옮겨왔다고 말한다. 11대 자손 오몽시강烏蒙始强에 이르러 오몽도烏蒙都라고 불렀다. 송대 아표阿杓가 오몽왕으로 봉해졌으며, 원대 초기에 귀순하였다.

또한 다음과 같은 내용이 기록되어 있다.

> "오몽烏蒙"은 추장의 이름으로서…… 양산이 우측에 솟아 있고, …… 세 민족이 거주하였다. 그들 민족을 나나족羅羅族, 토요만土僚蠻, 이인夷人이라고 부른다.

『독사방여기요讀史方輿紀要』 권70 『서주부敍州府』(지금 의빈宜賓지역)의 "장영현長寧縣 · 육정淯井"아래에 기록되어 있는 내용을 살펴보면,

> 북송 진종眞宗 상부祥符 6년1013 노융만瀘戎蠻의 추장 두斗가 육정淯井을 시찰하였다. 전운사轉運使 구함寇瑊이 양 방향의 군대를 하나로 합쳐 강안江安에 도착해 유계誘溪와 남藍의 열 한 주州 장리長吏와 여덟 개의 성姓씨를 거느린 오만烏蠻의 수령을 토벌하였다.

장영현長寧縣의 동북 지역은 노주瀘州의 강안현江安縣과 인접한 곳으로, 『독사방여기요讀史方輿紀要』권72 『노주瀘州 · 강안현江安縣』의 "가음폐현柯陰廢縣" 아래에 다음과 같이 기록되어 있다.

> 북송 신종神宗 희녕熙寧 7년1074 웅본雄本이 노이瀘彝 가음柯陰의 추장 불하不下에게 항복하였다. 연주宴州의 열아홉 개 성姓씨를 합병하였다.…… 가음柯陰이 항복을 요구하여 그의 투항을 받아들였다. 추장 개노지箇怒知가 내주徠州로 귀순하였다. 이에 육정淯井, 장영長寧의 오만烏蠻, 나씨귀주羅氏鬼主 등의 오랑캐들이 모두 복속되기를 원하였다.

공현珙縣의 동북 지역은 장영현長寧縣과 서로 인접하고 있을 뿐만 아니

라, 장영현長寧縣의 "오만烏蠻과 나씨귀주羅氏鬼主"가 모두 지금 이족의 선조인 까닭에 공현珙縣 경내에도 당연히 이들이 거주했었다는 사실을 알 수 있다. 청대 가경嘉慶(1796~1820)년간에 편찬된 사천의 『고현지高縣志』 권54(외기外紀 · 부이인삼종附夷人三種)에 이족의 생활과 관습에 대해 상세하게 언급해 놓았다.

> 일설에 과나족倮羅族은 성격이 잔인하여 사람 죽이는 것을 좋아하였다고 한다. 남자들은 상투를 틀고 긴 옷을 걸쳤으며, …… 맨발로 다니고 몸에는 도검을 찼다. 판자로 지은 집에 살면서 화전 밭을 일구어 경작하였으며, 사냥을 좋아하였다. 일이 생기면 쑥과 양을 말려 길흉을 점쳤다. …… 부녀자는 머리를 빙빙 틀어 올려 끈으로 묶었으며, 귀에는 커다란 귀고리를 하였다. 그리고 꽃을 수놓은 긴 옷을 걸쳤으며, 바지를 입지 않고 맨발로 걸어 다녔다. 겉에는 가는 털로 짠 천을 두르고 적삼을 걸쳤는데, 말을 탈 때는 책상다리를 하고 앉았다. 가로로 말위에 앉는데도 흔들리지 않았다. 음식은 메밀로 빈대떡을 만들어 먹었으며, 채소는 국을 끓여 먹었다. 한인들에게서 낮고 작은 탁자와 걸상이 유입되기 전까지 연회를 열 때는 솔잎을 바닥에 깔고 책상다리를 하고 음식을 먹었다. 남녀가 서로 자리를 구분해 앉았다. 돼지를 죽여 그 털을 불로 태우고 생간을 소금에 절여 먹으며, 술에 담궈 먹기도 하였다. 용기로는 나무 국자나 대나무 주걱을 사용하였다. 혼인을 할 때는 소, 말, 양 등을 보내 청혼하였다. 죽은 사람을 장사 지낼 때는 관棺을 사용하지 않고, 면이나 비단으로 감싸 화장시킨 다음 땅에 매장하였다. 그리고 나무를 조각한 다음 양털로 만든 실로

공현珙縣 마당파麻塘垻 저도문猪圖門의 암각화

공현珙縣 마당파麻塘垻 사자암獅子巖의 암각화

공현珙縣 마당파麻塘垻 구잔등九盞燈의 암각화

그림 4

둘둘 묶어 조상으로 모시고, 매년 6월 24일 소와 양을 잡아 제사를 지내고 밤에는 횃불을 밝혀 놓고 먹고 마시며 밤을 지샌다. 무릇 재능이 뛰어난 심부름꾼을 "흑골두黑骨頭"라 하고, 일반적인 심부름꾼을 "백골두白骨頭"라고 불렀다. 근래에 들어 남자들 역시 머리를 깎고 칼을 차고 다니지 않는다. 안영安寧, 정변定邊 두 마을에는 일찍이 전남滇南 진웅鎭雄에서 지주를 찾아와 소작을 하는 사람들이 많았다.

고현高縣은 공현珙縣의 동남쪽에 위치하고 있어, 상술한 고현高縣의 이족인 "과나족倮羅族"에게도 공현珙縣의 습속이 전해지고 있는데, 그 가운데

"승기반족乘騎盤足, 횡좌마상불추橫坐馬上不墜" 등의 형상은 "공현珙縣의 마당파麻塘垻 사자암獅子巖 암각화"에서도 뚜렷하게 찾아볼 수 있다.

마당파麻塘垻의 구잔등九盞燈 암각화 중에 ⊗와 같은 문양이 하나 보인다. 그리고 ⊗의 문양 오른쪽 하단에, 왼손에 십+자가를 잡고 ⊗를 향해 팔을 뻗은 형상의 사람이 보인다. 앞에서 언급한 바와 같이 운남云南 초웅楚雄 이주彝州의 남화현南華縣 여제사女祭司가 주문을 외울 때 사용하는 법기가 이 암각화의 형상과 매우 닮아 있음을 알 수 있다. 즉 여제사女祭司가 잡고 있는 호안虎眼의 법기가 바로 그림 속의 제사祭司가 잡고 있는 "십+"자 문양과 그것이 가리키는 ⊗을 종합한 것이라고 볼 수 있는데, 여기에는 태양신과 호신虎神의 관계뿐만 아니라, 이족의 태양신과 호신虎神이 모두 여성이라는 점이 반영되어 있다고 볼 수 있다.

여기에서 이족의 역사와 문화적 전통에 비추어 볼 때, 천남川南 공현珙縣의 암각화와 전의 서남滇西南쪽에 위치한 애뇌산哀牢山 남화현南華縣의 제사祭司가 사용하는 법기 위에 그려진 호두虎頭의 쌍십자雙+字 동공瞳孔❀이 서로 매우 흡사하다는 사실을 발견할 수 있다. 그런데 이 문양은 마치 태양이 광망을 쏟아내는 듯한 형상을 보여주고 있다. 그렇다면 이를 놓고 볼 때, 십자가 무늬의 변화와 발전은 아마도 다음과 같은 순서로 발전했다고 추측해 볼 수 있다.

이것은 태양의 "십자무늬도+字紋圖"를 상징하고 있다.

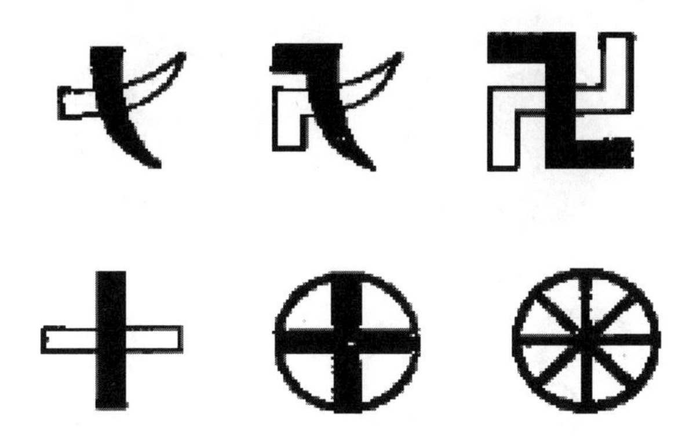

그림 5

10) 교표음交瓢飮과 태극도

남화현南華縣 애뇌산哀牢山의 이족은 일찍부터 목이 길고 구부러진 조롱박을 두 쪽으로 잘라 혼례를 치를 때 신혼부부의 교배주 술잔交瓢酒(한족漢族의 신혼부부가 잔을 서로 주고받는 풍습은 이로부터 발전되어 나온 것이다)으로 사용해오고 있는데, 다음의 그림을 살펴보자.

이것은 음양을 나타내는 태극도太極圖를 상징하는 것으로, 태양의 광망光芒을 상징하는 십+자 문양의 ⊕·❋와는 아무런 상관도 없어 보인다. 그렇지만 양자 모두 원형圓形으로 역시 태양을 상징하고 있다. 태극도는 『장자莊子·천하편天下篇』에서 언급한 "역이도음양易以道陰陽"을 표현한 것으로, 이족의 신혼부부가 서로 주고받는 표주박 잔의 형상 역시 음양을 나타내는 태극도와 유사한데, 이는 『장자莊子·칙양편則陽篇』에서 언급한 다음과 같은 말을 반영한 것이다.

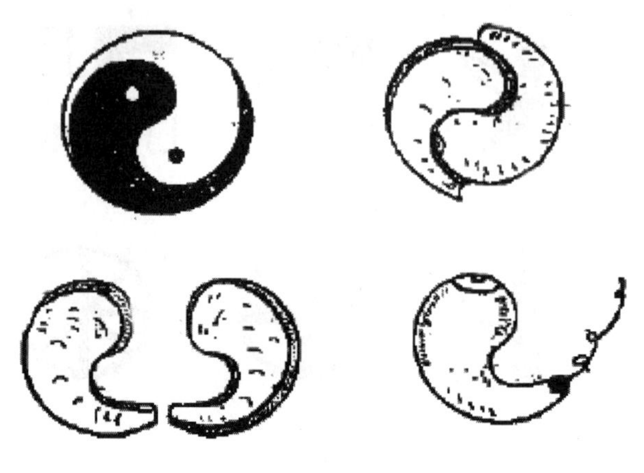

그림 6

"음陰과 양陽이 서로 작용하고, 또한 서로 덮어주기도 하고 서로 다스리기도 한다. 네 계절이 서로 엇바뀌면서 서로 태어나게도 하고 서로 죽이기도 한다. 그 속에 욕망과 증오, 버리고 취하는 생각들이 이로부터 일어나 암수가 나뉘고 합해져 모든 것이 존재하게 된다."

여기서 말하는 "자웅편합雌雄片合"의 "편합片合"은 왕부지王夫之의 『장자해莊子解』 왕어王敔의 『증주增注』에 의하면,

"나누어져 둘이 되고, 합해져 하나가 된다."

고 하였는데, 진고응陳鼓應의 『장자주금역莊子注今譯』에서는 "편합片合"에 대해 임희일林希逸의 말을 인용해 다음과 같이 설명하였다.

"나누어지고 합해진다 하는 것은 음양이 나누어지기도 하고 합해져 하나가 된다는 것을 가리킨다."

또한 호문영胡文英의 말을 인용해

"'편합片合'은 '편반片半'과 같다. 『의례儀禮』에서 '부부편반합夫婦片胖合'이라고 했는데, 이는 그 반이 합해져 부부가 된다는 것을 말한 것이다."

여기서 "반합胖合"의 "반胖"자는 판判으로 읽으며, 『의례儀禮상복전喪服傳』에서는 "부부는 일체이다夫婦一體也"고 설명하였다. "부부반합夫婦胖合"아래 소疏에서는 "부부가 서로 합해져야 자식을 낳을 수 있다. 그렇기 때문에 반이 합해져 하나의 몸이 된다"고 설명해 놓았다.

사천四川의 공현珙縣 암각화에 보이는 이족의 십+자 문양, 운남云南의 남화현南華縣 제사祭司의 호안虎眼 십+자 문양, 신혼부부의 교배잔과 유사한 태극도太極圖, 그리고 조령호두표祖靈虎頭瓢와 녹풍현祿豊縣 흑정진黑井鎭의 호두虎頭 조롱박 등은 모두 이족의 문화전통 중에서 태양신과 호신虎神에 대한 숭배의식을 표현한 것이고, 이 중에서도 특히 신혼부부의 교배잔과 유사한 형태의 "준태극도표准太極圖瓢"는 『장자莊子・칙양편則陽篇』에 보이는 "음양상조陰陽相照, 자웅편합雌雄片合"의 철학적 사상과 이족의 우주만물자웅관宇宙萬物雌雄觀, 즉 만물음양관萬物陰陽觀을 구체적으로 표현한 것이라 볼 수 있다.

고어古語에 "도읍에서 예禮가 사라졌을 경우 시골에서 예를 구할 수 있다禮失求諸野"고 언급한 바와 같이, 다행히도 우리는 지금 금사강金沙江 남북 양측의 애뇌산哀牢山, 오몽산烏蒙山, 양산凉山 등 지역에서 일신日神숭배, 호신虎神숭배, 그리고 음양오행 간에 소통시킬 수 있는 연결고리를 발견할 수 있으며, 여기에 이족의 만물자웅관과 오행사상, 그리고 조령祖靈 조롱박에 대한 숭배관념이 집중적으로 반영되어 있다는 사실을 엿볼 수 있다.

4. "사일沙壹" 교정과 "합금合巹"·"존당尊堂" 석의釋義

1) "사일沙壹"과 "사호沙壺"가 성숙시킨 조롱박

『시경詩經』의 "緜緜瓜瓞면면과질, 民之初生민지초생", 초사楚辭의 "복희伏羲"와 "여와女媧", 『풍속통風俗通』의 "반호槃瓠", 『삼례도三禮圖』의 "합근合巹", 『화양국지華陽國志』의 "사호沙壺", 『후한서後漢書』의 "사일沙壹" 등등의 기록은 얼핏 보기에 서로 아무런 상관도 없어 보이기도 하지만, 오랫동안 풀기 어려운 문제였다. 그렇지만 민족학의 실증자료를 참고해 서로 비교해 보면 그 뜻을 명백하게 알 수 있다. 즉 이러한 기록이 모두 조롱박葫蘆 숭배와 관련이 있다는 사실이다.

앞에서 이미 언급한 바와 같이 "면면과질緜緜瓜瓞, 민지초생民之初生"은 중화민족의 조상이 처음에 공동의 모체, 즉 과질瓜瓞에서 나와 자손이 번창하였다는 뜻을 가지고 있다. 이와 같이 과瓜에서 나왔다는 말은 사실상 조롱박葫蘆숭배를 의미한다. 왜냐하면 과瓜와 조롱박葫蘆은 모두 줄기 식물이기 때문에 일부 민족 중에서는 이를 혼용해 일컫기도 하기 때문이다.

"사호沙壺"에 관한 전설은 동진東晉(317~420) 상거常璩의 『화양국지華陽國志

·남중지南中志』에 처음 보인다.

범엽範曄의 『후한서後漢書·서남이전西南夷傳·애뇌이哀牢夷』에 기재되어 있는 내용도 기본적으로 『화양국지華陽國志』와 같지만, "사호沙壺"가 "사일沙壹"로 기록되어 있고, 또한 "유시시유인민由是始有人民"이라는 말도 보이지 않는다. 이러한 상황이 되고 보니 후인들은 이 전설의 역사적 의미를 이해하기 더욱 어렵게 되었다. 이후 ≪통전通典≫, ≪통지通志≫, ≪통고通考≫ 등의 이른바 "삼통三通"에서도 역시 『후한서後漢書』의 내용을 그대로 베껴 쓰는 바람에 만당晩唐의 번작樊綽 역시 『만서蠻書·육조六詔』에서도 남조南詔가 "자언영창사호지원自言永昌沙壺之源"이라고 기록했던 것이다. 중국에서는 정사正史와 관서官書를 기준으로 삼아야 한다는 전통적인 관념으로 인해 『후한서後漢書·애뇌이哀牢夷』에서는 원래 『화양국지華陽國志』의 내용을 그대로 옮겨 쓴 것이지만, 이 과정에서 오히려 "사호沙壺"를 "사일沙壹"로 고치고 "유시시유인민由是始有人民"이 삭제되고 말았던 것이다. 그런데 『후한서』가 "사사四史" 가운데 하나로 칭해지면서 『사기』와 『한서』 뒤에 열거되자 "삼통三通"은 지방의 역사를 기록한 『화양국지華陽國志』나 『만서蠻書』를 믿기 보다는 『후한서』를 근거로 기술하는 오류를 범하게 되었던 것이다. 사실 『화양국지』나 『만서』는 가까이서 보고 들은 내용을 기록한 것이라 오히려 더 믿을 만하다. 그래서 향달向達은 『만서교주蠻書較注·육조六詔』에서 남조南詔의 "자언영창사호지원自言永昌沙壺之源"이라는 구절 아래 다음과 같은 설명을 덧붙여 놓았다.

> 사호沙壺는 『화양국지』 권4 『영창군永昌郡』 조목에 보이는 글자와 같으나, 『후한서』권160 『애뇌이전哀牢夷傳』에서는 사일沙壹로 기록하

였다.

왕충王忠은 『신당서남조전전증新唐書南詔傳箋證』에서 남조南詔 "자언영창사호지원自言永昌沙壺之源"이라는 구절 속의 "사호沙壺"에 대한 뜻을 설명해 놓지 않아, 도대체 "사호沙壺"인지 아니면 "사일沙壹"인지 알 수가 없다. 더욱이 교주校註한 사람이나 전증箋證한 사람도 그 가부를 결정하지 못한 까닭에 어쩔 수 없이 본서에서 두 가지를 모두 언급하는 상황에 처하게 되었다고 밝혀 놓았다.

"사호沙壺"와 "사일沙壹"의 문제는 상거常璩와 범엽範曄으로부터 향달向達에게 이르기까지 약 1,500여 년 동안 아무도 해결하지 못했지만, 사실상 "사호沙壺"에서 "사沙"는 과일이 다 익었다는 것을 말하는 것이고, "호壺"는 조롱박葫蘆을 가리킨다. 그렇기 때문에 "사호沙壺"는 바로 조롱박이 다 익었다는 것을 의미하는 말이다. 전서滇西 지역의 노서潞西와 진강鎭康 등의 현縣(옛 영창군永昌郡에 속함)에 거주하는 덕앙족德昻族의 전설에 의하면, 그 선조가 조롱박葫蘆에서 나왔다고 하며, 또한 전서滇西 지역 변경에 위치한 각 현縣(옛 영창군)의 와족佤族 전설에 의하면, 각 민족의 선조가 모두 "사강리司崗里"에서 나왔다고 한다. 여기서 와족의 언어佤語로 "사강司崗"이라는 말은 조롱박이 다 익었다는 뜻을 나타낸다. 즉 와족佤族과 한족漢族 등의 선조가 모두 다 익은 조롱박葫蘆에서 나왔다는 의미이다. 그러므로 와족의 전설에 따르면, 조롱박葫蘆이 세상에 먼저 출현하고 후에 각 민족이 출현했다는 의미가 된다. 『화양국지華陽國志』와 『만서蠻書』에 기록된 한대漢代의 "사호沙壺"와 관련된 전설에서도 부인婦人 "사호沙壺"(다 익은 조롱박-성년 부인에 비유)가 세상에 먼저 등장하고 나서 후에 사람이 등장하였다고 기록되어 있다. 이러한 내용은 당시 현지에 전해지고 있던 민간의 전설을 그대로 반영한 것이라고 볼 수 있으며, 『시경』에 기록된 서주시대 서북 지역의 감숙과 협서에 전해 오던 "緜緜瓜瓞면면과질, 民之初生민지초생"과도 서로 호응관계에 있음을 알 수 있다. 즉 양자 모두 중화민족의 원시조상으로서 조롱박葫蘆으로 대표되는 공동의 모체로부터 자손이 번식되어 나왔다는 사실을 말해 주고 있다. 그러나 "유시시유인민由是始有人民"이라는 말이 삭제된 『후한서』의 내용을 "삼통三通"이 그대로 옮겨 후대에 전함으로써 사실과 달리 점점 더 와전되는 상황이 일어나게 되었던 것이다.

2) "합근合巹"—표주박 두 개를 합친다는 의미는 부부의 합체를 상징한다

『예기禮記・혼의昏義』에서 다음과 같이 언급하였다.

> 남녀의 구별이 있은 후에 부부夫婦라는 뜻이 생겼으며, 부부라는 뜻이 생긴 후에 부자父子의 친함이 생겼다. 그리고 부자의 친함이 생긴 후에 군신君臣의 바름이 생겼다. 그러므로 혼례昏禮라는 것은 예禮의 근본이다.

이것은 바로 인류의 "예禮"의 확립을 말한 것으로, 즉 결혼은 혼례를 올리는 것으로부터 시작된다는 것을 밝힌 것이다. 혼례는 일부일처제를 공고히 확립시켜 주는 동시에 부자父子의 관계를 명확하게 밝힘으로써 사유私有 재산의 부자 간 상속을 규정하였으며, 이후 군신君臣의 상하 관계 구별에도 기본적인 토대가 되는 작용을 하였다. 따라서 이 단락에서는 역사의 객관적 발전에 부합될 뿐만 아니라, 일부일처제의 부계父系사회를 천명함으로써 국가와의 내재적 연계를 밝혀 주고 있다. 다시 말해서 혼례婚禮의 사회적 의미와 역사적 의의를 크게 부각시켜 기술해 놓았다고 볼 수 있다. 『예기禮記·혼의昏義』에 고대의 결혼식 과정을 상세하게 기술해 놓았는데, 그 내용을 살펴보면, 먼저 신부가 신랑 집에 도착하면 신랑이 인사를 하고 신부를 맞아들여 혼례를 치른다. 그리고 부부가 "함께 방에 들어가 음식을 먹으며, 합근合巹해 술을 마신다. 이처럼 합체合體를 통해 존비尊卑가 같아지는 까닭에 친하게 된다."고 말하였다. 정현鄭玄과 완담阮湛은 『삼례도三禮圖』에서 "합근合巹"에 대해 조롱박을 갈라 만드는데, 실로 양쪽 끝을 연결해 똑같은 모양의 표주박 잔을 만든다."고 하였다. 그러나 이 두 사람 역시 "합근合巹"을 어떻게 만든다는 것만 알았지, 그렇게 만드는 까닭에 대해서는 알지 못했다. "근巹"은 조롱박葫蘆을 둘로 갈라 표주박을 만드는 것을 말하며, "합근合巹"은 두 개의 표주박을 하나로 합쳐 부부가 "합체合體"합체동존비合體同尊卑 되었다는 것을 상징하는 동시에 복희伏羲와 여와女媧가 조롱박葫蘆에서 세상에 처음 나왔을 때 그 모습으로 다시 돌아간다는 의미를 담고 있다고 한다. 그래서 신혼부부가 술잔을 서로 주고받으며 마시는 것을 "합근合巹"이라 하는 것이며, 또한 이로 인해 부부가 결혼하여 하나로 합치는 것 역시 합근合巹이라고 부르는 것이다.

한족의 합근合巹은 예전에 조롱박葫蘆을 두 개로 갈라서 만들었으나, 후에 두 개의 술잔으로 이를 대체해 사용하는 것으로 발전하였다. 그래서 "교배잔交杯盞"이라고 부르는 것이다. 고례古禮에 의하면, 당연히 "교표음交瓢飮"이라 일컬어야 맞는 말이겠지만, 이러한 옛 풍속은 한족 사이에서 이미 사라져 찾아볼 수가 없다. 그러나 일부 소수민족 가운데 이와 관련된 풍속이 여전히 남아 현재까지 전해오고 있다. 가령 애뇌산哀牢山의 "나나羅

羅" 이족에게는 지금도 이러한 풍속이 남아 있다. 한족의 도기陶器가 일찍부터 애뇌산哀牢山에 전해져 현지의 이족은 일상생활에서 주로 도완陶碗과 도배陶杯를 사용하고 있지만, 혼례식에서 신혼부부의 교배주交杯酒는 반드시 전통에 따라 조롱박葫蘆을 갈라 만든 표주박잔을 사용한다. 이족彝族 무사巫師의 말에 의하면, 이러한 고례古禮는 신혼부부가 하나로 합체한 조롱박이 되었다는 것을 상징하며, 또한 이는 옛 선조들이 조롱박葫蘆에서 나와 결혼한 복희伏羲와 여와女媧를 기리기 위한 것이라고 한다. 그렇기 때문에 조롱박葫蘆은 부부의 합체를 상징한다고 한다. 또한 사람이 죽은 후에 부부의 영혼을 하나의 조롱박葫蘆에 모시는 것도 이와 같은 의미라고 한다. 그래서 후인들은 조롱박葫蘆을 선조의 위패로 대신해 모시며, 각각의 조롱박이 조상을 대표하는 것이다. 예를 들면, 증조부모, 조부모 등과 같은 경우로서 한족의 합근合巹 역시 이족의 조령祖靈 조롱박葫蘆과 밀접한 관계를 가지고 있으며, 또한 양자 모두 복희伏羲와 여와女媧의 결혼으로 부부가 된 조롱박葫蘆에 연원을 두고 있다는 사실을 뒷받침해 주고 있다.

이족이 조롱박葫蘆을 잘라 신혼부부의 "교표음交瓢飮"을 만드는 것은 조롱박葫蘆의 합체가 부부를 상징하기 때문이다. 그러므로 한족이 남녀의 결혼을 고례古禮에 따라 합근合巹이라 일컬었던 점 역시 이와 같은 의미를 지니고 있다. 이것은 바로 『시경』에 보이는 "면면과질緜緜瓜瓞, 민지초생民之初生"의 구절 내용과 같은 의미를 내포하고 있으며, 또한 각 민족의 공통 시조로 받들어지는 복희伏羲와 여와女媧, 그리고 이족의 조령祖靈 조롱박葫蘆에 연원을 두고 있다는 사실을 뒷받침해 주고 있다. 동한의 정현鄭玄과 완담阮湛이 『삼례도三禮圖』에서 합근合巹에 대한 문자상의 해석은 비록 정확하게 설명했지만, 그 심층적 의미를 모르고 있었던 까닭에 그들은 합근巹과 "면면과질緜緜瓜瓞, 민지초생民之初生" 사이의 내적 관계를 이해하지는 못하였다. 근대에 이르러 민족학民族學이 태동하면서 비로소 이 문제의 해결이 가능하게 되었다. 즉 민간에 남아 있는 예속禮俗과 고적에 대한 과학적 연구 조사를 통해 사실에 비교적 부합되는 결론을 얻을 수 있게 되었음을 말한다.

합근合巹은 중원지역의 현실생활 속에서 이미 사라져 고적古籍에서만 찾아볼 수 있게 되었지만, 운남의 애뇌산 지역에서는 현실 속에서도 여전히 그 풍속을 찾아볼 수 있다. 그래서 혼례의식을 거행할 때, 신랑과 신부가 표주박을 받쳐 들고 마시면, 한쪽에서 제사祭司가 노래를 부르며 그들이 새로운 인생의 단계로 접어들었음을 축하하고, 이로부터 두 사람이 하나가 되었음을 사람들에게 알린다. 그리고 또 한편으로 그들이 조롱박葫蘆처럼 많은 자손을 두어 번창하기를 기원한다. 『예기禮記·교특생郊特牲』에 다음과 같은 기록이 전해 오고 있다.

> "도포陶匏는 천지天地의 성품을 본받았다."

『주역周易·계사상系辭上』에서도 역시 다음과 같이 언급하였다.

> "하늘은 존귀하고 땅이 낮은 까닭에 건乾과 곤坤이 정해졌다. 건도乾道는 남자가 되었고, 곤도坤道는 여자가 되었다."

또한 『서괘序卦』에서도 다음과 같이 말하였다.

> "천지天地가 생겨난 후에 만물이 생겼으며, 만물萬物이 생겨난 후에 남녀가 생겼다. 남녀男女가 생겨난 후에 부부가 생겨났다."

이것은 바로 조롱박의 "포匏"를 가리키는 것으로, 건곤乾坤과 부부의 혼인을 상징하며, 또한 이족의 조령祖靈 조롱박葫蘆과 교표음交瓢飮의 의미를 내포하고 있다는 사실을 밝혀주고 있다.

3) 존당尊堂 — 모친母親을 조롱박葫蘆으로 칭하다

한족은 예전에 모친을 "존당尊堂"(즉 집안에서 존경받는 어머니)으로 불렀는데, 이는 사실상 모친母親을 일컬어 조롱박호로이라 칭한 것이다. "존尊"자는 원래 "준樽"자로 썼으며, 그 뜻은 조롱박葫蘆을 가리킨다. 『좌전左傳·소십사년昭十四年』에서 "준이모호樽以魯壺"의 호壺는 바로 조롱박葫蘆을 가리키는 것으로, 원시시대에 조롱박葫蘆 "준樽"자를 사용한 것은 모체가 자식을 낳아 기른다는 것을 상징하기 위함이었다. 그래서 원시 모계사회에서 어머니는 알지만 아버지는 모르기 때문에 "존尊"이란 말은 오직 모친에게만 사용하였다. 후에 계급사회에 이르러 모권母權이 부권父權으로 대체되면서 모친의 존귀한 지위 역시 시대적 변화에 따라 부친으로 대체되었고, 이로 인해 부친을 "존대인尊大人"이라 일컫게 된 것이다. 한족의 "존당尊堂"(조롱박(葫蘆의 원시 역사적 의미)이라는 호칭은 이족의 조령祖靈 조롱박葫蘆 "아보타마阿普朵摩"(존귀한 모조母祖)에서 그 뿌리를 찾을 수 있다. 또한 이족彝族을 비롯한 묘족苗族, 장족壯族, 와족佤族 등이 모두 조롱박葫蘆 에서 나왔다는 신화를 가지고 있는 것처럼 조롱박葫蘆은 각 민족의 공통적인 시조, 즉 "모체母體"를 상징한다. 그러나 여기서 "모체"는 혈연적인 모체가 아닌, 이미 각 민족의 공통적인 시조로 변화 발전된 문화적 "모체"를 가리킨다고 볼 수 있다.

한대 말기에 이르러 서정徐整은 『오운역년기五運曆年記』에서 반고盤古의 시신이 해체되어 우주와 인류인 "여맹黎甿"으로 변화했다는 내용을 처음 기록해 놓았다. 사가史家들은 이 내용을 신화에 지나지 않는다고 여겼으나, 사실 반고盤古는 바로 조롱박葫蘆를 가리킨다고 하겠다. 다시 말해서 『시경』에서 언급한 "면면과질緜緜瓜瓞, 민지초생民之初生"을 가리킨 것으로, 이족의 조령祖靈 조롱박葫蘆인 "아보타마阿普朵摩"나 『시詩·대아大雅·면緜』 역시 모두 하나의 뿌리에서 나와 한족을 중심으로 하는 중화민족을 상징하게 되었던 것이다.

훌륭한 문화유산과 수많은 역사서를 가지고 있는 한족이 수 세대를 거치면서도 이 문제를 해결하지 못하고 습관적으로 사용함에 따라 그 원래의 뜻과 어휘의 연원을 이해하지 못했지만, 현재 경제와 문화적 측면에서 상대적으로 낙후된 이족의 문화 속에서 이와 같이 비교적 믿을 만한 해석을 찾아낼 수 있었던 것은, 우연의 일치라기보다는 앞에서 이미 언급한 바와 같이 한민족漢民族과 한문화漢文化는 여러 민족과 문화가 모여 형성되었던 까닭에, 모든 민족의 풍부하고 다양한 문화를 모두 기록으로 남겨 놓지 못한 결과로 볼 수 있다. 물론 일부 고적에서 간단하게나마 기록으로 남겨 놓기도 했지만, 그 상세한 내용은 오히려 민간에 더 잘 보존되어 전해 오고 있는 것이 사실이다. 더욱이 각 민족마다 경제와 문화의 발전이 다른 까닭에 그 민족의 역사 발전과 민족의 상호관계에 따라 정사正史에 기록되지 못하고 지방사에 기록된 된 것도 또 하나의 원인이라고 볼 수 있다. 역대의 사가들은 오직 정사正史만을 중시해 "야사野史"나 민간전설에 관심을 두지 않거나 혹은 심지어 믿지도 않았는데, 이것이 바로 그들의 역사지식에 대한 한계라고 하겠다. 만일 우리가 이러한 한계를 뛰어넘어 넓은 시야를 가지고 각 민족의 삶 속에 들어가 살펴본다면, 분명 더 많은 새로운 발견을 이루어 낼 수 있을 것이다.

5. "황제黃帝의 곤륜산崑崙山 등정"과 조롱박葫蘆문화의 확대

신중국을 건설한 모택동 그의 사詞 속에서 곤륜산의 높고 웅장한 기세를 "횡공출세장곤륜橫空出世莽崑崙, 열진인간춘색閱盡人間春色"이라고 묘사한 바와 같이 곤륜산은 서쪽 파미르 고원 동부에서 신강과 서장을 가로질러 동쪽의 청해성靑海城 경내까지 이어지는데, 그 거리는 대략 2,500킬로미터나 된다. 그리고 내륙 쪽으로 남, 북, 중으로 뻗어 나가 거의 전 중국에 걸쳐 있다. 중화민족의 문화를 낳아 기른 황하黃河와 장강長江 역시 이 청해의 곤륜산에서 발원하고 있다. 그렇기 때문에 곤륜산은 염황炎黃의 자손인 중화민족의 상징이라고 부르는 것이다.

1) "곤륜崑崙" 역시 조롱박葫蘆이다

"곤륜"에 관해 『장자莊子 · 대종사大宗師』에서 다음과 같이 기록하고 있다.

> 대체 도라는 것은…… 복희伏羲가 도를 얻어서 기氣의 근원을 취했으며, …… 감배堪坏는 도를 얻어서 곤륜산을 받아들였으며, …… 서왕모西王母는 도를 얻어서 소광산小廣山에 앉았다. ……

왕부지王夫之는 『장자해莊子解・대종사大宗師』에서 "곤륜崑崙"아래에 "곤륜산은 대산大山의 비조이다"고 주석을 달아 놓았다. 『산해경山海經』에서 서왕모가 앉았다고 하는 "소광小廣"은 곤륜산의 산비탈을 의미하거나 혹은 동굴을 가리킨다.

『방여기요方輿紀要』에 의하면, 지금의 광서성 남녕南寧 동북쪽 경내에 당대唐代에 "곤륜이라는 이름을 가진 산이 있었다."고 하는 기록이 보인다. 『대명일통지大明一統志』 권35 『산山・등주부登州府』에도 지금의 봉래蓬萊(등주登州)에 대곤륜산大崑崙山과 소곤륜산小崑崙山이 있었다는 기록이 보인다.

> 대곤륜산大崑崙山은 등주의 동남쪽 40리에 있으며, 소곤륜산小崑崙山과 서로 연결되어 있다. 군산群山 가운데 가장 빼어나며, 위에는 태백정太白頂이 있고, 중간에는 연하동煙霞洞이 있다. 일명 고여산姑餘山이라고 하고, 또한 가칭 곤륜산이라고도 한다.

전서滇西 지역에 위치한 노강怒江과 미얀마의 이라와디 강(Irrawaddy River)을 분수령으로 중국과 미얀마의 경계를 이루고 있는 고려공산高黎貢山을 당대唐代의 남조왕南詔王 이모심異牟尋이 오악五嶽 가운데 서악西嶽에 봉하였는데, 예전에는 고려공산高黎貢山의 이름을 곤륜우崑崙隅라고 불렀다고 한다. 『습유기拾遺記』 권1에 다음과 같은 내용의 기록이 보인다.

> 동해東海에 삼호三壺가 있었는데, 이는 바다 속에 세 산을 일컫는다. 첫 번째가 방호方壺라고 하는데, 방장산方丈山을 가리킨다. 두 번째는 봉호蓬壺라 하는데, 봉래산을 가리킨다. 세 번째는 영호瀛壺라 하는데, 영주산을 가리키며, 형상이 마치 호기壺器처럼 생겼다.

여기서 호기壺器란 바로 조롱박葫蘆를 가리키는 것으로, 『수경주水經注』에서 “방장方丈 역시 곤륜산의 호칭이다.”고 하였다.

『회남자淮南子・추형편墜形篇』의 고주高注에서 “곤륜은 허문虛門이다.”고 하였는데, 여기서 허문虛門은 바로 허중虛中을 일컫는 말이다. 이로부터 곤륜산이 변화 발전하여 속이 비어 있는 조롱박葫蘆이 되었으며, 또한 조롱박葫蘆이 곤륜산의 별칭으로서 양자가 서로 호환된다는 사실을 엿볼 수 있다. 또한 앞에서 인용한 “형여호기形如壺記(葫蘆)”의 방장方丈 역시 곤륜의 명칭을 가지고 있었다는 사실을 알 수 있다. 당대唐代 이용李冗의 『독이지獨異志』에는 각 민족에게 전해 오는 신화가 보인다.

> 예전에 천지가 처음 열릴 때, 오직 복희伏羲와 여와女媧 오누이 두 사람만이 곤륜산에 있었을 뿐 천하에는 아직 사람이 살지 않았다. 그래서 두 오누이가 상의하여 부부가 되었다.

여와女媧의 오빠가 바로 복희伏羲이다. 『노사路史・후기後記・태호太昊』의 주석에서 복희를 “포희包羲”라 하고, 여와를 “포와匏媧”라고 기록해 놓았는데, 앞에서 우리는 문일다聞一多의 고증을 통해 “포包”의 의미가 포匏, 혹은 호瓠를 나타내기 때문에 “포와匏媧”의 의미가 포호匏瓠를 나타내며, 또한 양자 모두 조롱박葫蘆을 의미하고 있다는 사실을 알 수 있다.

『산해경山海經・대황서경大荒西經』에서

> 서해의 남쪽에 있는 유사流沙의 강변과 적수赤水의 뒤쪽과 흑수黑水의 앞쪽에 큰 산이 있는데, 이름을 곤륜구崑崙丘라고 한다. 신이 있는데, 사람의 얼굴에 호랑이의 몸이며……어떤 사람이 머리장식을 하

고 있는데, 호랑이 이빨에 표범의 꼬리를 하고 동굴에 살며, 이름을 서왕모西王母라고 한다. 이 산에는 온갖 것이 다 있다.

서왕모의 원형은 서강西羌의 모호母虎토템에서 찾을 수 있다. 후인들이 이를 신격화한 후에 다시 인격화시켜 주周 목왕穆王이 서순西巡할 때 만나 사모하는 인물로 묘사하였다. 『열자列子・주목왕편周穆王篇』에 다음과 같은 기록이 보인다.

목왕이 마침내 곤륜산의 언덕 적수赤水 남쪽에 묵게 되었다. 그 다음날 곤륜산의 언덕에 올라가서 황제黃帝의 궁전을 바라보고 제사를 지내어 그 이름을 후세에 남겼다. 마침내 서왕모를 만나 요지瑤池 위에서 술을 마셨다. 서왕모는 왕을 위하여 노래를 부르고 왕은 그녀에게 화답하였다.

남송의 나필羅泌은 『노사路史・여론余論・서왕모西王母』에서 『대대례大戴禮』와 한漢・진晉시대의 사적史籍 내용을 종합해, 서왕모는 황제黃帝, 제순帝舜, 주목왕으로부터 한漢・당唐대에 이르기까지 황제들이 접촉했던 "서융西戎"의 수령이라고 주장하였는데, 이것은 중원中原과 서역의 강융羌戎이 서로 밀접하게 왕래했다는 역사적 사실을 반영한 것으로 볼 수 있다.

곤륜산 허문虛門의 서왕모는 마치 조롱박葫蘆이 호랑이虎 복희와 용녀龍女 여와女媧를 합체해 놓은 듯한 형상으로 등장한다. 그 형상은 호랑이와 비슷하며, 여자의 성별을 가지고 있다. 광서성의 장족壯族 신화 중에도 복희와 여와가 홍수를 피하기 위해 조롱박에 들어갔다가 곤륜산에 이르렀다는 내용이 전하고 있다. 앞에서 『독이지獨異志』의 고사에서 언급한 바와 같이 천하에 사람이 사라지자 곤륜산 위에 있던 여와와 복희가 결혼해 부부가 되었다고 했는데, 이는 바로 복희와 여와 두 오누이가 서로 결합해 하나가 되었음을 의미하며, 여기서는 한 걸음 더 발전하여 곤륜산의 서왕모가 된 것이라고 볼 수 있다. 그래서 문일다聞一多는 서왕모를 "중국 고대민족의 시조모"라고 칭하였는데, 이는 다시 말해서 원시모계사회에서 출발한 각 민족의 시조모를 의미하는 것이라고 볼 수 있다.

이것은 앞에서 언급한 조롱박葫蘆 숭배와 관련된 각 민족의 신화와 마찬가지로 곤륜崑崙, 즉 조롱박葫蘆을 인류 번영의 시조이자 인류 공동의 모체母體를 숭배의 대상으로 삼았다는 사실을 엿보게 해준다.

역사서에서 "황제가 사해를 순유巡遊하면서 곤륜산에 올라 그 위에 있는 궁전에 기거하였다."고 기록해 놓음으로써, 곤륜산이 황제와 서왕모가 도를 닦아 장생長生 하는 곳으로 바뀌게 되었고, 도교에서는 "곤륜"을 수뇌의 대명사로 여기게 되었던 것이다. 그래서 "내가 죽지 않고자 곤륜산에서 수도하였다."는 말이 나오게 된 것이다. 그렇기 때문에 곤륜과 호응하는 "조롱박葫蘆"은 곤륜과 동등한 지위를 가지고 있을 뿐만 아니라, 심지어 더 광범위한 선仙적인 의미까지 내포하게 되었던 것이다.

2) "호천壺天은 소우주小宇宙이다

속이 비어 있는 조롱박葫蘆을 도교에서는 소우주小宇宙를 의미하는 "호천壺天"으로 보았다.

> 시존施存은 노魯나라 사람으로 대단大丹의 도를 배웠으며, …… 항상 닷 되들이만큼 큰 호리병 하나를 차고 다녔는데, 변하여 천지가 되었다. 그 안에는 해와 달도 있어 밤에는 그 안에 들어가 잠을 잤다. 스스로 호를 호천壺天이라 불렀으며, 사람들은 그를 호공壺公이라 일컬었다.

『후한서後漢書·방술方術·비장방전費長房傳』에도 조롱박葫蘆을 소우주, 즉 "호천壺天"을 의미한다고 보았다.

> 비장방費長房은 여남汝南 사람이다. 일찍이 시장의 아전이 되었는데, 시장에서 약을 파는 한 노인이 병 하나를 가게 앞에 걸어놓았다가 시장이 파하고 나면, 그 병 속으로 뛰어 들어가는 것을 보고 기이하게 생각해 술과 음식을 가지고 다시 노인을 찾아갔다. 노인은 비장방이 자신을 신이라 여기고 온 것을 알고 이르기를, "그대는 내일 다시 찾아오라"고 하였다. 비장방이 다음날 아침에 다시 노인을 찾아가 가르침을 청하니, 노인이 그와 함께 병 속으로 들어갔다. 둘러보니 옥당玉堂이 장엄하고 아름다우며, 맛있는 술과 안주가 그 안에 가득하여 함께 마시고 나왔다.

운남성의 초웅楚雄 이족에게 전해오는 민간고사 『신산神傘과 보호로寶葫蘆』의 내용을 살펴보면, 수모낭낭水母娘娘이 용감하고 선량한 청년인 애민艾民에게 보호로寶葫蘆(조롱박)를 하나 주었는데, 조롱박葫蘆을 열고 입으로 주문을 외우자 수많은 선녀가 나와 그를 위해 밥을 짓고 손님을 접대하며 춤을 추었으며, 또한 탁자와 걸상을 비롯해 그릇과 젓가락, 미주와 맛

있는 음식, 생笙, 관管, 사絲, 죽竹, 금金 등이 조롱박葫蘆에서 쏟아져 나왔다가 연회가 끝나면 또 다시 조롱박葫蘆 속으로 들어갔다고 한다. 이 고사의 줄거리는 『후한서』에서 비장방이 조롱박葫蘆에 들어가 선인仙人과 함께 술을 마시고 나왔다는 내용과 매우 흡사해 보인다. 이족이 거주하는 지역의 사람들은 한문漢文을 알지 못할 뿐만 아니라, 더욱이 『후한서』와 같은 류類의 사적史籍을 볼 수 있는 기회조차 없는 사람들이다. 이뿐만 아니라 중원(하남)과 서남의 이족자치구는 거리상 수천 킬로미터나 떨어져 있고, 비장방費長房은 도교道教의 방술方術에 관한 고사이고, 이족의 민간고사는 원시종교에 관한 이야기로 양자가 독립적으로 전승되어 왔기 때문에 누가 누구를 모방했다고 말하기는 어렵지만, 이러한 점들이 바로 중국인들의 생활과 관념 속에서 조롱박葫蘆이 차지하고 있는 지위와 중요성을 설명해 주는 것이며, 또한 비록 민족과 지역이 다른 상황 속에서도 이와 같이 상당한 보편성을 지니고 있다는 사실을 설명해 주는 것이라 하겠다.

3) 호사葫史와 "포거지대匏居之臺"

도가의 호자壺子는 조롱박葫蘆을 성씨로 삼거나, 혹은 도호道號로 삼았는데, 『장자莊子·응제왕應帝王』에 호자壺子와 열자列子의 대화가 기록되어 있다. 『여씨춘추呂氏春秋·자현下賢』에서는 "자산子產이 정鄭나라 임금을 도와 호구자壺丘子가 사는 숲에 갔다."고 했는데, 고주高注에서 "자산子產은 호구자의 제자라고 밝혀 놓았다. 『사기史記·중니제자열전仲尼弟子列傳』에서는 다음과 같이 언급하였다.

공자가 존경한 인물은 주周의 노자老子, …… 정鄭의 자산子産이다.

즉 노자와 자산은 공자보다 연장자이고, 호자壺子는 노자 보다 연장자이자 또한 노자의 선배이기도 하다. 당대唐代의 단성식段成式은 『유양잡조酉陽雜俎』에서 세상에 알려지지 않은 "황노지도黃老之道"와 "신선지류神仙之流" 등에 관한 일을 『호사壺史』에 기록해 놓았는데, 바로 그것이 "호로사葫蘆史"이다.

조롱박葫蘆은 처음에 인류를 낳아 기른 모체母體를 가리켰으나, 시대의 발전과 변천에 따라 천지를 상징하는 말로 사용하게 되었다. 그래서 『통고通考·교사고일郊祀考一』에는 다음과 같은 말이 보인다.

주나라가 처음 시작될 때 그릇으로 도포陶匏를 사용했는데, 이는 천지의 성품을 본받았기 때문이다. …… 이는 근본을 잘 닦아 처음으로 돌아가고자 함이다.

『국어國語·초어상楚語上』에는 다음과 같은 기록이 보인다.

선군이신 장왕庄王(기원전 613~기원전 591)이 "포거지대匏居之臺"를 쌓았는데, 높이는 나라의 앞날을 살피기에 족하였다.

초나라 장왕庄王이 쌓은 "포거지대匏居之臺"는 국가의 길흉을 점치기 위한 것으로 호로형葫蘆形의 관상대觀象臺를 말한다.

『한대漢代·교사지郊祀志下』에서는 다음과 같이 언급하였다.

> 성제成帝(기원전 32~기원전 7)가 처음 즉위하여 …… 그 제기祭器로 도포陶匏를 사용하였는데, 모두 천지의 성품을 따라 참됨을 귀하게 여기고 본질을 숭상하여 감히 그 형체를 고치지 않았다.

『진서晉書 · 예지상禮志上』에서는 다음과 같이 언급하였다.

> 제기는 도포陶匏를 사용하였는데, 이는 일이 그 처음으로 돌아가도록 하기 위함이다. 그러한 까닭에 원조遠祖에 비견하고자 함이다.

개괄하면 이것은 바로 조롱박葫蘆을 가지고 "천지지성天地之性"을 상징한 것으로, 원시시대의 처음으로 거슬러 올라가 "민지초생民之初生"의 조롱박葫蘆을 원조遠祖로 모신다는 사실을 밝힌 것이다. 즉 여기서 원조로 삼았다는 말은 바로 조롱박葫蘆이 원시시대 중화민족의 공조共祖라는 사실을 상징한 것으로 볼 수 있다.

4) "삼호三壺"신선과 공동영과崆峒靈瓜

진秦 · 한漢대에 이르러 조롱박葫蘆은 신선이 머무는 처소로 등장한다. 『사기史記 · 진시황본기秦始皇本紀』에는 다음과 같은 내용이 전한다.

> 동쪽으로 군현郡縣을 순수하는 중에 추역산鄒嶧山에 올라 비석을 세웠다. 노魯 땅의 유생들과 상의해 비석에 진秦의 공덕을 노래하는 내용을 새겼으며, 봉선封禪과 여러 산천에 대한 망제望祭의 일을 논의

했다. 그리고는 마침내 태산泰山에 올라서……

일을 마치자 제齊나라 사람 서불徐市 등이 상소하여 "바다 가운데 세 개의 신산神山이 있는데, 그 산의 이름이 봉래산蓬萊山, 방장산方丈山, 영주산瀛洲山이라 합니다. 그곳에는 신선들이 살고 있사오니, 청하옵건데, 재계하고 나서 동남동녀童男童女를 데리고 신선을 찾아 나서게 하소서."라고 진언하자, 서불을 보내 수천 명의 동남동녀를 선발해 바다로 들어가 신선을 찾도록 했다.

『사기史記·정의正義』에서는 『한서漢書·교사지郊祀志』를 인용하여 다음과 같이 말하였다.

이 삼신산三神山은 발해渤海 중에 있어 그 길이 멀지 않았으나, 선인仙人들은 배가 도착하는 것을 걱정하여 곧 바람을 일으켜 배를 멀리 보냈다고 전해진다. 이미 그곳에 가본 적이 있는 사람들은 선인들과 장생불사의 약이 모두 거기에 있으며, 산 위의 물체, 새, 짐승 등의 색깔은 모두 흰색이며, 궁전은 모두 황금과 백은白銀으로 건축하였다고 전한다. 아직 거기에 도달하지 않았을 때 멀리서 바라다보면, 삼신산三神山은 천상의 백운白雲과 같으며, 거기에 도달하여 보면 삼신산은 오히려 수면 아래에 처해 있는 듯하다. 배가 막 다다르려고 하면 바람이 배를 밀쳐내어 시종 거기에 도달할 수 없었다. 속세의 제왕 중 그곳을 흠모하지 않는 자가 없었다.

진나라의 시황始皇과 한나라의 무제武帝 모두 장생불사의 선약仙藥을 구해 신선이 되고자 하였다. 그래서 진나라 시황제는 어린 남녀 수천 명을 봉래 삼신산에 파견해 선약을 구해오도록 하였으나 뜻을 이루지 못하였다. 『사기史記·효모본기孝武本紀』에는 다음과 같이 기록되어 있다.

> 안기생安期生은 선인으로 봉래산을 왕래하는데, 인연이 있는 사람은 만나고 인연이 없는 사람은 모습을 감추고 보여주지 않는다. 한의 무제가 어떻게 해도 얻을 수 없어 사람을 파견해 봉래의 선기仙氣를 멀리서 바라만 볼 뿐이었다.

> 바다의 봉래를 찾아갔던 이들이 말하길, 봉래가 멀지 않으나 갈 수 없음은 아마도 그 상서로운 기운을 볼 수 없기 때문이라고 하였다. 천자는 기운을 볼 수 있는 사람을 파견하여 기운을 살피도록 하였다.

이들은 항상 선경仙境을 동경했지만, 결국 그 뜻을 이루지는 못했다. 동해의 삼신산三神山은 조롱박葫蘆의 "호壺"자를 붙여 "삼호三壺"라고 칭하였는데, 그 이유는 형상이 마치 조롱박처럼 생겼다고 해서 붙여진 이름이라고 한다. 이로 인해 후에 선호로仙葫蘆와 관련된 전설과 서왕모가 동해의 봉래산 도사道士로부터 "영과靈瓜를 얻었다는 신화가 등장하게 되었던 것이다. 동한의 명제明帝가 서왕모가 사는 돈황燉煌에서 이 "영과靈瓜"를 얻었다는 내용이 『습유기拾遺記』 권6 『후한後漢』조목에 기록되어 있다.

> 명제明帝의 음귀인陰貴人이 꿈속에서 과를 먹었는데, 아주 맛있었다는 소리를 듣고 명제가 여러 나라에 사람을 파견해 구하고자 하였다. 이때 돈황燉煌에서 과종瓜種을 진상하였고 항산恒山에서 커다란 복숭아

씨앗을 진상하였다. 과瓜의 이름을 "궁릉穹窿"이라 했는데, 길이가 삼척이나 되며, 그 형태가 구부러져 있었다. 맛은 마치 엿과 같이 달고 맛있었다. 노인이 말하기를, "옛날에 도사道士가 봉래산에서 이 과瓜를 얻었는데, 그 이름을 '공동영과崆峒靈瓜'라 불렀으며, 껍질을 벗겨내면 열매가 하나 나오는데, 서왕모가 땅에 이것을 심어 오랜 세월동안 끊어지지 않고 그 열매가 잘 보존되어 내려왔다."고 하였다.

여기서 이른바 "과명궁릉瓜名穹窿"이란 말은 바로 조롱박葫蘆이 우주의 "궁릉穹窿만큼 크다는 것을 비유한 것으로, 조롱박葫蘆의 선기仙氣가 지속적으로 발전해 왔다는 사실을 엿볼 수 있다.

5) 조롱박葫蘆의 선기仙氣는 지속적으로 발전하고 있다

조롱박葫蘆은 시간이 흐를수록 더욱 더 신격화되어 서진西晋 장화張華의 『박물지博物志』권4 『물리物理』에서는 다음과 같이 언급하였다.

정주庭州(돈황)의 파수灞水를 금金·은銀·철기鐵器에 담으면 물이 새지만, 오직 호호瓠壺(조롱박)만이 새지 않는다.

이에 대해 남조 송宋의 유경숙劉敬叔은 『이원異苑』 권2에서 다음과 같이 보충 설명을 해 놓았다.

서역西域의 구이국苟夷國 산위에 석낙타石駱駝가 있는데, 배 아래에서 물이 나온다. 금金·은銀 그릇과 손으로 그 물을 받으면 모두 새지만, 오직 호호瓠壺만이 물을 받을 수 있으며, 그 물을 마시면 사람의 몸에서 향기가 나며 신선이 된다. 그 나라의 신비로움을 말로 다 표현할 수가 없다.

여기서 이른바 "호호瓠壺만이 물을 받을 수 있으며, 그 물을 마시면 사람의 몸에서 향기가 나며 신선이 된다."는 말은 바로 하늘로 올라갈 수 있다는 의미를 가리킨다. 『회남자淮南子·지형편地形篇』에서 "곤륜산 언덕 위에 배倍가 되는 곳이 있는데, 그곳을 일러 양풍산凉風山이라고 한다. 여기에 올라가면 죽지 않는다. 그리고 그 위에 배倍가 되는 곳이 있는데, 이곳을 현포懸圃라고 한다. 여기에 올라가면 영험해져 바람과 비를 부릴 수 있다. 그리고 그 위에 배倍가 되는 곳이 있는데, 이곳을 상천上天이라 한다. 여기에 올라가면 신이 되는데, 여기가 바로 천제天帝가 사는 곳이다."고 기록되어 있다. 이처럼 옛사람들의 눈에 곤륜산은 인간이 하늘로 올라갈 수 있는 길로 비춰졌는데, 이것은 아마도 그 불쑥 솟은 웅장함과 조롱박葫蘆의 특성이 관계있어 보인다. 어떤 민간전설 속에서는 조롱박葫蘆의 줄기를 하늘로 올라갈 수 있는 사다리라고 말하기도 하는데, 이와 관련해 『중국민간고사선中國民間古事選·춘왕화구선고春旺和九仙姑』에서는 다음과 같이 기록해 놓았다.

구선고九仙姑가 속세에 내려온 지 여러 해가 지나, 어느 날 갑자기 천장에 조롱박葫蘆을 심었다. 마침내 조롱박葫蘆 줄기를 타고 하늘로 올라가 그 부친께 축수祝壽를 드렸다.

앞에서 언급한 조롱박葫蘆은 영기靈氣를 가지고 있어 식용이나 혹은 물과 술을 담는 용기로 사용되다가 마침내 하늘로 올라갈 수 있는 사다리로 간주되었다고 볼 수 있다. 그리고 『후한서後漢書・비장방전費長房傳』에 이르러서는 조롱박葫蘆 안에서 능히 사람에게 주연酒宴을 베풀어 대접할 수 있는 "호천壺天으로 설명되기에 이르렀던 것이다.

"호천壺天"은 원래 도교의 십대동천十大洞天, "삼십육소동천三十六小洞天", "칠십이복지七十二福地" 등에서 나온 것으로, 전국 각 지역의 명산승지名山勝地에 분포되어 있다. "현호제세懸壺濟世" 하는 의사와 약장수가 전국의 외지고 궁벽한 곳까지 퍼져 있었다는 것은 바로 조롱박葫蘆 문화가 전국의 각 지역까지 골고루 퍼져 있었다는 사실을 반증해 주는 것이라 볼 수 있다.

주대周代에는 조롱박葫蘆의 형상을 오직 "도포이상천지성陶匏以象天地之性"으로 간주하였으나, 진秦・한漢대에 이르러서는 조롱박葫蘆처럼 생긴 형상의 선경仙境을 신비하게 표현함으로써, 진의 시황제와 한 무제의 정신을 온통 뒤흔들어 놓았다. 또한 당대 현종玄宗이 양귀비의 죽음을 그리워했던 것에 대해, 시인 백거이는 『장한가長恨歌』에서 "소양전에서 천자의 사랑을 받았으나 이미 끊어졌고, 봉래궁에서 보낸 행복했던 세월도 오래 되었다네." "갑자기 바다위에 신선의 산이 있다는 말을 들었으나, 그 산은 텅 비어 끝이 보이지 않는 곳에 있다네."라고 풍자해 놓았다.

역사의 흐름에 따라 오랫동안 조롱박葫蘆 문화가 세상에 널리 전파되면서 수많은 영역에 걸쳐 커다란 영향을 끼쳤다. 그래서 인류가 조롱박葫蘆에서 나왔다는 서북 지역의 민간 전설과 서남 지역의 이족이 초가집에서 모시던 조령祖靈 조롱박葫蘆이 진의 시황제와 한의 무제로 하여금 호천壺天 선경을 한없이 동경하도록 만들었던 것이다. 민간의 조롱박葫蘆 숭배는 수천 수백 년 동안 소박한 형식을 유지해 왔으나, 제왕과 만나 복잡하게 뒤엉키면서 사람들은 더 이상 그 처음의 의미를 알지 못하게 되고 말았던 것이다.

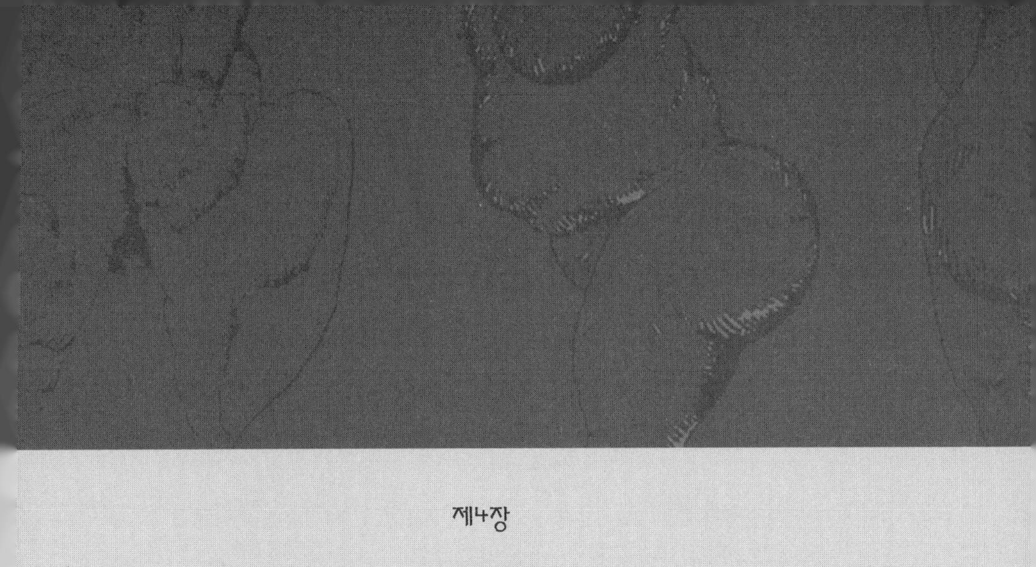

제4장

모체숭배

조롱박葫蘆 숭배의 본질

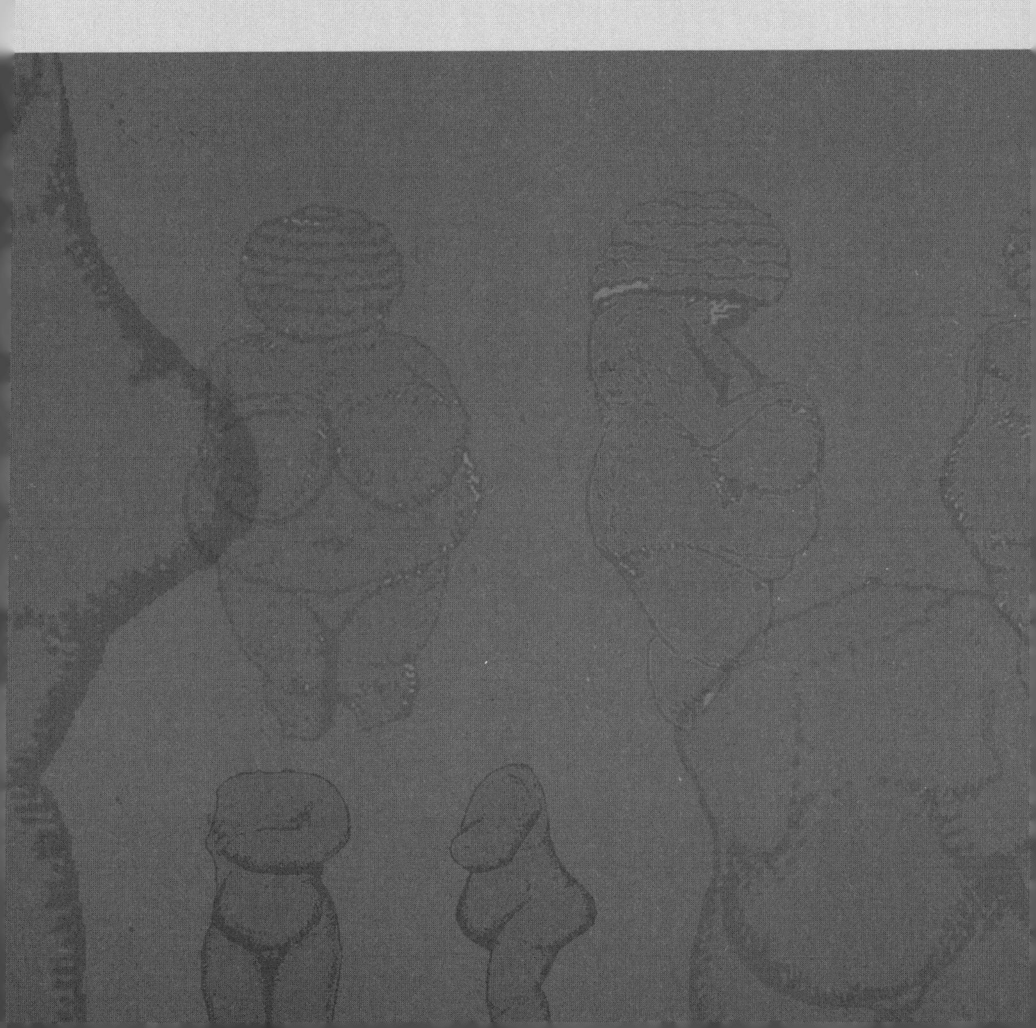

조롱박葫蘆 전설, 조롱박 숭배, 그리고 조롱박 문화의 확대 등과 관련된 문제를 논하면서 우리는 이미 혹은 많게, 혹은 적게 이 책의 중점 내용으로 다루었는데, 이 역시 조롱박葫蘆 숭배의 실질적 내용이라고 하겠다. 필자가 보기에 조롱박葫蘆 숭배의 의미는 처음에 토템숭배나 비자연숭배, 혹은 그 어떤 것도 아닌 단지 모체숭배의 구현에 지나지 않았다고 생각된다. 따라서 우리는 사실에 근거해 이 문제를 설명할 필요가 있다고 본다.

1. 세계 각지에서 출토된 모신母神

1) 국외에서 출토된 모신母神 조각상

모체숭배는 아마도 모계씨족제母系氏族制 초기에 태동했다고 보는데, 역사 단계의 발전은 인류의 공통적 경험인 까닭에 모체숭배 역시 인류의 공통적 의식형태라고 볼 수 있다. 다만 그 표현된 형식이 서로 다를 뿐이다. 해외에서도 이 시기 유적지 중에서 일찍이 여성의 특징이 두드러지게 표현된 각종 형태의 여성 조각상이 출토되었는데, 이것이 바로 모체숭배에 대한 상징이라고 하겠다. 여성을 조각한 모신母神 조각상은 서유럽부터 시베리아에 걸친 광범위한 지역에서 발견되고 있는데, 이것은 여성의 특징을 극도로 과장(유방이 높이 솟아있고, 복부가 타원형이며, 어깨가 풍만하다)하는 동시에 여성의 생육과 무관한 부분을 생략하고 있어 예술가들의 눈에는 인류 최초의 예술품으로 여겨지고 있다.

모신母神 조각상은 아주 광범위하게 분포되어 있다. 예를 들면, 프랑스, 오스트리아, 이탈리아, 체코, 소련, 이집트, 그리스, 터키, 인도 등의 여러 나라에서 발견되고 있으며, 근래에는 중국의 요녕성 동산취東山嘴 신석기 시대 유적지 중에서도 출토되고 있으나, 가장 많이 발견되는 곳은 역시 유럽 지역이라고 하겠다. 지금 비교적 대표적인 성격의 예들을 소개하면 다음과 같다.

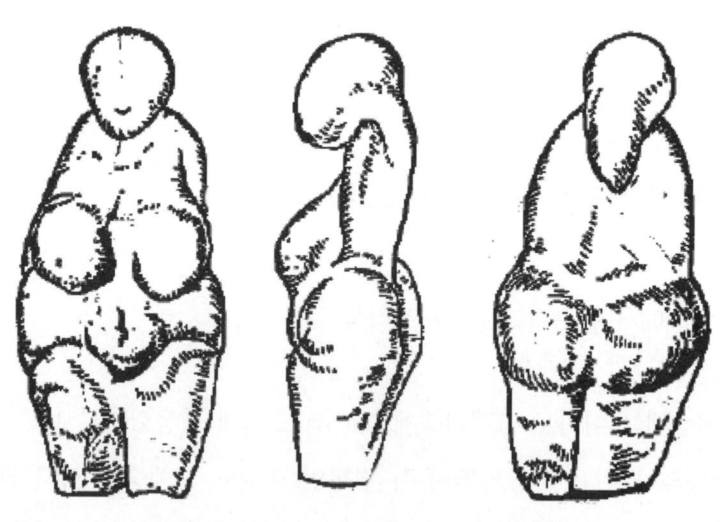

〈그림 1〉 이탈리아의 그리말디Grimadi 모신母神

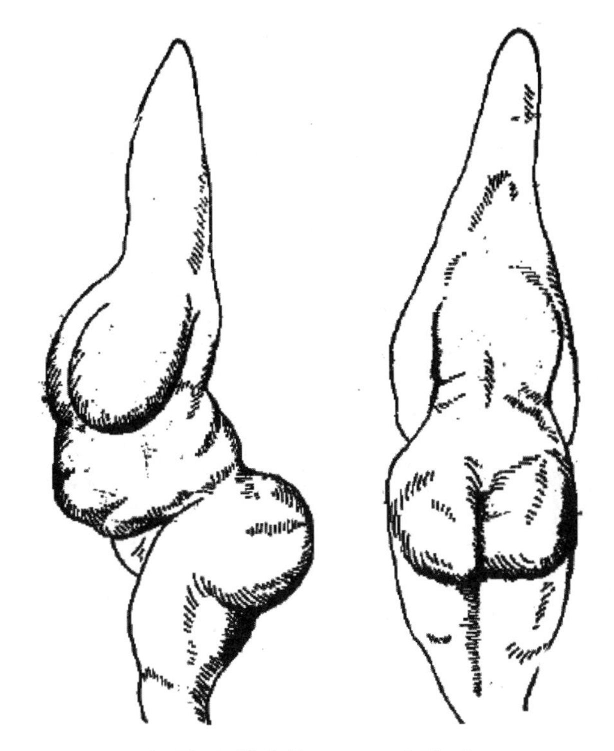

〈그림 2〉 **샤비나노**Savignano **모신**母神

이것은 황색의 동석凍石 조각상으로, 두부頭部에는 오관五官이 없으며, 팔은 간략하면서도 모호하다. 유방과 복부, 그리고 어깨부위가 솟아오른 공모양으로 대단히 두드러져 보인다.

이것은 이미 발견된 모신 조각상 중에서 가장 큰 것 가운데 하나로 높이가 22cm나 되는데, 머리도 없고 다리도 없다. 그리고 상하가 마치 송곳처럼 생겼으며, 허리는 가늘고 어깨는 크게 부풀어져 있다. 유부乳部와 복부가 두드러진 편이지만 전체 몸집의 선과 조화롭게 어우러져 있다.

프랑스의 로셀Laussel 동굴에서 발견된 『뿔잔을 잡고 있는 여상』은 지금까지 세계에 알려진 부조浮雕 중에서 가장 이른 시기에 출현한 인체 부조로서 지금으로부터 약 3만여 년 전의 것으로 추정된다(<그림 3>).

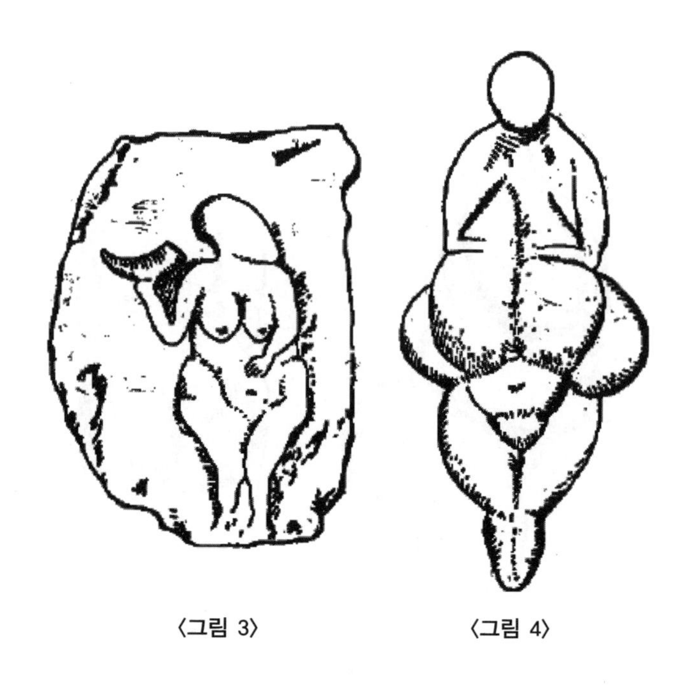

〈그림 3〉 〈그림 4〉

라우스푸케Lauspuque의 모신母神(<그림 4>)은 조각상의 하반신이 특히 부풀어 있는 데 비해 상반신이 유별나게 가늘며, 복부는 앙상하게 말라 있어 푹 들어간 공간과 크게 튀어나와 있는 허리부분, 그리고 복부가 선명한 대조를 이루고 있다. 가늘고 작은 팔뚝은 가볍게 거대한 유방위에 올려져 있다. 더욱이 유방은 묵직하게 아래로 처져 있어 마치 성숙한 한 쌍의 조롱박葫蘆처럼 보인다. 또한 복부는 삼각형처럼 튀어나와 있으며, 복부 윤곽은 넓적다리로부터 융기하여 궁형의 모습을 보여 주고 있으며, 아랫다리는 유난히 가는 형태를 띠고 있다.

오스트리아의 빌렌도르프Willendorf 모신母神(<그림 5>)은 높이가 11cm로 여성의 특징이 두드러지게 나타나 있다. 거대한 두 개의 유방이 가슴 앞에 늘어져 있어 비대한 어깨부위와 앞뒤로 선명하게 대비되어 보이는데, 이와 같은 과장된 수법으로 왕성한 생육 능력을 가진 여성의 형상을 만들어 내었다.

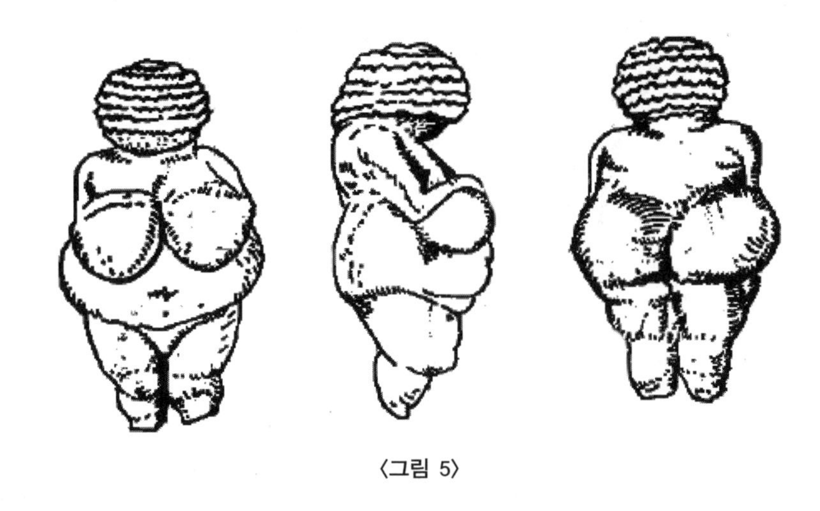

〈그림 5〉

소련의 그라리노프 모신 중에 어떤 것은 앞에서 언급한 이탈리아의 그리말디 모신母神과 오스트리아 빌렌도르프 모신母神이 서로 매우 닮은 형상을 보여 주고 있다(<그림 7>).

모신 조각상은 유럽에서 출토된 것이 가장 많으며, 이외에도 아시아 일부 국가에서 발견되고 있다. 예를 들면, 인도, 터키 등이다. 그러나 이들은 시대가 비교적 늦은 편이다. 예들 들면, 터키의 모신이다(<그림 8>).

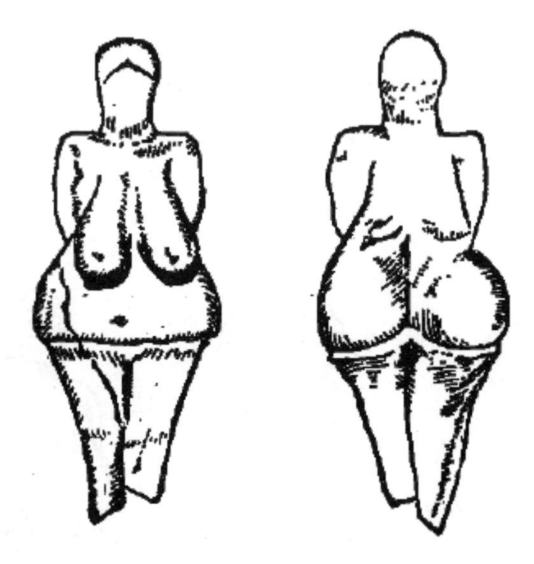

〈그림 6〉 돌키 베스토니체Dolki Vestonice 모신母神

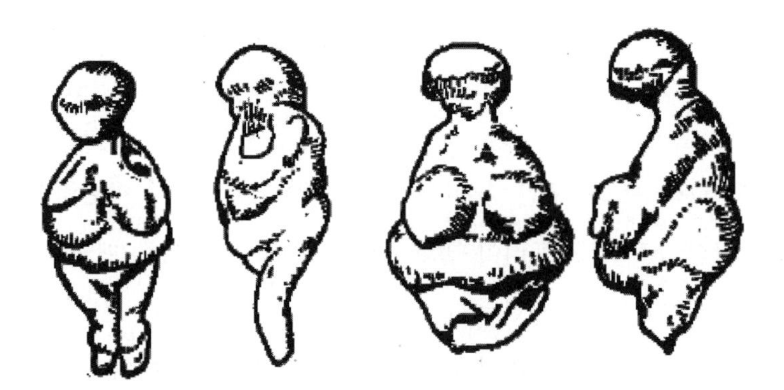

〈그림 7〉 오스트리아 빌렌도르프 모신母神

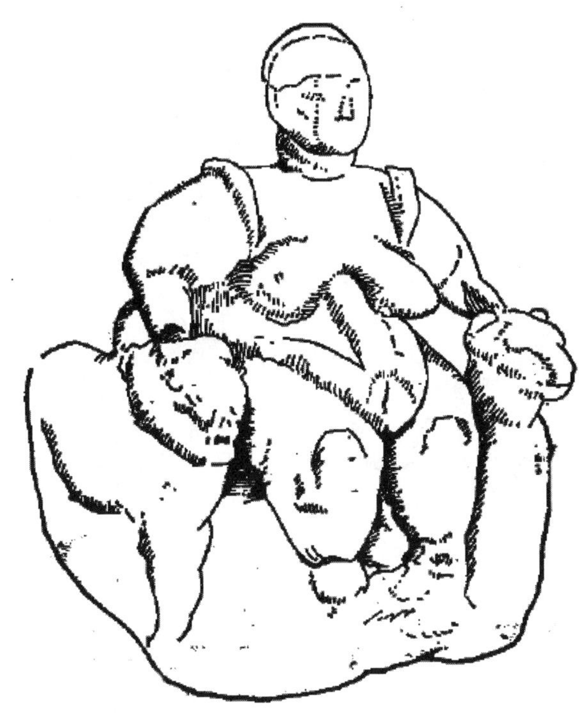

〈그림 8〉 터키의 모신 조각상

2) 중국 요녕 동산취東山嘴의 모신母神 조각상

1982년 중국의 동북 지역에 위치한 요녕성의 동산취東山嘴에서 점토로 빚은 2개의 모신母神 조각상그림 9, 그림 10이 발견되었는데, 하나는 왜소하면서 뚱뚱한 반면, 다른 하나는 호리호리하지만 둘 다 모두 다른 모신母神들과 마찬가지로 생명을 잉태하여 키우는 복부와 넓고 큰 어깨부위를 과장되게 표현하였지만, 머리도 없고 다리도 보이지 않는다. 그렇지만 몸 전체가 균형을 이루고 있다. 대략 신석기시대의 작품으로 추측된다.

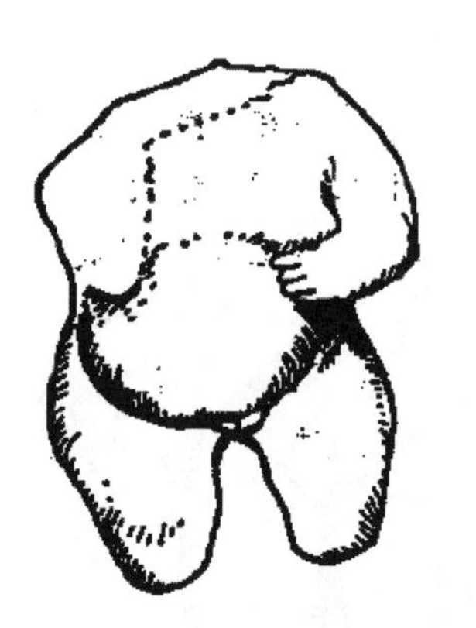
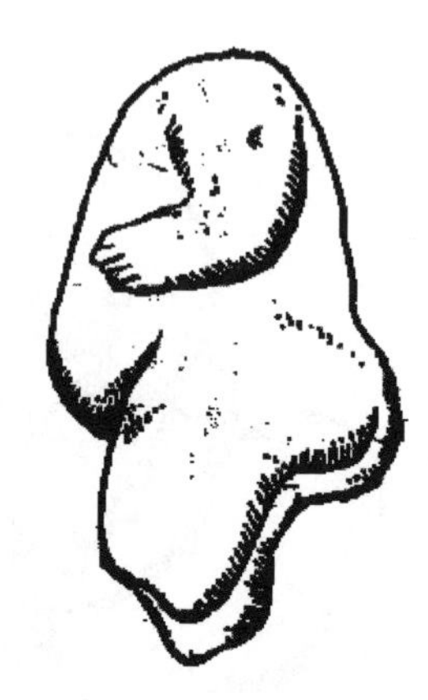

〈그림 9〉 중국 요녕 동취산 모신 조각상-1

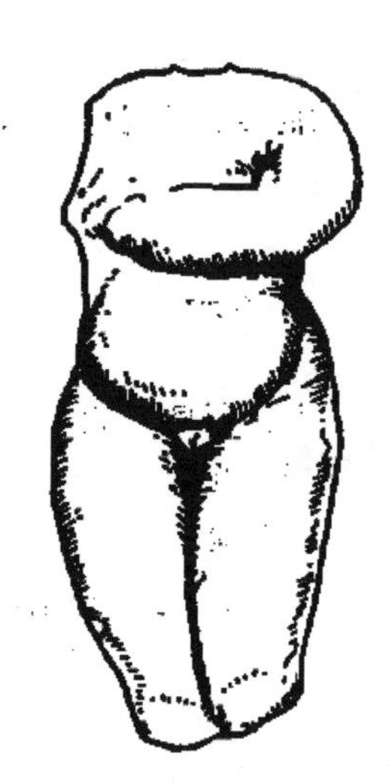
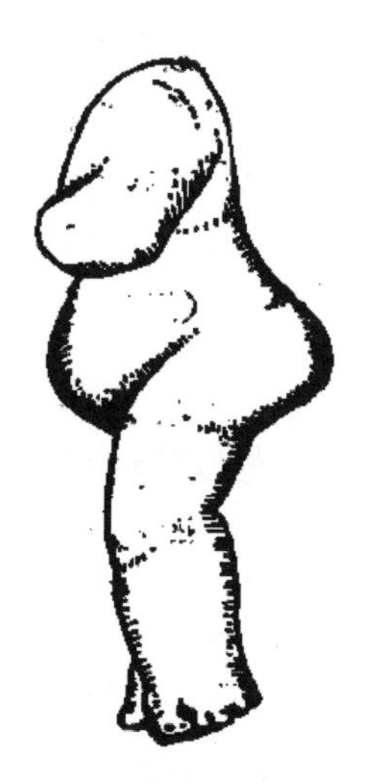

〈그림 10〉 중국 요녕 동취산 모신 조각상-2

일찍이 한 소련의 학자가 다음과 같이 지적한 바 있다.

> 신석기시대 에게해 지역만의 특별한 물건은 점토를 굽거나, 혹은 돌을 사용해 작은 조각상을 만드는 것이었는데, 특히 여인상을 흔히 볼 수 있다.……시칠리아와 크레타에서 신석기시대 주민이 살았던 곳에서 대부분 여자 조각상이 발견되었다. 이것은 아마도 주민들이 숭배했던 신령이었던 것으로 보인다. 제사祭司 여성은 모친母親이었는데, 이것은 모권제母權制 특유의 현상이라고 하겠다. 이 점은 모든 사람이 주지하다시피 모계만을 친족관계로 여겼던 부권제 이전의 발전 단계로서, 부녀자가 마을의 경제와 사회의 주도적 역할을 담당한 시기였다. 그래서 부녀자의 이러한 지위는 신석기시대 사람들의 종교적 관념 속에 반영되어 있다.

혈연군혼血緣群婚시대로부터 씨족사회에 이르기까지 인류 자체의 생산은 모두 사회발전과 불가분의 관계를 가지고 있었던 까닭에, 부녀자가 인류 자체의 생산뿐만 아니라 인간의 생육과 부양을 담당하였다. 또한 모성애는 원시인류가 의지하며 생활할 수 있는 중요한 안식처였던 까닭에 수많은 민족이 초기 예술 작품 속에서 존중과 존경을 표현한 것은 지극히 자연스러운 일이었다. 그래서 지금까지도 일부 민족의 전설과 생활 속에서 여전히 모신母神, 혹은 변형된 여신女神에 대한 숭배를 찾아볼 수 있다.

2. 각 민족이 지금까지 숭배하는 여신女神

무리를 이루고 살았던 원시시대 초기에는 인류가 그 어떠한 것도 숭배의 대상으로 삼지 않았다. 그러나 모씨제母氏制 초기에 이르러 사람들이 모체母體를 숭배의 대상으로 삼기 시작하면서 신이라는 관념이 생겨 여신숭배로 발전하게 되었는데, 이러한 현상은 당시에 지극히 자연스러운 일이었다. 이족彝族이 여신과 암컷 호랑이母虎를 서로 연계해 숭배하듯이 다른 민족들 역시 종종 여신과 토템물圖騰物을 연계해 숭배하였다. 따라서 이러한 사실에 비춰볼 때, 각 민족이 숭배의 대상으로 삼았던 최초의 신이 대부분 여신이었다는 사실은 의심의 여지가 없어 보인다. 만일 우리가 그 근원을 거슬러 올라가 살펴본다고 해도, 제신諸神의 기원은 응당 여신일 것이다. 이러한 사실은 민족학 자료를 통해서도 어렵지 않게 찾아 볼 수 있다.

1) 제모절祭母節

운남성의 신평현新平縣에 거주하는 합니족哈尼族의 한 갈래인 잡다인卡多人들은 지금까지도 여전히 "제모祭母"활동을 거행해 오고 있다.

매년 음력 2월 첫 번째 소牛 날이 되면 잡다족卡多族 산채山寨에서는 모든 농사활동을 중지하고, 아침 일찍부터 젊은이들은 산에 올라가 들짐승을 사냥하고, 부녀자들은 강가에 나가 물고기를 잡는다. 이것은 바로 어렵漁獵 경제가 남겨 놓은 역사적 흔적이라고 할 수 있다. 그리고 성년 남자들은 집에서 돼지와 양을 잡아서 태양이 사람의 머리 위에 뜰 때, 사람들은 모체를 상징하는 커다란 나무 앞에 좋은 술과 음식을 차려 놓는다. "제모祭母" 활동을 주관하는 연장자가 "제모"를 시작한다는 선포식을 알리면, 이와 동시에 옆에 설치해 둔 큰북과 징鉦鑼이 일제히 울리며, 일찌감치 모수母樹 앞에 서있던 남녀노소가 일제히 『은모恩母』를 노래하기 시작한다.

> 모체母體로 섬기는 나무를 앞에 세워 놓고
>
> 모두 나무를 쳐다보며 눈물을 줄줄 흘리네.
>
> 아무리 많은 노래를 불러도
>
> 모친의 은정恩情을 다 부를 수는 없다네.
>
> 산과 샘물이 마르지 않는다지만
>
> 모친의 정만큼 오래 가는 것은 없네.
>
> 영웅도 모친이 키운 것이니
>
> 아피사마阿皮梭磨 역시 모친이 있다네.

노래가 끝나면 온 마을寨 사람들은 연령에 따라 차례로 앉아 술과 음식을 먹으며, 노인들의 지나간 과거로부터 부모와 시부모에 대한 자녀들의 이야기들을 석양이 질 무렵까지 이어간다. 여기서 제사祭祀의 대상은 어떤 구체적인 모친母親이라기보다는 대수大樹의 화신이자 인류, 혹은 민족을 양육하는 모체母體의 상징으로써 사실상 인류 초기의 여신女神을 가리킨다.

사람이 세상에 태어나면서 처음으로 친밀함을 느끼는 사람이 바로 모친母親이다. 모친은 사람들에게 생명과 씨족의 번영을 가져다준다. 사람들은 자연스럽게 모친에 대한 존경으로부터 숭배에 이르게 된 것이며,

또한 사람들은 이러한 관념을 누구나 쉽게 받아들일 수 있는 방식으로 표출한 것이다. 즉 이러한 숭배의 역사가 오래 전해지면서 자연스럽게 여신에 대한 숭배로 발전하게 되었다고 볼 수 있다.

운남성 홍하紅河의 남쪽 강가와 내지에 거주하는 합니족哈尼族은 다신多神을 숭배하는데, 주요 신으로 "천녀天女", "오마奧瑪", "천신天神", "아취阿臭", "산공山公", "산모山母", "용수신龍樹神", 그리고 "가신家神" 등을 들 수 있으며, 이중에서 "오마奧瑪"는 최고의 신神이자 만물의 창조자로 추존되고 있다.

영녕永寧의 납서족納西族은 여신을 최고의 보호신으로 여기는데, 그들이 모시는 여신은 간목干木여신으로, 현지에서 가장 높고 웅장한 사자산獅子山이 바로 이 여신을 상징한다. 이외에도 파정납목巴丁拉木이라는 여신과 생육 여신인 "나제那蹄 등을 모신다. 그리고 제사를 지내는 여신은 대부분 자손의 번창과 오곡의 풍성을 기원하는 신으로 모셔지고 있다.

이족彝族이 모시는 호신虎神은 바로 암컷호랑이母虎를 가리킨다. 그래서 그들은 산신묘山神廟 중앙에 일력비日曆碑를 세워 놓고, 그 위에 "모호일력母虎日曆"이라는 명문을 새겨 놓았다. 남녀의 선조를 일컬어 "열나마涅羅摩", 즉 모호조母虎祖라고 불렀으나, 부계씨족사회에 이르러 "납마拉摩"라고 일컬어졌다. 그 의미 역시 모호母虎라는 뜻을 가지고 있다. 양산凉山의 이족은 지금까지도 남자들은 모호母虎를 가리키는 "납막拉莫"이라는 말을 자신의 이름으로 삼고 있는데, 이 모든 것이 우연하게 생겨난 것이라기보다는 모계씨족제시대의 숭고한 지위가 반영된 결과라고 하겠다.

2) 선조모先祖母 "살단薩壇"

상湘・계桂・검黔 경계 지역에 거주하는 동족侗族은 "살단薩壇"에게 제사를 지내는데, 이는 "선모先母"신을 의미한다. 용승龍勝 지역의 각 민족자치현에 거주하는 동족은 몇 개의 마을寨로 구성되어 있으며, 주민이 많이 사는 지역을 "당塘"이라고 일컫는다. 그리고 각 당塘의 중심에는 평평한 바위 위에 청석靑石으로 보루형태의 석단石壇을 쌓고, 그 석단 옆에 풍수수風水樹를 한 그루 심는다. 그리고 석단을 화성암火成巖으로 꽃무늬처럼 꾸미는데, 이것이 바로 동족侗族 사람들이 "살단薩壇"이라 일컫는 노천 신단神壇이다. "살薩"은 한어漢語의 "선조모先祖母"라는 뜻으로, "살단薩壇"이란 바로 "선조모의 전殿"이라는 의미를 가지고 있다. 이곳에 모시는 신이 바로 동족侗族의 선조 여신이다.

동족 사람들은 "선조모先祖母"를 경건하고 정성스럽게 모신다. 그래서 그들은 새롭게 이주할 때마다 먼저 좋은 땅을 골라 "살단薩壇"과 고루鼓樓를 세우고 난 후에 자신들의 집을 지었다고 한다. 또한 해방 전에는 사시四時와 팔절八節이 되면 선조모에게 향을 피우고 차를 공양하였으며, 경작이나 출정出征할 때도 여신에게 기도를 올렸다고 한다. 선조모의 탄신일이 되면 온 마을寨의 부녀자들이 "살단薩壇"에 모여 제사를 드리는데, 오직 성년의 부녀자들만 단壇에 들어갈 수 있었다고 하며, 사람들은 각자 황두黃豆, 미화米花, 찹쌀 등으로 만든 경단이나 찻잎, 그리고 차유茶油 등을 공양하며 선조모를 찬양하는 노래를 불렀다고 한다.

> 높은 산과 높은 산이 이어져 있으니
> 우리를 보호해 주는 장벽이라네.

아, 우리의 신성하신 조모祖母여!

당신은 이 심산에 비추는 햇빛이십니다.

제단祭壇의 바위가 이렇게 밝게 빛남은

당신이 우리 곁을 떠나지 않았음을 보여 주시는 것이고

제단 옆의 거목이 이렇게 짙푸름은

당신의 보살핌이 두루 미치기 때문입니다.

이러한 "살단薩壇"에 대한 제사 활동은 종종 3일 동안 이어지기도 하는데, 첫째 날은 선조모先祖母를 축복하는 행사를 성대하게 지내며, 이튿 날은 동향侗鄕의 오곡과 가축의 풍성한 수확을 기원한다. 그리고 셋째 날은 중생에 대한 안녕과 보우를 기원한다.

이처럼 모계씨족사회에 기원을 두고 있는 여시조女始祖에 대한 숭배관념이 대대로 전승되는 과정에서 새로운 내용으로 지속 발전되면서, 어떤 사람은 그녀가 백성들을 이끌고 황제皇帝와 관부의 압박에 저항한 여영웅女英雄으로 표현하기도 했으며, 어떤 사람은 그녀가 삼국시기 맹획孟獲의 처였는데, 민족의 수난을 피해 백성을 이끌고 산속에 들어가 "동서侗書"를 창조하고 동족의 역사와 생활지식 등을 기록했다고 말하기도 한다. 그렇지만 그 내용이 어떻게 변했던 간에 이야기 속에서 숭배 받는 여성의 신분이 그대로 보존되어 있음을 볼 때, 이를 통해서도 상고시대 모계사회의 흔적을 어느 정도 엿볼 수 있다.

3) 모신母神 "밀낙타密洛陀"

모신母神을 가리키는 "밀낙타密洛陀"라는 말은 광서성 도안都安의 요족자치현瑤族自治縣에 거주하는 요족의 여신을 일컫는 말로서, 그들이 가장 보편적으로 숭배하는 대상이다.

"밀낙타密洛陀"라는 말 중에서 "밀密"은 모母라는 의미이며, "낙타洛陀"는 요어瑤語로 신이라는 의미를 가지고 있다. 그래서 이 두 말을 합치면 모신母神이라는 의미가 된다. 포노요布努瑤의 신화와 전설 중에서 밀낙타密洛陀는 하늘을 떠받치고 땅 위에 우뚝 선 시조신始祖神의 형상으로 표현되고 있다. 그녀는 천지 사이에 우뚝 설 정도로 키가 크고 몸이 커서 동해 바다가 그녀의 발바닥에도 미치지 못했으며, 대지 역시 그녀가 두 다리를 뻗을 수 있을 만큼 넓지 못했다고 한다. 또한 그녀는 재주가 뛰어나고 전지전능하여 우주만물을 창조했다고 한다. 전설에 따르면, 밀낙타密洛陀가 천지를 창조하기 전에 하늘과 땅이 하나로 뒤엉켜 있었다고 한다. 그녀가 천지 사이에서 9천 9백 년 동안 잠을 자다가 깨어나 우주 사이에 틈이 벌어진 것을 보고 두 팔을 위로 뻗으니 그 높이가 9천장이나 되었고, 두 다리로 아래를 밟으니 그 깊이가 3척이나 되어 비로소 천지로 나누어지게 되었다고 한다. 그리고 그녀가 손으로 하늘에 크고 작은 두 개의 원을 그리고 나서 두 손을 가슴에 대고 묵념을 하자 해와 달이 만들어졌다고 하며, 또한 한 줌의 진흙과 모래를 집어 하늘에 뿌리자 진흙과 모래가 별이 되었다고 한다.

또한 밀낙타密洛陀w는 화신花神인 "아우아월雅友雅月"을 지상에 보내 온갖 종류의 꽃씨를 뿌리고, 수신樹神인 "포도아우布挑雅友"를 지상에 내려 보내 대지 위에 온갖 종류의 나무를 심도록 하였다고 한다. 그리고 이어서 "잡정卡亭"신을 내려 보내 산을 옮겨 농장을 만들고, "나반羅班"신을 내려 보내 강을 열어 물을 다스리도록 했다고 한다. 그리고 그녀는 두 명의 대신大神을 불러 열두 말의 쌀을 찧게 한 후, 직접 손으로 열두 가지 종류의 짐승 모양을 만들어 커다란 항아리 속에 넣고 세 번 입김을 불어넣은 다음 덮개를 덮고 72일이 지나자 항아리 속에서 닭·오리·거위·새 등과 같은 날짐승이 나왔으며, 다시 120일이 지나자 돼지·양·개 등과 같은 동물이 나왔다고 한다. 그리고 다시 270일이 지나자 소·말·나귀 등이 나오고, 360일이 지나자 날아다니거나 걸어 다니는 온갖 동물들이 쏟아져 나왔다고 한다.

이어서 그녀는 동물을 만든 방법대로 사람을 창조하고자 하였으나 9일이 아홉 번 지난 81일이 되자 모두 술로 변해 버리고 말았다고 한다. 하지만 밀낙타는 이에 의기소침하지 않고 산에 올라가 밀랍을 찾아와 사람의 머리와 몸을 만들고 나뭇가지와 야채줄기로 다리와 손을 만들어 4개의 커다란 항아리에 넣고 옷을 벗어 덮은 다음 정성을 다해 보살폈다. 그리고 다시 270일이 지나 항아리를 열어 보니 완전한 사람의 모습으로 변해 있었다. 첫 번째 항아리에서 10남 10녀가 나와 한족漢族이 되었으며, 두 번째 항아리에서 9남 9녀가 나와 장족壯族이 되었다. 그리고 세 번째 항아리에서는 5남 5녀가 나와 묘족苗族이 되었으며, 네 번째 항아리에서 3남 3녀가 나와 바로 요족瑤族이 되었다고 한다.

포노요족布努瑤族에게 있어 1년 중 가장 큰 명절은 음력 5월 29일 달노절達努節인데, 이 날이 바로 전설 속에서 말하는 밀낙타密洛陀의 생일이라고 한다. 전해 오는 바에 따르면, 밀낙타는 매년 이날이 되면 천상에서 인간세계에 내려와 포노요족布努瑤族의 각 집을 돌아다니며 자손을 돌본다고 한다. 그래서 이날이 되면 집집마다 여신에 대한 경의를 표시하기 위해 좋은 술과 돼지고기를 준비해 제사를 지내며, 또한 함께 모여 경축활동을 거행한다. 이때 사람들은 춤과 함께 여러 가지 경축활동을 하며 기원하는데, "달노達努"라는 말의 의미는 잊지 말자는 뜻으로, 영원히 모친의 은혜를 기억하자는 의미를 지니고 있다.

천지를 창조한 밀낙타는 한족의 신화 속에 보이는 여와女媧와 매우 흡사한 성격뿐만 아니라, 반고의 업적과 유사한 측면도 엿볼 수 있다. 이와 같이 전설 속에 보이는 그녀의 형상을 통해 사람들의 사유가 작은 모신母神 조각상을 제작하던 시대로부터 이미 크게 발전했다는 사실을 엿볼 수 있다. 초기 인류가 생활 속에서 모체에 대한 숭배의식이 싹텄다고 한다면, 이후 모신母神 조각상이나 기타 대체물이라고 할 수 있는 조롱박葫蘆, 수간樹干 등에 기탁함으로써 그들이 숭배한 신의 능력 역시 점점 더 커져 하늘까지 떠받칠 수 있는 밀낙타와 같은 형상을 갖추게 되었다고 볼 수 있다. 모신 조각상이 인류가 남겨 놓은 최초의 예술 흔적으로 볼 수 있지만, 천지와 우주에 대한 인류의 인식을 찾아보기 어렵다는 점에서 밀낙타의 형상을 원시인류의 발전된 관념적 표현으로 볼 수 있을 것이다. 이야기 속에서 밀납, 찹쌀, 야채줄기 등을 이용해 사람을 창조했다는 사실로 미루어 볼 때, 인류가 상당한 생산 경험을 쌓은 이후에 비로소 등장하게 된 산물이었다는 사실을 짐작해 볼 수 있다. 즉 여신의 형상은 인류가 진화하는 과정 속에서 지속적으로 발전하며 완성되었다는 사실을 설명해 주는 것이다. 밀낙타의 이야기 가운데 항아리 속에서 사람이 나왔다는 이야기 역시 어렴풋하게나마 초기 모체숭배에 대한 흔적을 보여 주고 있는데, 이는 여신숭배에 대한 유래와 발전상황을 반영한 것이라 볼 수 있다.

4) 북탁마마佛托媽媽와 마마媽媽의 주머니

중국의 북방에 거주하는 만족滿族은 대부분 "불탁마마佛托媽媽"를 숭배하고 있는데, 만어滿語로 "불탁佛托"이란 말은 여러 가지 의미를 가지고 있다. 첫 번째는 기치, 혹은 깊은 뿌리 등의 의미를 가지고 있어 시모始母, 혹은 조상을 가리킨다. 그래서 요녕성 남쪽의 수암현岫巖縣에 거주하는 만족은 신판神板(판자를 벽 사이에 설치하고, 그 앞에 향을 피워 신을 예배하는 동북 지방 특유의 풍속) 앞에서 발원을 하며, 입으로는 "불탁마마노선인佛托媽媽老先人"이라는 말을 읊조린다. 두 번째는 만족 노인 중에서 도신跳神(동북 지방에서 새해에 춤추며 신에게 제사지내던 옛 풍속)의 의례에 대해 잘 알고 있는 대차마大叉瑪의 말을 빌리자면, 불탁佛托은 "여음女陰"를 빗대어 말한 것이라고 한다. 과거 민간에서 모시던 불탁마마佛托媽媽 가운데 어떤 것은 나체의 모습을 하고 있었다는 사실로 미루어 볼 때, "불탁佛托"이 어디에서 왔는지 후인들에게 시사해 주는 바가 크다. 세 번째는 "불탁佛托"이란 말이 버드나무 가지, 혹은 버드나무 잎 등의 의미를 지니고 있어, 민간에서 "유지마마柳枝媽媽"라고도 부른다는 점이다. 그래서 많은 지역에서는 이 여신의 형상을 여전히 유지柳枝로 표기하고 있다. 버드나무 가지의 특징이 버드나무 잎에 있기 때문에 버드나무 잎이 여음女陰을 상징한다는 것이다. 이상의 세 가지 의미를 종합해 보면, "불탁佛托"이라는 말이 여음女陰을 빗대어 말한 것이거나, 혹은 버드나무 잎 모양을 묘사한 것, 혹은 시모始母의 자격으로 그 지위를 설명해 놓은 것으로 볼 수 있다.

과거에 만족이 거주하던 집의 서쪽 벽 위에는 조상의 판자가 모셔져 있는데, 그 조상의 판자 북쪽에는 불탁마마佛托媽媽의 신위가 모셔져 있었다. 불탁마마의 형상은 지역마다 다르고 또한 차이를 보인다. 그래서 어떤 것은 버드나무 가지를 꽂아 모시기도 하고, 어떤 것은 목우木偶를 불탁마마로 모시기도 한다. 그렇지만 이 중에서 가장 많은 형태는 밑은 넓고 위는 뾰족한 노란 천으로 만들어 걸어 놓는 마마媽媽 주머니이다. 마마 주머니 안에는 수장數丈이나 되는 명주실이 담겨 있는데, 이를 손승孫繩, 혹은 장명승長命繩이라고 부른다. 그리고 그 명주실 위에 작은 활과 화살(이는 남성의 자손을 상징한다)을 매달아 놓거나, 혹은 붉은색이나 남색 천(여성 자손을 상징한다)을 매달아 서쪽 벽 위에 걸어 놓고 사람들이 함부로 만지지 못하게 한다.

만주족의 언어滿語로 마마媽媽라는 말은 한어漢語의 "내내奶奶", 혹은 "낭낭娘娘"이라는 의미를 지니고 있어, "불탁마마佛托媽媽"라는 말은 "시조모始祖母"로 번역하는 것이 타당할 것이다. 하지만 민속사에서는 불탁마마를 오래된 여신으로 설명하고 있다. 불탁마마를 어떤 곳에서는 버드나무나 느릅나무, 혹은 복숭아나무를 깎아서 만든다. 이러한 습속이 언제부터 시작되었는지 자세히 알 수는 없지만, 이는 분명 생식숭배生殖崇拜와 관련 있어 보인다. 일부 가정집에서는 불탁마마를 마마媽媽 주머니로 삼기도 하는데, 이 주머니 자체가 어떤 의미를 담고 있는지 우리가 감히 함부로 말할 수는 없지만, 이 주머니와 그 안의 물품을 제작할 때는 항상 집에서 촌수가 가장 높고 나이가 많으며, 또한 자손을 많이 둔 사람을 모셔와 만드는 것을 보면, 이는 분명 그 사람의 손을 빌려 자신의 가족이 번창하기를 기원하는 바람이 담겨 있다고 볼 수 있다. 따라서 "환쇄換鎖(자손 줄을 바꾸는 의식으로 부귀장수를 기원함)"의식은 충분히 불탁마마의 지위를 보여준다고 하겠다. 환쇄換鎖는 남자아이와 여자아이의 목에 걸었던 줄을 새것으로 바꾸는 것을 가리킨다. 근세近世 길림성 지역의 만족이 자손 줄鎖을 바꾸는 의식을 보면, 대체로 마마媽媽 주머니를 찢고 쇄승鎖繩 : 자손 줄을 꺼내 정원에 있는 버드나무 가지 위에 매달아 놓은 다음 의식이 시작되면 차마叉媽가 신가神歌를 외우고 주인은 집안 식구들과 함께 절을 하며 평안과 복록을 기원한다. 기원이 끝나면 자손들의 자손 줄을 바꾸는데, 자손 줄을 바꾼 후에 낳은 아이는 성별에 따라 활과 화살, 혹은 천 조각을 걸어두었다가 딸이 출가하면 떼어낸다. 따라서 이 자손 줄에 매달린 물건은 그 집안의 식구, 성별, 촌수 등의 상황을 알려주는 문자 없는 족보라고 할 수 있다. 평소에 자손 줄을 "마마구대媽媽口袋", 즉 모복母腹 안에 넣어 두었다는 것은 그녀가 모두의 시조라는 사실을 설명해 주는 것이며, 또한 그녀의 양육과 보호에 대한 은혜를 잊지 않겠다는 의미를 담고 있다. "환쇄換鎖"할 때는 자손 줄의 한쪽 끝을 마마주머니에 묶고, 또 다른 한쪽은 버드나무 가지 잎에 묶는데, 이렇게 줄로 연결하는 것은 시모始母로부터 자손이 오래도록 번창하기를 기원하는 의미를 담고 있다. 그래서 불탁마마佛托媽媽에 대한 후세 자손들의 제사는 바로 기복과 보은의 의미를 담고 있다. 불탁마마에게 제사 지내는 신사神詞 가운데 여주인이 자신의 몸으로 낳은 자녀가 있다는 사실을 반복해 강조하는 말이 있는데, 그 말이 바로 "구대소생口袋所生, 이유엽이발以柳葉而發"이라는 구절이다. 이 말을 들으면 우리도 모르게 씨 많은 조롱박葫蘆이나 배가 불룩 튀어나온 조각상, 혹은 모체母體의 형상을 떠올리게 한다. 불탁마마가 비록 사람들에 의해 조상으로 모셔지고 있지만, 그녀는 분명 한 집안의 조상이자 또한 전체 민족의 여시조를 상징한다. 즉 사람들이 불탁마마를 경건하게 모시는 이유는 씨족사회시기에 자신들의 무리群體에게 생명을 주었을 뿐만 아니라, 지금의 자손들 역시 여전히 그녀의 사랑과 비호를 받는다고 믿고 있기 때문이다. 이를 통해서 우리는 모체숭배에 대한 역사가 매우 유구하다는 사실을 엿볼 수 있다. 하지만 이러한 숭배의 역사가 너무 아득하고 먼 까닭에, 사람들은 그 기원을 잊고 후에 일어난 일을 가지고 그럴듯하게 꾸며 말하지만, 그 실상을 말하는 것은 쉽지 않은 일이다. 그래도 다행스러운 일은 현존하는 민속학적 현상이 "불탁마마"에 대한 요체를 명시해주고 있다는 점이다. 그렇기 때문에 어떤 의미에서 볼 때, "마마구대媽媽口袋"와 이족의 "조령祖靈 조롱박葫蘆"이 그 표현방식에서 차이를 보이고 있지만, 그 의미는 사실 같다고 볼 수 있다.

5) 기타 여신女神의 숭배

장족狀族의 옛 노래인 『여낙갑敉洛甲』 중에서 세상을 창조한 여신 여낙갑敉洛甲은 유일한 지존적 창세創世 여신의 지위에서 벗어나 복낙타卜洛陀의 배우자로 발전하였고, 복낙타卜洛陀가 창세신의 위치를 대신한 후에는 혼인과 생육을 주재하는 여신으로 발전하였다.

동족侗族의 사시史詩인 『알망분도시가嘎茫芬道時嘉』에서는 창세의 여신 살천파薩天巴와 그 후대 신의 업적을 노래하였는데, 여기서 살천파는 여전히 유일한 창세의 여신으로써 그 지존적 지위를 유지하고 있다.

모난족毛難族의 『창세가創世歌』 중에는 반盤과 고古 두 명의 신이 등장하는데, 반盤은 여동생을 가리키고, 고古는 오빠를 가리킨다. 홍수가 발생한 후에 이 두 사람이 결혼하여 인류를 번식시켰다고 한다. 옛 노래에서는 여동생인 반盤을 중심으로 전후 5대의 신을 노래하였다.

묘족의 신화인 『납라인구화타적신자신손納羅引勾和他的神子神孫』 중에는 납나인구納羅引勾가 광서성 융수融水에 거주하는 묘족의 창세創世 남신으로 등장하는데, 그는 어려운 문제에 부딪힐 때면 오사오열烏篩烏列(銀河)에 사는 파파무라무소婆婆務羅務素라는 신을 찾아가서 가르침을 구하였다고 하는데, 이 신화 속에서 여신의 지위가 남신보다 높다는 흔적이 뚜렷하게 보인다. 수많은 지역에서 묘족이 숭배하는 호접마마胡蝶媽媽 역시 묘족의 조인造人 여신을 가리킨다.

일본의 학자 구구구조씨沟口驅造氏는 "고대의 문화는 어쩌면 여신에 대한 숭배로부터 발전되어 왔다고 말할 수 있다. 아시아를 비롯해 유럽과 아프리카는 물론 원시시대에 이미 모종의 어떤 문화를 가지고 있던 민족들이 모두 수많은 여신을 숭배했다고 상상해 볼 수 있다. 그 이유는 지금까지도 일부 학자들에 의해 인류문화의 발상지로 여겨지는 중앙아시아 지중해 연안의 문화권에서는 대표성을 지닌 오래된 여성신女性神들이 여전히 전해져 오고 있기 때문이다."

여신에 대한 신앙과 숭배는 이미 세계에 널리 분포되어 있는데, 이는 모체에 대한 숭배의 계승과 승화라고 볼 수 있다. 일부 여신의 지위가 후대에 와서 남신에 의해 대체되거나, 심지어 어떤 여신은 성별이 바뀌어지기도 하였다. 이러한 현상은 역사의 발전과 인간의 관념이 변화 발전되어 나타난 결과라고 할 수 있으며, 중국 각 민족의 예를 통해 이미 충분히 증명되었다. 이제 우리가 조금 더 광범위한 측면에서 이 문제를 살펴보면, 오스트레일리아의 아른헴Arnhem Land 동부지역에 위치한 우렌골Yurengor 부락의 신화에서는 모든 신의 시조모始祖母인 준커고바Junkegova가 대지를 유람한 이야기와 함께 토템에 관한 내용을 언급하고 있는데, 이는 아마도 오스트레일리아의 토착민이 이 지역에 기원을 두고 있기 때문인 듯하다. 수많은 부락의 신화와 전설을 근거로 살펴보면, 과거 여성이 종교 의식 활동에 참여했던 경우가 지금보다 훨씬 많았을 뿐만 아니라, 심지어 중요한 지위를 차지하고 있었다는 사실을 발견할 수 있다. 이를 통해 종교 활동에서 여성이 배제되기 시작한 것은 후대에 일어난 일이라는 사실을 짐작해 볼 수 있다.

일본의 아이누족 사람들은 가정의 융성과 가옥의 형태를 중시했는데, 이러한 관념은 그들 종교에서 가장 두드러진 특징이다. 그래서 그들은 집안의 화당火塘(방바닥을 파서 둘레를 벽돌로 쌓고 그 안에 불을 피워 따뜻하게 하는 구덩이)옆에 모여서 여화당주女火塘主와 여화신女火神을 화신化身으로 숭배하였다. 전하는 바에 의하면, 옛날의 모든 종교 의식은 여성이 주관하였다고 한다.

북아메리카 대륙에 거주하는 에스키모 사람들은 대부분 해양을 주재하는 정령을 숭배하였다. 그래서 캐나다의 에스키모 사람들은 바다의 정령을 여자, 즉 여해신女海神을 숭배하였다. 배핀섬Baffin Island에서는 이 여신神을 일컬어 "썬버트Sunbert"라고 부르는데, 그녀는 해저 밑바닥에 살고 있으며, 바다의 모든 동물이 이 해신海神으로부터 나왔기 때문에 어부의 물고기 역시 이 여해신女海神이 베풀어 준 은혜라고 생각하였다.

북아시아의 대부분 민족을 통해 볼 때, 불火은 바로 가정의 화당火塘을 가리키며, 여성을 그 화당의 여신으로 여겼다. 또한 화당火塘에 대한 숭배는 시베리아의 여러 민족 가운데 보편화 되어 있었으며, 그들은 화당火塘을 화파파火婆婆(길략크인), 화마마火媽媽(납내인), 화외파火外婆(에번크인), 화마마火媽媽(알타이인) 등등으로 일컬었다. 추크치인Chukchee과 코리아케인ChickCorea은 집집마다 사람의 형태를 닮은 목제木制 부시火鐮를 신성한 "보호자"로 경배하는 풍속을 가지고 있었으며, 또한 여성(코리아케인ChickCorea은 이를 일컬어 '목여木女'라고 한다)을 이러한 보호자로 삼았다.

코카서스의 여러 민족이 신봉하는 신은 대부분 농업이나 목축업과 관련이 있는데, 그중에서도 아부하쯔인Abkhaz들은 농업을 보호하는 달가達佳

를 가장 중요한 신으로 숭배하였다.

옛 슬라브의 제신諸神 가운데 여신은 아주 드물게 보이는데, 모코히는 러시아의 문헌과 고대 슬라브 신전神殿에서 "그 이름이 지금까지 민간신앙으로 전해 오는 신의 이름이다."

소련의 볼가강 유역의 모르도바인은 만물에 영혼이 있다는 지극히 소박한 관념을 믿었으며, 또한 모르도바인은 여성을 여러 가지 자연의 원소와 자연력自然力의 화신으로 여겼다. 예를 들면, 위디 — 아바(水母)・빌리(林母) — 알마 — 아바(風母)・노로브 — 아바(대지의 어머니, 풍요의 신)・유르트 — 아바(家母, 女灶神) 등등과 같은 경우이다. 상술한 형상은 마치 모계씨족제 시기의 모습을 떠올리게 하지만, 이후 나타나는 모습은 이러한 형상과 병존하는 남성의 화신으로 등장하고 있다.

3. 모체숭배 관념이 농후한 사회적 토대

1. 초기의 여성은 숭고한 지위를 향유하였다

인류가 계급사회로 진입하여 오늘날까지 발전해 오는 오랜 역사적 발전 과정 중에서 사적史籍, 혹은 사회적 현실 속에서 여성의 지위를 남성보다 낮게 평가되어 왔으나, 해외의 각 민족에게 전해오는 신화와 전설 속에서는 여신의 지위가 오히려 남신보다 중요한 위치를 차지하고 있다. 이러한 경향은 시대가 이를수록 더욱 더 그러한 현상을 보여 주고 있는데, 이는 바로 헹겔스가 "신화 속에서 보여 주는 여신의 지위는 초기에 여성이 자유와 존경을 받는 지위를 누렸다는 사실을 표명해 주고 있다."

고 말한 바와 같다. 당대의 일부 민족 가운데는 어떤 신비한 숭배의식을 거행할 때 여성의 참여를 금지하면서도 의식을 주관하는 남성이 오히려 여성의 모습으로 분장하는 황당한 상황이 일어나기도 하는데, 이는 오래 전의 사회적 현실을 반영한 것으로, 마치 이족의 남자들이 모호母虎를 자신의 이름으로 삼아 숭배한 상황과 같다고 볼 수 있다. 기낙족基諾族 중에도 이와 관련된 생동적인 예가 보존되어 오고 있다.

> 대단히 흥미로운 한 가지 현상은, 해방전 기낙족基諾族은 이미 부계제父系制가 이루어져 그 장노長老 역시 모두 남성 가운데 연장자가 담당하였으나 성대한 제조祭祖 의식이나 중대한 절기 제사, 그리고 노랫말 중에는 반드시 좌미우잡左米尤卡, 즉 마을寨의 노조모老祖母, 혹은 여장노女長老라고 일컫는다는 점이다. 이는 부계제父系制 하에서도 남성 장노가 여성 장노의 명칭을 그대로 이어받았다는 사실을 보여 주는 것으로, 모계제 아래에서 씨족의 수령을 일찍이 여성 장노가 담당하였다는 사실을 보여 주는 것이다. 만일 그렇지 않다면, 부계제父系制사회에서 남자가 존중받는 씨족 장노의 신분이 결코 뒤바꾸지 않았을 것이며, 또한 몸을 낮추어 여자의 명칭을 사칭하지도 않았을 것이다.
>
> 새로 집을 짓고 "상신방上新房"의식을 거행하는 것을 기낙족基諾族은 가장 성대한 제조祭祖 의식으로 여기는데, 여기서 주의를 기울여 볼 만한 점은 남성이 아닌 여성이 가장이라는 점과 여성 촌장과 장노長老, 그리고 씨족 내에서 나이가 많은 여성이 연장자로 등장하고 있다는 사실이다.

> 그때가 되면, 씨족의 여장노는 손에 빗자루를 잡고 건물에 올라가면서 계단을 청소하고, 건물에 올라간 후에는 방 하나를 상징적으로 청소하고 나서 조상을 대표하는 신기神器 삼각과三脚鍋 아래에 돌을 받친 다음 불이 활활 타오르게 불을 지핀다. 이렇게 해야 비로소 새로운 집의 남자 주인이 씨족의 조상과 사회의 인정을 받게 된다. 씨족의 여장노女長老인 좌미우잡左米尤卡이 먼저 의식을 거행한 후에, 부계父系 가장家長인 남주인男主人과 부락공동체의 남성 장노가 순서에 따라 새로 지은 집에 올라갈 수 있다.

이러한 풍속이 우리에게 말해주고 있는 사실은 일찍이 기낙족基諾族에게 여장노가 지도자 역할을 담당했던 모계제사회가 존재했었다는 점이다. 즉 고대의 모계 장노는 좌미우잡左米尤卡으로써, 위로는 씨족의 조상을 대표하고 아래로는 씨족의 영수로서 사회생산의 조직자이자, 또한 씨족 공동생활의 관리자로서 사람들의 존경을 받는 숭고한 지위를 누렸다는 사실을 엿볼 수 있다.

2) "여권편女權篇"

양산凉山의 이족彝族 아환阿奐의 집에 보관된 『천지조선가天地祖先歌』 중에서 "여권편女權篇", "의약편醫藥篇", "농경편農耕篇" 등에 여성의 지위와 작용에 관해 언급해 놓았는데, 그 내용은 대략 다음과 같다.

옛날 하늘 아래

남녀가 모두 무리를 이루었네.

나누려고 해도 나눌 수 없어

부부로 나눌 수가 없었네.

이 시기에는

아이가 아버지를 모르고

아이가 어머니를 몰랐네.

모든 일에 어머니가 우선하니

어머니는 모든 일의 뿌리라네.

일체의 사물은

모두 여자가 관리하니

여자가 군장君長을 맡고

여자가 신하도 되었다네.

활과 화살을 만들어

화살을 나누어 들에 나가 사냥을 하면

사냥한 짐승을 여자가 나누어

여자가 공평하게 나누어 주니

그녀가 바로 군장이라네.

사람들이 모두 평등하여

그녀의 말을 모두 따르니

그녀의 말이 바로 시행되었다네.

……

여자가 와서 만져보고

여자가 와서 병을 치료하였다네.

여자는 지식이 있어

모든 병을 능히 치료할 수 있었다네.

푸른 풀을 먹는 약으로 만들고

나무껍질도 약으로 만들었네.

……

아주 오랜 옛날에는

작물을 재배하지 못했다네.

이 또한 여인들이 나서서

사람을 이끌고 가서 언덕을 불태우고

불태운 언덕을 몇 번씩 오가며

사람을 이끌고 가서 씨앗을 뿌릴 때

구덩이를 파고 씨앗을 뿌렸다네.

여자는 지식이 있어

여자는 방법을 알았다네.

이후로부터

비로소 쓴 메밀을 먹게 되었다네.

오세아니아의 마리아나제도에서 발견되는 수많은 유적을 통해서도 여성의 지위가 매우 높았다는 사실을 알 수 있다. 소련의 한 작자는 일찍이 "여성들이 비록 왕권王權을 가지고 있지 않았지만, 의사회議事會나 법정에서는 여성이 남성보다 큰 세력을 가지고 있었으며, 가정의 통치권에 대해서는 제한이 없었다."고 언급한 바 있는데, 팔라우군도의 여성들에게서 이러한 특수한 상황을 엿볼 수 있다. 여성은 씨족의 어머니로 여겨졌을 뿐만 아니라, 대지의 어머니로 여겨져 여성에 대한 조상숭배가 매우 발달하였다. 그래서 씨족 내에서도 가장 중요한 위치를 차지하는 사람은 바로 노오老媼 "대부인大婦人"이었다. 그녀는 씨족의 고문이자 씨족의 "화폐貨幣"를 관리하는 사람이었기 때문에, 그녀의 허락을 받지 않고 남자수령은 아무 것도 할 수가 없었다. 씨족의 구성원은 그녀를 일컬어 "노파극魯帕克", 즉 수령이라고 칭하였다. 그녀의 지위는 선거를 거쳐 선출되며, 선출된 사람은 당연히 뛰어난 일처리 능력과 지혜를 갖추고 있어야 한다. 그렇기 때문에 "대부인大婦人"은 씨족 중에서 나이가 많다고 선출되는 것은 아니었다.

옛 게르만족Germani 사람들의 사회생활과 종교 영역에서도 여성의 역할이 매우 두드러지게 나타나고 있다. 그래서 타쉬룬Tashi은 일찍이 "그들의 입장에서 볼 때, 여성들은 미래를 볼 수 있는 신성한 예지능력을 갖추고 있다고 여겼다. 그래서 그녀들이 알려 주는 일들을 소홀히 여기지 않고 주의 깊게 들었다."고 말했는데, 이처럼 예언을 할 수 있는 여성은 사람들로부터 존중을 받았으며, 또한 이러한 여성은 공적인 일을 좌지우지할 수 있는 힘을 가지고 있어 그 영향력 또한 컸으며, 그러한 영향력은 하나의 부락에만 국한된 것은 아니었다.

그리스의 오래된 전설 속에서 등장하는 대지의 어머니는 가장 원시적인 어둠속에서 나와 대지의 하늘과 자연의 힘을 창조하였다고 한다. 그래서 가장 오래된 신화 속에서는 여성을 근본으로 삼고, 남성을 그로부터 파생된 산물로 보았다. 그렇기 때문에 이러한 내용을 통해 볼 때, 아담과 하와와 같이 여성이 남성으로부터 창조되었다는 전설 역시 후대의 산물이라는 사실을 충분히 짐작해 볼 수 있다.

스위스의 인류학자 바호오펜(Johann Jakob Bachofen)은 1816년 그의 『모권론母權論』 중에서 초기 인류역사에서 제2단계라고 할 수 있는 모권제母權制시기의 인류는 번식에 대해 깨닫지 못해 사람이 단성생식孤雌生殖을 통해 태어난다고 여겼다. 즉 여성이 수정受精되지 않은 난자를 홀로 발육시켜 생식한다고 생각하였기 때문에, 사람들의 눈에 여성은 그 무엇보다 강하다고 비춰졌으며, 또한 이를 통해 사회를 통제할 수 있게 되었던 것이다.

3) 여성은 생산과 생활 속에 중대한 영향을 끼쳤다.

여성의 사회적 지위가 높았던 것은 사회에 대한 공헌도가 높았기 때문이다. 그래서 모계씨족사회에 이미 여성의 모체母體에 대한 관념이 성립되어 있었다. 특히 여성의 생육 능력이 사람들에게 널리 존중받게 되면서 사람들의 관념 속에 모체숭배가 가장 이른 숭배의식으로 자리 잡게 되었다. 마르크스가 지적한 바와 같이 원시시대는 "성별과 연령의 차이로 인해, 즉 다시 말해서 완전히 생리적 기초에 의해 일종의 자연적 분업이 이루어졌다."고 하겠다. 민족학民族學의 조사연구 자료를 통해 당시 사회를 살펴보면, 미주 지역을 비롯한 호주, 오세아니아, 아프리카, 그리고 아시아의 주변 지역 등을 막론하고 모두 공통적으로 노동력에 의해 남성과 여성의 분업이 이루어졌다는 사실을 알 수 있다. 즉 남성은 수렵활동을 하고, 그리고 여성은 채집활동에 종사하였다.

초기 모계씨족사회에서 경제생활에 중요한 부분을 차지한 것은 수렵을 비롯한 채집과 어렵漁獵활동이었으며, 수렵의 발전은 도구의 정형화와 생산력의 발전을 가져와 남녀 간의 분업을 야기시켜 주었다. 그 결과 남녀는 서로 다른 종류와 형식의 어렵漁獵활동에 참가하게 되었다. 당시 생활 물품은 주로 여성이 담당하고 있던 원시적 농업의 생산 활동에 의지하였으나, 생산 수준이 낮았던 까닭에 남자가 밖에 나가 수렵활동에 종사할 수밖에 없었다. 또한 여성은 농경이외에도 일상생활과 관련된 집안일을 처리하거나, 혹은 도기陶器나 옷 등을 만드는 일을 담당하였다. (이외 그녀들은 일정한 계절에 밖에 나가서 채집활동을 하였다) 이러한 일들을 대부분 여성들이 담당함으로써 경제생활과 사회적으로 비교적 높은 지위를 차지하게 되었고, 또한 사람들의 존중을 받게 되었다. 이것이 바로 모계씨족사회의 사회적 경제기초로서 사회적으로 주도적인 지위를 차지하게 된 주요 원인이었다.

모계씨족사회에 이르러 사람들은 이미 생활과 생존에 필요한 수단을 가지고 있었지만, 인간에 의한 착취나 압박 등과 같은 재앙은 아직 출현하기 전이었다. 그렇지만 이것이 그들이 생활하는데 아무런 걱정이나 우려가 없었다는 것을 의미하는 것은 아니다. 당시의 생산 수준에 비춰볼 때, 그들이 생산 활동을 통해 얻은 생활물품은 극히 제한적이었으며, 또한 인간에게 주는 자연계의 위험은 매우 잔혹하였다. 그렇기 때문에 사람들은 종종 기아와 질병, 그리고 예측하기 어려운 재난이나 재앙으로부터 고통을 당하거나 희생당했는데, 이러한 상황은 현존하는 일부 씨족부락을 통해서도 여전히 그 흔적을 찾아 볼 수 있다. 예를 들어, 부시먼 Bushmen인들은 어떤 경우 며칠씩 아무것도 먹지 못했으며, 북아메리카의 인디안은 들소를 사냥하지 못해 굶주림에 시달려야만 하였다.

반파半坡씨족공동체시기 중국인들의 생활 역시 상술한 상황과 거의 유사한 처지에 놓여 있었는데, 현재 발굴되고 있는 당시 사람들의 시신 상태를 통해 그 대략적인 면모를 엿볼 수 있다. 원군묘장지元君墓葬地에서 발굴된 인골人骨을 해부하여 감정해 본 결과, 많은 사람들의 골격骨骼 위에 과중한 물건을 짊어져 생기는 압축성 골자(骨刺 : 뼈에 가시가 생기는 병)가 보이는데, 이는 당시 노동 조건이 너무 열악했었다는 사실과 함께 사람들의 수명이 크게 단축되었다는 사실을 설명해 주는 것으로, 150명이나 되는 성년의 평균 나이가 겨우 30여 세에 불과하였다는 점이 이를 반증해 주고 있다. 또한 북수령北首嶺의 씨족장지에서 발견된 300여 명의 성년 골격을 검사한 결과 3분의 1이 어린아이로 갓난아이, 혹은 어릴 때 요절한 사람들이었다. 강채姜寨 씨족묘지 중에서 발굴된 40구의 유골 역시 평균 나이가 30세가 채 안 되었으며, 골증생骨增生이나 중풍, 그리고 치아의 마모가 심하게 훼손되어 있었다. 이러한 상황은 바로 당시의 생활 조건이 매우 힘들고 어려웠다는 사실을 설명해 준다.

반파씨족부락시기의 취락 규모와 묘지에 매장된 사람의 수를 비교해 보면, 묘지에 매장된 사람의 숫자가 실제 그곳에서 생활했던 사람들의 숫자보다 훨씬 적다는 사실을 알 수 있다. 그렇다면 이 사람들이 도대체 어디로 갔단 말인가? 아마도 사냥을 나가서 야수의 날카로운 발톱에 죽음을 당했거나 혹은 물고기를 잡다가 급류에 휩쓸려 떠내려갔을 수도 있고, 혹은 마을에 기황이 들어 사람들의 시체를 들판에 버렸을 수도 있었을 것이다.

모계씨족시대의 일반적인 분업은 남자가 수렵을 담당했는데, 이러한 수렵 활동은 활동성과 위험성이 크기 때문에 자신을 돌 볼 겨를 없이 사냥에 온 정신을 집중해야만 했던 반면에, 여자는 상대적으로 안정된 환경 속에서 대부분의 시간을 집과 인근 지역에서 채집과 원시 농경에 종사하면서 집안일을 처리할 수 있었다. 이러한 상황 속에서 여성은 집단의 의・식・주를 제공하거나 불씨를 보호하고, 또한 노인과 어린아이를 돌보며 부양하는 책임자로서 자신들이 생산활동을 통해 얻은 인류의 지식과 경험을 다음 세대에 전해줄 수 있었다. 그렇기 때문에 여성은 구전문화의 주요 창조자인 동시에 전파자로서의 역할도 함께 담당할 수 있었던 것이다.

도기陶器의 발명은 원시 인류의 위대한 창조라고 할 수 있다. 도기陶器는 생활의 편리함과 함께 인류의 안정적인 정주 생활을 더욱 더 빠르게 촉진시켜 주었다. 더욱이 손으로 도기(신석기시대의 도기는 수제手制 제작을 위주로 하였다)를 만드는 일은 여성의 몫이었는데, 근현대의 국내외 민족학 자료를 통해 도기의 제작이 공직公職이었다는 사실을 알 수 있다. 중국 운남성의 태족傣族에게는 지금도 여성이 도기를 제작하는 풍속이 전해져 오고 있다. 예를 들어, 만늑曼勒지역에서 도기를 제작하는 사람이 모두 30여 명이나 되는데, 이들은 모두 여성이었다. 그들의 말에 따르면, 도기를 만드는 일은 밥을 짓거나 바느질을 하는 것처럼 자고이래로 여성들의 일이었다고 한다. 창원현滄源縣 북쪽에 위치한 맹각勐角의 토과채土鍋寨는 도기 제작으로 유명한데, 21가구 중에서 17가구가 도기를 제작하고 있다. 이곳에 사는 남자들은 도기를 만들 때 사용하는 흙을 채굴하거나 운송만 도와줄 뿐, 도기를 만드는 일에는 전혀 관여하지 않는다. 물론 남자들이 하루 종일 들에서 사냥을 해야 하기 때문에 참여할 겨를이 없기도 했지만, 또 다른 측면에서 도기 제작의 특성상 여성이 남성보다 더 적합한 측면을 가지고 있었기 때문이다. 아마도 원시적 수공업 상태에서 이루어지는 도기 제작은 더욱 더 이와 같았을 것이다. 이렇게 남녀의 자연스런 분업을 토대로 사람들의 직업이 형성되었는데, 이 점에 대해 어떤 인류학자는 “남자가 사냥이나 마을을 지키는 일에 종사한 것은 천성적으로 남자가 여성보다 전투력이 강하기 때문이다. 그리고 여자가 도구를 만들거나 요리를 하는 것은 비교적 세심하게 사물을 관찰할 수 있어 공예성工藝性이 강하기 때문이다."고 설명하였다. 후에 생산의 발전과 공예의 진보에 따라 도기 위의 각종 문양에 대한 예술적 장식에도 주의를 기울이기 시작하면서 채색 도기와 같은 새로운 형태의 도기가 출현하게 되었다.

수렵을 통해 음식물을 구하는 일은 쉬운 일이 아니었기 때문에, 당시 인류는 주로 여성의 채집활동에 의지할 수밖에 없었다. 오랫동안 야생식물을 채집하는 과정 속에서 여성은 식물이 꽃을 피우고 열매를 맺는 계절을 인식하게 되었고, 식물의 성장 규칙을 이해하게 되었다. 이러한 상황을 반복적으로 겪으면서 경험이 쌓이게 되었고, 마침내 식물을 인공으로 재배할 수 있게 되었다. 따라서 농업은 채집으로부터 발전해 나왔으며, 또한 여성이야말로 진정한 농업의 발명자로 볼 수 있을 것이다.

농업의 발명을 여성의 공적으로 보는 이유는 여성이 채집활동을 통해 원시농업을 일으켰으며, 여기서 한걸음 더 나아가 농업을 책임지거나 주도적으로 농업을 발전시켜 왔기 때문이다. 북아메리카의 인디안, 이로쿼이인, 조니인, 하이다샤인, 그리고 아프리카 서부의 수많은 부락이나 뉴기니의 바나로인 등의 지역에서도 모두 여성이 농업활동의 중심적 역할을 담당하였다.

이로쿼이인의 농업활동은 공동소유제의 형태를 이루고 있다. 경작지를 개간할 때 남자들이 우선 나무와 초목을 자르고 말린 후 불로 태우고 나면, 종자를 선택해 파종을 하고 땅을 일구어 수확하는 모든 일은 여성이 담당한다. 매년 봄이 되면 여성들은 경험이 풍부하고 힘이 넘치는 나이 많은 여성을 선출해 농업활동에 관한 지도를 받으며, 땅을 일구고 씨앗을 뿌린다. 이때 선출된 여성이 조수를 파견해 사람들에게 명령을 전달하면, 모두 그녀의 명령을 따라야 한다. 농업활동 이외에도 여성들은 집안 일을 비롯해 요리, 바느질, 도기 만들기, 천 짜는 일, 아이돌보는 일, 야생식물 채집, 땔감 모으기, 물건의 운반 등등의 일을 책임져야만 했다. 이처럼 여성이 하는 일은 씨족 구성원들의 생존을 위한 공적인 사회적 성격을 지니고 있었다. 그렇기 때문에 여성이 사회생활 속에서 주도적 위치를 점할 수 있었던 것이며, 또한 씨족 구성원들로부터 존중과 추앙을 받을 수 있었던 것이다.

"북아메리카의 인디안 부족 중에 하나인 비안다인들 사이에 '여자가 클랜(씨족)을 창조하였다.'는 말이 전해 오는데, 클렌(씨족)의 생존을 연속시키는 임무는 바로 부락의 부녀자들 어깨 위에 있다."는 말을 통해서도 여성이 씨족의 자손과 정신적 문화를 창조하는 과정 속에서 그녀들의 지위가 신장되었다는 사실을 엿볼 수 있다. 또한 어떤 고고학자는 고고학적 자료를 통해 초기 인류 역사에서 여성의 뇌腦 용량이 남자를 뛰어넘었다는 사실을 증명하기도 하였는데, 이 모든 사실들은 특정한 역사시대에서 높은 사회적 지위를 향유할 수 있었던 여성의 지휘가 역사의 필연적인 산물이었다는 사실을 설명해 주고 있다. 모든 사람은 여성이 낳았으며, 또한 여성으로부터 교육을 받았기 때문에 당시 가장 존경받았던 사람 역시 모친母親일 수밖에 없었을 것이다. 지금까지도 모계제가 시행되고 있는 영녕永寧의 납서족納西族 민가를 통해서 모친에 대한 그들의 깊은 정을 여전히 느낄 수 있다.

일 잘하는 사람은 많지만
우리 엄마에 필적할 만한 사람은 없다네.
지식이 있는 사람은 많지만

우리 엄마에 필적할 만한 사람은 없다네.

노래와 춤에 능한 사람은 많지만

우리 엄마보다 잘하는 사람은 없다네.

산과 물의 경치는 잊어버리지만

우리를 키워준 엄마의 깊은 정은 여전히 잊을 수 없다네.

인간 세상의 모든 아름다움과 지혜, 그리고 힘의 상징에 이르기까지 모두 모친을 가리킨다. 그렇기 때문에 이로부터 모체숭배와 생식숭배가 발생한 것이며, 또한 이것은 매우 자연스러운 일이었다.

4) 산옹제産翁制 — 남자가 모체로 분장한 화극話劇

모계씨족사회로부터 부계씨족사회로 전환된 결정적 계기는 사회의 생산력과 깊은 관련을 가지고 있다. 생산력의 발전에 따라 농목업農牧業에서 남자가 점차 부녀자를 대신해 주도적인 위치를 차지하게 되면서 사회의 재산을 더 많이 장악하게 되었고, 또한 가정의 지위 또한 높아졌다. 하지만 이 시기에도 여성의 생육生育으로 인해 남성은 완전한 존경과 추대를 받지는 못하였다. 후에 "산옹제産翁制"가 출현하기 시작하면서 남성이 여성의 지위를 대체하기 시작하였는데, 송대 『태평광기太平廣記』의 기록에 의하면, "남방에 요부僚婦가 있는데, 아들 편기便起를 낳았다. 그 남편은 이불을 침대 위에 깔고 누워서 음식도 젖을 먹이는 여자처럼 먹었으며, 잠시라도 돌보지 않으면 그 유부乳婦가 바로 병을 앓았다. 그러나 그의 처는 신경 쓰지 않고 태연자약하게 땔나무로 밥을 지었다. 또한 월

越 지역의 풍속 가운데, 그 처가 아들을 낳으면 3일 동안 계하溪河에 몸을 씻기고, 처가 친정에 돌아가 곳집을 준비해 남편에게 음식을 대접할 때면 남편은 이불과 병아리를 끌어안고 침대에 걸터앉는데, 이를 일컬어 산옹産翁이라 한다." 원대 마르코 폴로가 운남을 여행하면서 남긴 기록 가운데 "여자가 아들을 낳으면 씻긴 후에 포대기로 싸놓고 산모는 일어나 일을 하고, 산모의 남편은 아이를 안고 침대에 40일 동안 누워 있는다. 침대에 누워있는 기간 동안 친척과 친구들의 축하를 받는다."는 내용이 있다. 초기의 산옹제産翁制는 신화 속의 내용을 반영하고 있다. "여성이 권력을 잡고 있던 모계씨족사회에서 제신諸神은 반드시 여성이었다. 예를 들면, 여와女媧, 서왕모西王母 등을 들 수 있다. 부계씨족사회로 접어든 후에 남성은 여성의 능력보다 뛰어나다는 점을 과시하기 위해 온갖 방법을 동원해 여성을 폄하시켰는데, 신화 속에서 남성 신神이 배를 가르거나 등을 가르고 아들을 낳는 이야기는 바로 이러한 기괴한 관념 속에서 발생한 것이다. 그리고 여성신의 이름이나 성을 바꾸고 수염을 붙여 남성신을 창조한 것 역시 이러한 관념 속에서 발생한 기괴한 현상이다." 양곤楊堃 선생의 고증에 의하면, 중국의 하대夏代에 이미 산옹제産翁制가 있었다고 한다. 곤鯀이 우산羽山 부락에 추방되어 석씨족石氏族의 유신씨有莘氏 여자와 결혼해 "모거혼母居婚" 생활을 하며 무사巫師의 직무를 담당하였는데, 당시 우산羽山 부락은 모계사회가 해체되어 가는 단계에 처해 있었기 때문에 생육이 남녀의 결혼으로 이루어지는 것이 아니고, 토템으로 숭배하는 조상이 점지해 주는 것이라고 생각하였다. 이처럼 모계사회에서 부계사회로 넘어가는 과도기적 시대 상황 속에서 곤鯀은 "좌월坐月 : 해산하는 달"하는 것처럼 가장해, 그의 아들 우禹에게 토템과 직위를 물려주고 부계씨족父系氏族의 일원이 되도록 하였던 것이다.

폴 라파르그Paul Lafargue는 바스크인Basque, 남아메리카의 아비폰족Abipon, 가이아나Guyana의 인디안, 아폴로니아Apollonia 흑해 연안의 민족, 키프로스인Cypriot 등등의 산옹제産翁制를 열거한 후에 "사람은 모든 동물 중에서 길들이기 가장 어려운 기괴한 동물이라고 할 수 있다. 어떤 때는 장중하고 엄숙한 의식을 매우 황당하고 우스꽝스러운 의식으로 바꾸어 놓기도 한다. 이처럼 산옹제 풍습은 남성이 여성의 지위와 재산을 가로채기 위한 방법으로 활용되었다. 생육활동이 집안에서 여성의 높은 지위를 나타내기 때문에 남성은 이러한 행위를 빌려 아이의 생명이 부친父親의 공에 의해 얻게 된다는 사실을 인정하도록 만들었다."고 주장하였다. 산옹제産翁制의 출현은 생식숭배 안에 내포된 모체숭배를 설명해 줄 뿐만 아니라, 또한 그 강력한 생명력이 인류의 역사에서 매우 중요한 지위를 차지하고 있다는 사실을 설명해 주고 있다.

5) 모체숭배는 특정한 사회역사의 산물이다

모체숭배는 일찍이 인류문화사에 커다란 영향을 끼쳐 왔으며, 또한 오랜 연원을 가지고 전승되어 왔다. 그 과정에서 비록 변화가 발생하였다고는 하지만 지금까지도 일부 민족 가운데 여전히 그 맥이 이어져오고 있다. 그런데 어떻게 이처럼 오래된 숭배형식이 이와 같이 강한 생명력을 가지고 세상에 광범위하게 전파되었을까? 중국을 비롯한 세계 여러 나라에 전해오는 모체숭배의 형식과 역사적 연원을 살펴보면, 조롱박葫蘆숭배에 대한 더 깊이 있는 이해를 구할 수 있을 것이다.

프랑스의 뒤르켐Durkheim 학파는 토템숭배가 인류 최초의 종교관이라고 생각하였으며, 영국의 테일러Taylor는 종교가 만물에 영혼이 있다는 설에 기원을 두고 있다고 주장하였다. 주지하고 있는 바와 같이 숭배와 신앙은 결코 인류와 동시에 탄생한 것이 아니라, 인류의 형체가 어느 정도 완전해지고 사유가 상당히 발전한 후에 비로소 출현했다고 보는 것이 타당할 것이다. 하지만 이들 역시 생활환경과 생산능력의 제약을 받을 수밖에 없었다. 초기의 원시 인류는 비교적 협소한 생활공간에서 활동했기 때문에 접촉하는 사물도 단순하였고, 그들의 사유 역시 비교적 초기 형태에 있어 그들에게 종교의식이 싹트기에는 아직 먼 시대였다. 그렇지만 종種의 번식과 번영은 또 다른 문제였다. 설령 동물의 세계라고 해도 새끼를 낳은 모수母獸는 자부심을 가지고 웅수雄獸와 그 집단의 호위를 받으며 생활한다. 아프리카 초원 위에서 생활하는 비비狒狒원숭이에 대해 어떤 사람이 그들의 생활을 심도 있게 추적하였는데, 비비원숭이들은 밤이 되면 무리를 지어 숲속에 들어가 잠을 자고 날이 밝아오기 시작하면 사방을 둘러보며 예민하게 다른 영장류와 맹수의 움직임을 살핀다고 한다. 그리고 무리를 지어 이동할 때는 종종 힘센 수컷원숭이가 앞에 서고 젊은 원숭이들이 그 뒤를 따른다. 이때 암컷 원숭이들은 새끼 원숭이들을 데리고 중간에서 이동하며, 장년의 수컷 원숭이들이 뒤에서 따라가며 그들을 보호한다고 한다. 특히 먹이를 먹을 때는 맹수와 다른 적이 다가오는 것을 경계하며 암컷과 새끼 원숭이들을 무리의 중앙이나 혹은 안전한 곳에서 먹이를 먹도록 한다.

인류가 원인猿人으로부터 진화과정을 거쳐 변화한 후, 자연과의 투쟁 속에서 형성된 집단의식은 비비원숭이보다 한층 더 강화된 보호의식을 가질 수밖에 없었을 것이다. 자신의 무리를 위해 새로운 생명을 가져다주었다는 사실에 대해, 설령 언어가 발생되기 전이었다고 하지만 그들

무리는 이 점을 충분히 인지하고 있었을 것이다. 따라서 진화되기 이전 초기 인류에게 있어 종種의 번영, 즉 인류 자체의 번식과 생존, 그들의 발전은 매우 중요한 의미를 지니고 있었다고 하겠다. 마치 엥겔스가 지적한 바와 같이 "특정한 역사시대와 특정한 지역 내의 사람들은 그들이 생활하는 사회제도 아래에서 두 가지의 생산적 제약을 받는다. 그것은 한편으로 노동의 발전단계에 대한 제약이고, 또 다른 측면에서는 가정의 발전단계에 대한 제약이다. 노동이 발전되지 않을수록 노동을 통해 얻을 수 있는 제품의 수량은 사회의 부富로부터 점점 더 제약을 받게 되고, 사회제도 역시 점점 더 혈족관계의 지배를 크게 받게 된다." 원시사회 초기에는 생산력이 지극히 낮았을 뿐만 아니라, 인류의 생산수단 역시 지극히 열악하였다. 험악한 자연환경은 "씨족의 모든 역량과 생활 능력이 씨족 구성원의 숫자를 결정하였다." 씨족단계 이전의 인류는 더욱 더 이와 같은 상황에 처해 있었다. 이러한 상황 속에서 인류는 때때로 곳곳에서 무리의 역량이 인류의 증식과 밀접한 관계가 있다는 사실을 깨닫게 되었고, 또한 날이 갈수록 인류의 생명을 잉태하여 양육하는 모친母親에 대한 경의가 더해졌을 것이다. 마르크스는 원시집단 구성원 간의 관계에 대해 "아주 오래전에는 무리생활을 하면서 난잡하게 성교가 이루어져 가정이라고는 찾아 볼 수가 없었다. 그렇기 때문에 이러한 상황 속에서는 오직 모권母權만이 그 어떤 작용을 할 수 있었을 뿐이었다."고 말하였다. 모권母權의 토대가 생명의 잉태와 양육이라고 하지만, 사실 여기에만 국한된 것은 아니었다. 초기 인류역사에서 남성은 주로 사냥에 종사하였고 여성과 노약자는 주로 채집에 종사하였기 때문에, 유동적인 남성에 비해 상대적으로 비교적 안정적인 생활을 누리며 노약자를 돌보고 불씨를 보존하며, 의·식·주 등의 생활문화를 개선하고 발전시켜 나가는 공헌을 할 수 있었다. 또한 심지어 인류문화의 어떤 영역은 여성들에 의해 창조되고 보존되어 왔다고 할 수 있다. 이 모든 것이 모친母親에 대한 인류의 존경으로부터 숭배관념으로 발전한 것으로, 왕성한 생육 능력을 가진 여성이 최초 인류의 숭배대상이 된 이유라고 볼 수 있다. 모체를 숭배했던 최초의 인류는 모체로부터 탄생한 새로운 생명에 대해 신비감과 경외심을 가지고 있었기 때문에 여성의 특징이라고 할 수 있는 융기된 복부의 여성을 존경하고 경외하는 심리를 가지게 되었으며, 이른바 모신母神 조각상의 출현과 맞물려 이러한 여성과 여성의 생식력에 대한 숭배가 우상화되기 시작했다고 볼 수 있다. 그러므로 여음女陰에 대한 숭배 역시 모체에 대한 숭배로부터 변화 발전된 것으로 볼 수 있다.

6) 양곤楊堃 선생의 모체숭배론

양곤楊堃선생은 대량의 인류학 자료를 분석하고, 그 연구를 토대로 인류 최초의 시조가 남성이 아닌 여성, 혹은 암컷이었다는 주장을 밝혔다.

> 이른바 조비祖妣라는 말은 응당 비조妣祖로 바꾸어 불러야 할 것 같다. 여성과 모종의 어떤 동물이 결합해 낳았다고 하는 주장 역시 후대에 나온 것이다. 당시 사람들은 여성이 숫컷동물과 결합해야만 비로소 생육할 수 있다는 사실을 알지 못하고, 여성 자체에 이미 생식능력을 갖추고 있다고 생각했던 까닭에 모성에 대한 숭배가 출현하게 되었던 것이다.

양선생은 와씨족蛙氏族의 예를 들고 있는데, 인류는 여성이 임신하는 원인에 대해 이해하지 못하고 있었던 까닭에, 개구리蛙의 울음소리와 영아嬰兒의 울음소리가 서로 비슷하다고 여겨 개구리에 대해 신비감을 가지고 있었다. 그래서 만일 어떤 여성이 임신했을 때 개구리를 보면 개구리의 감응을 받아 임신했다고 여겨 개구리蛙의 명칭을 가지고 아이의 이름을 짓거나, 심지어 씨족의 토템으로 삼기도 하였는데, 이는 당시 사람들이 여성의 임신에 대해 개구리와 밀접한 관계가 있다고 생각했기 때문이다. 그렇다면 개구리蛙의 작용은 무엇을 의미하는가? 또한 개구리와 여성의 관계는 어떠한 성격을 지니고 있는가? 이 점에 대해 양곤楊堃 선생은 다음과 같이 말하였다.

> 이러한 개구리의 작용은 단지 여성의 생식력을 상징하는 상징물을 의미하며, 또한 여성의 생식력이 생식기관으로 표현된 것이라고 볼 수 있다. 더욱이 원시적인 사유 속에서 사람들은 생식력과 생식기를 일종의 물건으로 보았기 때문에, 이로 인해 토템이 여성의 생식력을 상징하는 상징물이 되었던 것이다. 그러므로 토템숭배는 바로 여성의 생식기를 상징하는 물건에 대한 숭배라고 할 수 있다. …… 나는 모계씨족사회에서 모성숭배가 보편적으로 존재했었다고 믿으며, 또한 토템이 여성의 생식기를 상징하거나 혹은 "동체同體"라고 믿는다. 그렇기 때문에 토템주의는 바로 모성숭배와 떼려야 뗄 수 없는 밀접한 관계를 가지고 있다. 만일 모성숭배가 없었다고 한다면 토템주의는 발생하지 않았을 것이다.

이와 같은 양선생의 설명은 우리에게 많은 사실을 일깨워준다. 양선생은 토템숭배와 생식숭배를 연계시켜 주었을 뿐만 아니라, 단호하게 만일 모성숭배가 없었다고 한다면 토템주의가 출현하지 않았다는 주장을 통해 모체숭배와 토템주의의 관계를 긍정함으로써 우리에게 양자의 관계를 보다 더 깊이 살펴볼 수 있는 단서를 제공해 주었다.

우리는 일부 민족의 토템숭배와 여음女陰숭배를 통해 동체同體적 성질을 분명하게 엿볼 수 있는데, 이는 양선생이 예로 든 와씨족蛙氏族의 상황과 같은 경우라고 하겠다. 그들은 영아嬰兒의 울음소리와 개구리의 울음소리가 서로 비슷하다고 여겨 개구리와 영아를 동체로 보았으며, 더 나아가 전 씨족의 구성원과도 동체同體로 보았던 것이다. 그래서 자신의 씨족을 와씨족蛙氏族이라고 일컬은 것이다. 한편 영아를 낳는 여음女陰 또한 "와구蛙口"라고 일컬어지는데, 여성의 생식기 역시 개구리와 동체인 까닭에 이 와씨족蛙氏族의 토템 역시 여성의 생식기와 동일한 것으로 여겨졌다고 볼 수 있다. 중국의 합니족哈尼族 역시 이와 유사한 예를 가지고 있다.

> 아이가 모친의 생식기로부터 태어나는 까닭에 어떤 씨족은 여성의 생식기를 숭배하여 토템으로 삼고 존경과 경외심을 보인다. 중국 합니족哈尼族의 선조 역시 이와 같은 토템을 숭배하였다. 합니족 역시 홍수신화를 가지고 있는데, 여기서도 생존한 두 명의 여성이 등장한다. 두 사람은 생물의 "영혼靈魂"으로부터 감응을 받아 온갖 초목과 금수禽獸를 낳았다. 예를 들어, 가슴 위에서는 날아다니는 조류가 나오고, 무릎아래에서는 걸어 다니는 짐승이 나왔으나, 오직 인류만이 생식기로부터 태어났다. 그래서 "사람을 만물의 영장"이라고 하는 것

이다. 이와 같이 합니족哈尼族의 선조가 숭배한 토템은 바로 여성의 생식기였다.

헝가리의 민족학자 게자 로하임Geza Roheim의 주장에 따르면, 오스트레일리아 아란다스Arandas 마을의 투링가Tuqiu Linga(일종의 토템)의 토템은 엄마의 배를 상징하며, 투링가Tuqiu Linga 자체 역시 인류가 임신하고 있는 모습을 상징한다고 한다. 오스트레일리아 토착민의 토템은 완전한 체계와 풍부한 내용은 물론 다양한 형식을 보존하고 있어 토템을 연구하는 학자들이 모두 관심을 가지고 있다. 하지만 이와 유사한 견해를 주장한 사람은 극히 드문데, 아마도 그 이유는 이러한 관점이 당시 원시인들의 인식과 가장 접근해 있었기 때문이라는 생각이 든다. 사람들은 때때로 직접 모종의 상징물에 의탁하여 모체를 숭배하기도 했는데, 가령 여성의 작은 조각상이나 혹은 조롱박葫蘆과 대수大樹 등을 상징물로 삼았다. 따라서 아란다스Arandas 마을의 투링가Tuqiu Linga는 아마도 모체숭배로부터 변화되어 나온 상징물이었을 것으로 추측된다. 여기서도 모체숭배와 토템숭배의 긴밀한 관계를 엿볼 수 있다.

7) 모체숭배는 토템숭배보다 먼저 출현하였다.

여성의 생식기를 토템으로 삼은 예들을 적지 않게 찾아볼 수 있지만 모체숭배가 토템숭배보다 먼저 세상에 출현했다는 사실은 부인할 수 없는 부분이다. 따라서 이상의 예들을 통해서 충분히 이해할 수 있을 것으로 보이다. 원시 인류가 일종의 토템물이 자신의 무리와 혈연관계를 가지고 있다고 인지하거나, 혹은 자연물에 영성靈性을 부여해 일련의 숭배 의식체계를 갖추기 위해서는 반드시 하나의 과정이 요구된다. 하지만 사람이 배가 불룩한 모체母體로부터 태어나다는 사실은 말로 설명할 필요가 없이 직감을 통해서 충분히 인지할 수 있다. 그러므로 양곤楊堃선생이 모체숭배와 토템숭배는 불가분의 관계를 가지고 있으며, 또한 모체숭배가 없었다고 한다면 토템숭배도 없었을 것이라는 말은 매우 예리한 지적이라고 할 수 있다. 하지만 이 점만 가지고는 부족하기 때문에 우리는 한 걸음 더 나아가 모체숭배가 토템숭배보다 먼저 출현했다는 사실을 밝힘으로써 토템숭배가 모체숭배에 대한 대체물로부터 기원하고 있다는 사실을 밝히고자 한 것이다. 다시 말해서 토템은 원래 여성, 즉 모체의 생식력에 대한 숭배에서 발전되어 나왔다고 볼 수 있다. 그렇지만 여성의 생식기와는 완전히 같다고는 볼 수 없다.

생산의 발전에 따라 인류는 자연계에 대한 접촉과 투쟁이 점차적으로 빈번해지면서 시야도 날로 넓어지고, 또한 이와 동시에 점차적으로 수많은 동식물이 인간과 비교할 수 없는 생존능력을 가지고 있다는 사실을 깨닫게 되었다. 그래서 사람들은 자신의 부족한 능력을 자연계로부터 빌리고자 하였다. 예를 들면, 조류의 비상飛翔, 어류의 유익游弋, 노류鹿類의 민첩敏捷, 맹수의 위무威武 등과 같은 경우로, 자신과 모종의 동식물이 친연親緣 관계가 있다고 상상함으로써 이러한 자연물의 특성을 빌려 자신을 강하게 보이고자 했던 것이다. 이족彝族은 자신들을 호랑이가 낳은 후예라고 여겼다. 그래서 그들은 모호母虎를 숭배의 대상으로 삼았을 뿐만 아니라, 심지어 사람과 호랑이가 서로 변할 수 있다고 여겼던 것이다. 그리고 죽은 후에 호랑이로 태어날 수 있으며, 특히 노부인老婦人은 암컷 호랑이로 변해 산림山林 속으로 돌아간다고 여겼던 것이다. 운남의 초웅楚雄

대요현大姚縣에 거주하는 이족은 지금까지도 70세 이상의 여인들 사이에서는 호랑이로 변한다는 이야기가 전해지고 있다. 그래서 사람들은 종종 장수하는 노인들에게 "일흔 살이 넘었으니, 설마 호랑이로 변하기를 기다리고 있는 것은 아니겠지?"라는 농담을 주고받기도 한다.

모체숭배와 토템숭배의 차이는 바로 모체숭배가 토템숭배보다 먼저 세상에 출현했다는 점이다. 모체숭배는 임신을 비롯해 태어나고 죽는 인류의 모체를 숭배해 온 것으로, 출토된 모신母神 조각상에서 두드러지게 표현된 모성母性의 특징은 이를 증명하기에 충분하며, 또한 모체숭배는 중국에서 종종 조롱박葫蘆에 대한 숭배로 표현되기도 한다.

8) 모체숭배의 상징물 조롱박葫蘆 - 광범위하게 분포

조롱박葫蘆은 오랫동안 보존하기 어렵기 때문에, 고고학적 발굴을 통해 그와 관련된 유물을 찾기는 쉽지 않다. 그렇지만 일부 민족 가운데 보존되어 오고 있는 모체숭배, 즉 "활화석活化石"의 도움을 빌려 충분히 증명할 수 있다.

중국의 일부 소수민족은 조롱박葫蘆의 도움을 빌려 모체를 대체하기도 하는데, 이러한 관념은 결코 우연하게 생긴 것이 아니고 당시 인류의 물질적 생활에 근거한 것이다. 모계씨족사회에서 사람들은 대부분 채집을 통해서 음식물을 해결하였다. 그런데 이러한 채집활동은 또한 여성의 몫이기도 하였다. 여성들은 오랫동안 각종 식물과 접촉하면서 자연스럽게 식물에 대한 인식을 넓혀 갈 수 있었다. 따라서 조롱박葫蘆의 분포가 광범위하다는 사실은 조롱박이 원시인류의 주요 채집 대상 가운데 하나였다는 사실을 설명해 준다. 또한 조롱박葫蘆의 복부가 팽창해 커지면 사람들은 자연스럽게 임신한 모체를 연상하게 되었을 것이며, 조롱박 안의 수많은 씨앗은 자손의 번창에 대한 인류의 갈망을 떠올리게 했을 것이다. 만일 이러한 상황을 고려해 본다면, 모체숭배의 대체물로서 조롱박葫蘆이 숭배되었던 당시의 상황을 어렵지 않게 이해할 수 있을 것이다.

여철呂徹은 중국의 홍수신화 구조에 대한 분석을 통해 "홍수신화 가운데 보이는 기본적인 요소인 홍수와 피난도구로 사용했던 조롱박은 분명 생육에 대한 현상과 임신한 모체를 상징한다."는 결론을 도출해 내었다. 그리고 이에 대해 다음과 같이 구체적으로 해설해 놓았다.

> 홍수를 피하기 위해 사용된 기물器物은 모체母體를 상징한다. 그렇기 때문에 이러한 기물은 당연히 여성적인 성격을 갖추고 있으며, 적지 않은 사례에서 이와 같은 암시를 찾아볼 수 있다. 공상空桑은 여성의 신체가 변화한 것인데, 공상空桑과 죽통竹筒, 그리고 침목沉木은 모두 여성으로부터 발전된 것으로 죽통竹筒이 여성의 발 사이에 흘러 들어가 떠나가지 못했는데, 이러한 점들은 모두 홍수를 피하기 위해 사용된 기물器物이 본래 여성이라는 사실을 암시해 준다. 기낙족基洛族의 신화에 의하면, 복희와 여와가 붉게 달아 오른 집게로 조롱박葫蘆를 열고자 할 때, 조롱박葫蘆 안에서 늙은 여인의 목소리가 들려 왔다. "조롱박葫蘆을 지져 나를 죽여도 좋다." 이에 조롱박을 지지고 열자 늙은 여인도 죽었다. 그러나 이어서 조롱박 안에서 각 민족의 시조가 걸어 나왔다. 이를 통해 조롱박葫蘆이 바로 늙은 여인임신한 모체의 화신이라는 사실을 알 수 있다.

홍수를 피하게 해 주었던 조롱박은 바로 임신한 모체를 상징한다. 즉 조롱박葫蘆이 하루가 다르게 자라고, 건물 역시 하루가 다르게 높아졌다는 말은 바로 엄마 뱃속의 아이가 하루가 다르게 성장한다는 사실을 상징적으로 표현한 것으로 볼 수 있다.

『예문류취藝文類聚』 권1에서 『삼오력기三五曆紀』를 인용해 "천지가 혼돈하여 계란처럼 생겼을 때, 반고盤古가 그 안에 있었다. 하늘이 날마다 한 장씩 높아지고, 땅이 날마다 한 장씩 두터워졌는데, 반고가 날마다 한 장씩 자랐다."고 기록해 놓았는데, 여기서 반고는 복희와 여와의 변형된 형체로서 계란 안에서 성장하였다는 말은 바로 태아가 모체 안에서 발육하여 성장한다는 사실을 비유적으로 표현한 것이다. 납호족拉祜族 민간에 전해오는 사시史詩 『모파밀파牡帕密帕』 중에는 "조롱박葫蘆이 바다 가운데 떨어져 바닷물을 많이 마시자 배가 둥글게 부풀어 올랐다. 그 안에서 1남 1녀가 조롱박을 뚫고 밖으로 나왔는데, 이들이 바로 인류의 선조이다."는 내용이 있는데, 여기서 언급하는 조롱박葫蘆 안의 바닷물은 바로 태반 속의 양수羊水를 상징적으로 언급한 것이라고 볼 수 있다.

영아嬰兒가 엄마 배속에서 다 자라게 되면 바로 과瓜가 익어 떨어지는 것처럼 출산을 하게 되는데, 이는 바로 홍수가 임박했음을 의미한다. 또한 홍수의 범람으로 인해 산이 무너져 내린다는 말은 양수羊水, 혹은 혈수血水가 모체로부터 흘러나오는 상황을 묘사한 것이며, 홍수가 범람하기 시작했다는 말은 바로 생육이 시작되었다는 사실을 가리킨다고 볼 수 있다. 홍수가 범람하기 전에 나타나는 징조는 또한 출산하기 전에 여성에게 나타내는 징조를 가리킨다. 그래서 절구에서 물이 나오거나 혹은 습기가 배어 나오고, 또 개구리가 물을 토하거나 눈이 빨갛게 변하고, 화로 위에 물이 끓어오른다는 말은 모두 출산하기 전에 여성에게 나타나는 징조를 암시해 주는 것이다. 돌절구石臼나 눈은 그 안이 움푹 패여 있거나 입구를 여는 물건인데, 개구리 역시 큰 입을 가지고 있어 여성의 성기관性器官을 상징한다고 볼 수 있다. 또한 개구리가 물을 토하거나 눈이 빨갛게 변하는 현상은 바로 여성이 출산할 때 나타나는 "파수破水(양수가 나오는 것을 가리킨다)"와 "견홍見紅(출산에 임박해서 피가 보이는 것을 가리킨다)을 이르는 것으로 볼 수 있다.

홍수가 범람해 기물器物이 파괴되는 현상은 바로 생육生育에 대한 여성의 고통을 상징한다. 또한 칼로 조롱박葫蘆을 가르거나, 혹은 조롱박葫蘆을 참새나 생쥐가 쪼거나 물어뜯어 쪼개거나 혹은 죽통竹筒이 쪼개지거나 대나무가 저절로 암벽에 부딪혀 갈라지는 등의 현상 역시 모두 생육에 관한 형상을 묘사한 것이다.

원시 인류의 이해와 추리는 대부분 구체적인 형상의 도움을 빌려 유추하거나, 혹은 억지로 갖다 붙이거나 대체해 왔기 때문에 "원시 인류의 사유는 시간적인 제약과 감각이 미치는 환경의 제약을 받을 수밖에 없었다. 이는 바로 그들의 사색 범위가 오직 직접 느낄 수 있는 물건이나 현상에서 벗어나지 못하고 있었다는 사실을 설명해 주는 것이다.

필자가 위에서 언급한 분석내용은 대체로 원시사유의 특징에 부합된다. 조롱박葫蘆을 모체와 연계시킨 점 역시 인류가 채집활동을 통해 조롱박葫蘆의 특징을 이해하게 됨으로써 인류의 모친을 연상하게 되었던 것으로 보인다. 더욱이 모친은 모계사회에서 가장 존경받는 위치에 있었기 때문에 모친의 의식 또한 자연스럽게 사회 전반에 영향을 주었을 것이다. 그렇기 때문에 인류가 조롱박葫蘆에서 나왔다는 사유를 우리는 바로 원시관념의 표현으로 볼 수 있다. 또한 인류가 산동山洞에서 나왔다는 관념 역시 인류가 조롱박葫蘆에서 나왔다는 관념으로부터 점차 확대되어 나온 것이라고 볼 수 있다.

4. 모체숭배의 심리적 기초

모체숭배의 출현은 사회의 역사적 조건 이외에, 또한 그 심리적 기초에 두고 있다. 등복성鄧福星은 역사시대 이전의 심미審美적 심리기초에 대해 논하면서 정복욕과 숭배심리가 공존한 원시 인류의 심리적 경향이 모체숭배에 중요한 영향을 끼쳤다고 보았다. 그래서 그는 다음과 같이 언급하였다.

> 인류가 만든 도구의 출현에 따라 역사 이전의 인류는 이생李生 형제와 같이 두 가지 심리적 경향을 보이는데, 그 하나는 정복욕, 즉 외부세계에 대해 능동적으로 대처하고자 하는 인식, 개조, 이용, 그리고 일정한 상대적 만족에 대한 요구를 충족시키고자 하는 심리적 경향을 말한다. 또 하나는 숭배심리, 즉 무지하거나 혹은 모종의 갈망으로 인해 생긴 어떤 대상에 대한 맹목적인 경외 또는 숭배의 심리적 태도를 의미한다. 이 두 가지의 상대적인 심리 경향은 서로 대립되면서도 또한 서로 보완적 관계를 지니고 있기 때문에, 역사시대 이전의 인류는 외부세계와의 관계 속에서 심리적 균형을 유지할 수 있었던 것이다.…… 숭배심리는 인류의 여러 가지 심리적 측면이 복합되어 있다.

> 비록 표면적으로 정서상의 반영과 태도를 표현하고 있는 것처럼 보이지만, 실제로는 특정한 느낌과 이해를 토대로 특정한 상상력을 풍부하게 만들어 왔다고 하겠다. 역사시대 이전의 인류는 형상에 대한 예리한 감수성을 가지고 있었기 때문에 외부세계를 인식함에 있어 비현실적으로 왜곡된 대량의 요소들을 포함하고 있다. 그래서 역사시대 이전의 사람들은 숭배의 대상을 어떤 구체적인 사물이나 현상에서 찾고자 했다. 그렇기 때문에 숭배에 대한 형식 역시 현대 인류의 눈으로 볼 때 이해하기 어려운 기이한 형태로 보이게 된 것이다.

인류는 생존 과정 속에서 점차적으로 자신의 능력을 발전시켜 나갔으며, 그 결과 더 이상 익은 과실을 채집하는 데 머물지 않고 도구와 무기를 만들어 자신보다 큰 야수를 포획할 수 있게 되었으며, 또한 곡식을 심거나 가축 등을 기를 수 있게 되었다. 이러한 상황은 그들의 정복욕을 실현시켜 주었을 뿐만 아니라, 또한 이러한 그들의 정복욕을 어느 정도 만족시켜 주었을 것이다.

인류사회의 초기, 즉 모계씨족사회에서 인류의 사회생활은 씨족부락이라는 범위 안에 국한되어 있었다. 즉 당시에는 개인과 개성이라는 개념이 형성되기 전이었기 때문에, 그들에게는 씨족이 바로 그들의 모든 것이었다. 씨족사회에서는 생산적 측면에서 오직 남녀 간의 분업만 있었을 뿐, 생활적인 측면에서는 대부분 동일한 생활을 하였다. 또한 그들의 언어 역시 매우 간단하고 보잘 것 없었기 때문에, 사람들의 사유의식 역시 비교적 간단하고 보잘 것 없었다. 그래서 프랑스의 사회학자 레비 브륄Lucien Lévy-Bruhl은 이러한 사상형식을 선논리적先論理的 사상형식으로 규정하고, 문명인들의 사유방식과는 다르다고 설명하였다. 원시 인류는 모순적 규칙을 의식하지 못했는데, 그는 이러한 그들의 사고 방식을 혼돈율混沌律이라고 일컬었다. 모체숭배는 바로 이러한 혼돈율의 산물로서, 여기에는 인류의 정복욕과 숭배심리가 반영되어 있다. 모계씨족사회는 생산의 조건과 생활이 어렵고 위험한 상황에 처해 있었기 때문에 영유아嬰幼兒들이 종종 일찍 요절하거나, 혹은 청장년들도 종종 야수野獸나 질병으로 인해 죽음에 처해졌다. 이러한 상황 속에서 지속적으로 태어나는 새로운 생명은 씨족의 생존과 희망이었다. 그렇기 때문에 자식을 많이 낳은 모친이 자연히 사람들의 존경을 받을 수밖에 없었던 것이며, 또한 일 처리 능력이 뛰어나고 덕망이 높은 사람이 씨족의 지도자로서 사람들로부터 존경을 받게 되었던 것이다. 여기서 우리가 주목할 점은 당시 씨족의 수령은 대부분 여성이 차지하고 있었을 뿐만 아니라, 씨족의 조모祖母(여기서 조모는 오늘날 의미가 아니다)로서의 역할도 담당했다는 사실이다. 원시사회에서 인류가 숭배한 것이 바로 인류의 정복욕을 실현시켜 주는 사람이었다는 점을 고려한다면, 앞에서 언급한 여성에 대한 숭배는 부끄러울만한 일이 전혀 아니었다는 사실을 알 수 있다.

여성의 생식력 숭배로부터 여성의 커다란 배를 숭배하게 되었다는 사실은 임신한 여성이 마침내 사람들의 우상으로 떠오르게 되었다는 사실을 의미한다.(조롱박葫蘆 역시 우상화의 특수한 형식 가운데 하나로 볼 수 있다). 일찍이 어떤 사람이 취서납문화臭瑞納文化 시대에 불을 주재(즉 여화당주女火塘主)한 사람이 여성이었다고 주장했는데, 이러한 견해는 우리가 앞에서 언급한 모체숭배의 대상과 결코 모순이 되어 보이지 않는다. 그 이유는 당시 불씨火種를 보호하는 일이 바로 여성의 주요 임무 가운데 하나였기 때문이다. 그러나 모복母腹과 조롱박葫蘆, 그리고 과瓜 등을 모체숭배와 연계시켜 생각했다는 점은 바로 전형적인 혼돈율混沌律의 사유를 가리킨다.

서로 뒤엉켜 혼돈 상태를 이루고 있는 사고는 역사시대 이전의 인류에게 나타나는 중요한 심리적 특징 가운데 하나이다. 그래서 서방의 일부 인류학자들은 인체 구조상의 진화와 인류문화의 발전은 매우 밀접한 관련이 있다고 보았다. 즉 이러한 인식은 인류가 외부세계의 조건에 충분히 주의를 기울일 때, 비로소 인류 자체의 활동이 뇌腦 발전에 적극적인 작용을 하게 된다는 사실을 일깨워 주었다. 또한 역사시대 이전의 인류가 가지고 있던 이러한 심리적 혼돈상태는 인류 진화사에 있어서 특정한 계급에 의한 산물로서 당시 인류의 낮은 생산 능력, 간단한 생산방식 등과 밀접한 관계를 가지고 있었다. 또한 인류의 정신적 산물과 물질적 산물이 서로 뒤엉켜 있어 주관적 생각과 객관적 상황을 혼동하였다. 이처럼 완전히 분화되지 못한 혼돈상태 역시 역사시대 이전의 인류에게 심리적인 영향을 미칠 수밖에 없었을 것이다. 더욱이 여기에는 유물적 요소와 유심적 요소가 함께 내포되어 있어 합리성과 비합리성을 동시에 보여주었다. 이는 인류가 혼돈상태를 벗어나기 이전의 사유형태로서 모체숭배의 연속, 혹은 토템숭배로의 전환, 혹은 조상숭배의 의미 내포, 혹은 다양한 형상의 여신으로 변화 발전 등등 모두 시조신화와 관련된 여신의 이야기를 노래하였다. 이것은 우리 인류가 일찍이 경험했던 모계씨족사회의 상황이 반사되거나 혹은 변이되어 나온 것으로, 향후 우리가 다양한 측면에서 지속적으로 탐구해 나가야 할 문제이기도 하다.

본서를 탈고하면서 필자는 독자 여러분에게 이 원고가 다만 모체숭배, 조롱박葫蘆 숭배라는 과제에 대해 연구를 진행한 하나의 단계적 성과에 불과하기 때문에 아직 더 많은 연구와 깊이 있는 논의가 필요하다고 말하고 싶다.

필자의 부친 유요한劉堯漢 선생은 초년에 조령祖靈 조롱박葫蘆에 대한 조사 연구에 종사하면서 적지 않은 자료를 축적해 놓으셨는데, 필자는 일찍이 고향의 조롱박 숭배에 대해 말씀하시는 아버지의 말씀을 듣고 이로부터 많은 흥미를 가지게 되었고, 후에 이 문제에 관해 관심을 가지게 되었다.

이족彝族의 조령祖靈 조롱박葫蘆은 일찍부터 존재해왔으나, "문화대혁명"이 진행되는 과정 속에서 거의 모든 것이 파괴되어 버리고 겨우 몇몇 집에서 개별적으로 숨겨 두었던 유물이 지금까지 보존되어 오고 있다. 1985년 초웅楚雄 이족문화연구소의 보진普珍 동지가 마합저摩哈苴에 가서 조사를 진행하면서 비로소 지금까지 몇몇 집에서 전통을 보존해 오고 있다는 사실을 겨우 파악할 수 있었다. 1986년 필자는 고향에 가서 조사할 수 있는 기회를 가지게 되었는데, 이때 부친께서 보진普珍과 용건龍建, 그리고 필자를 데리고 필자의 고향에 돌아가 다시 한 번 조령 조롱박과 관련된 상황을 조사하시면서 조롱박 숭배에 대한 나의 연구를 지도해 주셨다. 조사와 연구, 그리고 원고를 작성하는 과정에서 필자가 점점 더 명확하게 알 수 있었던 사실은 모체숭배가 조롱박 숭배를 관통하면서 아무런 관련도 없어 보이는 양자를 하나로 융합해 놓았다는 사실이다. 이 때문에 필자는 지금 이 책의 명칭을 모체숭배라고 결정하였던 것이다.

본서를 저술하는 과정에서 필자는 다행하게도 양곤楊堃선생의 원시종교 과정을 듣고 많은 수확을 얻을 수 있었다. 보진普珍 동지는 조령 조롱박葫蘆에 관한 조사와 본서의 부분적인 자료를 수집하는데 많은 고생을 하였다. 이 기회를 빌려 심심한 감사를 표하고자 한다.

이 소책자는 필자의 처녀작이라고 할 수 있어 누락되거나 혹은 오류가 있는 부분이 적지 않을 것이다. 필자는 학술계의 선배와 동료, 그리고 독자 여러분의 따끔한 비평과 질정을 기대하는 바이다.

작자

1988년 3월 북경에서

聞一多의 《伏羲考》 表1

序號	類別	流傳地域與講述人	童男	童女	家長	仇家	贈遺	洪水	避水	占婚	造人	採集者
1	湘西苗人故事(一)	湖南鳳凰東鄉苗人吳文祥述	兄	妹	Ay Pe'gy Koy Pe'iy	Koy Soy		雷公發怒洪水數十日	兄妹各入黃瓜避水	扔磨石東西分走	生下肉塊削棄變人	芮逸夫
2	湘西苗人故事(二)	鳳凰北鄉苗人吳良佐述	兒	女	Koy Peny	Koy Soy		雷公發洪水數七日七夜	共入葫蘆	金魚老道撮合		芮逸夫
3	儺公儺母歌	吳良佐抄	兄(伏羲)	妹	張良	Koy Soy		玉皇上帝發洪水七日七夜	共入葫蘆	分赴東山南山焚香香煙結婚	生肉塊割開發現十二童男女	芮逸夫
4	儺神起原歌	湖南乾縣城北鄉鎭營苗人啓貴抄	兒	女	禾璧	禾耸		雷公發洪水數七日七夜	兄妹共入仙瓜	扔竹片扔	生下怪胎割棄變人	芮逸夫
5	苗人故事		弟	姊		另一對男女			入木鼓	滾磨抛針抛線	生子如鷄卵切碎變人	Savinal, F·M
6	黑苗洪水歌		弟(A-Zie)			兄(A-F'o)		雷發洪水	弟入葫蘆避水	滾磨扔刀	生子無手足割棄變人	Clarke, Samuel, R,
7	八寨黑苗傳說	貴州八寨	兄 隣	妹 居	老巖(九蛋中最幼者司地)	雷(九蛋中最長者司天)	雷勸兄妹種葫蘆	雷發洪水	入葫蘆	結婚	繁衍人類	吳澤霖
8	短裙黑苗傳說	貴州鑪山廡江丹江入𥨍等縣交界處	小弟	幼妹	石蛋中出十二弟兄長兄被害變成雷公上天			小弟害死諸兄雷公發洪水報仇	小弟作法上天	水退下地與妹相遇結婚	生子無眼形如球切碎變人	吳澤霖
9	花苗故事		弟	妹	兄	老婦(從天下降)			弟妹入木鼓	扔磨石扔針線	生子無手足割棄變人	Hewitt, H.J.
10	大花苗洪水滔天歌	貴州	二兄(智叢)	妹(易明)		大兄(鳳凰)		宋樂世君發洪水	杉舟	滾磨	生三子	楊漢先
11	大花苗洪水故事	貴州威寧	弟	妹	兄				木鼓	滾磨穿針雷公命樂世君指示	生子無眼無臂	
12	雅雀苗故事	貴州南都	兄 Bu-i, Fu-hsi	妹 Ku-ed					入葫蘆避水	扔磨石扔樹	生二子無手足不哭割棄變人	Cla ke
13	生苗故事(一)	貴州	兄	妹			天上老奶種瓜結瓜王可容數十人	大雨成灾洪水滅盡人類	兄妹入瓜漂浮上天	天上人敎二人下來結爲夫婦	吃瓜生瓜凡割碎變人	陳國鈞
14	生苗故事(一)	貴州	長兄(恩一居地)	妹(媚一居地)		次兄(雷一居天)		雷發洪水	乘船漂浮上天以葫蘆盛馬蜂	小蟲敎二人打拿在山坡相蓬如遠來的表親結爲夫婦	生子無四肢如瓜形割棄變人	陳國鈞

序號	類別	流傳地域與講述人	童男	童女	家長	仇家	贈遺	洪水	避水	占婚	造人	採集者
15	生苗洪水造人歌	貴州	兄(恩一居地)	妹(媚一居地)		長兄(雷一居天)		雷發洪水	乘南瓜漂浮上天	老奶指點	偸吃瓜被老奶責罵生子無耳目如瓜斫碎變人	陳國鈞
16	生苗起源歌(一)		兄	妹						結婚	生兒無手足割碎變人	陳國鈞
17	生苗起源歌(二)	貴州	兄 由白蛋	妹 生出						結婚	生瓜兒切碎變人	陳國鈞
18	生苗起源歌(三)	貴州	兄 由飛蛾	妹 卵生出		雷公(另一飛蛾卵生出)				兄妹相愛結婚	生南瓜斫碎變人	陳國鈞
19	佩人洪水歌	貴州	兄(伏羲)	妹				洪水親時	將造就的人種放在鼓內			
20	苗人譜本	廣西北部	兄(張良一作姜良)	妹(張妹一作姜妹)	羲氏夫人	雷公雷母	雷公贈仙瓜子	鐵雨成灾	兄妹入葫蘆避水	太白仙人金龜老道撮合	生肉陀(團)割碎變人	徐松石
21	偏苗洪水橫流歌	廣西西階	兄(伏羲)	妹				洪水	將造就的人種放在鼓內			雷雨
22	偏人洪水故事	廣西融縣羅城	女(伏羲)	兒	父	雷公	雷公贈牙種成葫蘆	天發洪水	兄妹入葫蘆避水	繞樹相追	生肉球割碎變人	常任俠
23	葫蘆曉歌		伏羲					寅卯二年發洪水	入葫蘆避水			常任俠
24	傜人故事	廣西武宣修仁之間	子		神人		贈牙種而生瓠破瓠裂器船	洪水	神人率子入坐鐵鑊浮至天門			常任俠
25	板傜五穀歌	廣西三江	兄(伏羲)	妹				寅卯二年發洪水	兄妹入葫蘆避水	燒香禮拜,結爲夫婦	人民	樂剛炳
26	板瑤盤王歌	廣西象縣	兄(伏羲)	妹				洪水七日七夜	入葫蘆避水	金龜撮合	生(團乙)	
27	儂瑤盤傜盤王書中洪水歌	廣西都安	兄(伏羲)	妹	蔣家			洪水七日七夜	入葫蘆避水	烟火	生血盆玉女分之爲三十六姓	

序號	類別	流傳地域與講述人	童男	童女	家長	仇家	贈遺	洪水	避水	占婚	造人	採集者
28	盤傜故事	鎭邊盤傜槃有貴述	兄(伏羲)						入瓢瓜避水	滚磨石,燒烟火,看竹枝	撤出瓜子瓜瓢瓜子變男,瓜瓢變女	
29	盤傜故事	灌陽布坪鄉	男孩	女孩	盤王		盤王打落牙齒種牙成瓜	下雨三年六個月	盤王將瓜穿眼命小孩坐入		生磨石仔盤王切碎變人	
30	紅傜故事	廣西龍勝三百坤紅傜張老老述	兄(姜良)	妹(姜妹)	姜氏太婆(生子六人或說七人)	雷公雷婆	雷公雷婆贈白瓜	大雨成災	兄妹坐入瓜花結實二人包在瓜內	香烟柱,種竹,滚磨,繞山走	人種	徐松石
31	東隴瑤故事	上林東隴瑤藍年述	伏羲		父別母別		雷公贈牙		乘瓜上浮		生磨石仔無頭無尾切碎變嶽再變人	陳志良
32	藍靛瑤故事	田西蘭靛瑤李秀文述				閃電仙人	仙人贈瓜子	大雨成灾	入瓢瓜避水	燒烟火種竹滚磨	生子無手足頭尾切碎變成人	陳志良
33	背籠瑤故事	淩雲背籠瑤臘承良述	兄(伏Lin)	妹(羲Cein)				久雨成灾	入瓢瓜避水	滚磨	生肉團無手足面目切碎變人	陳志良
34	背籠瑤遺傳歌	臘承良譯	兄(伏羲)	妹			自種瓢瓜結實如倉大	皇天降大雨	入瓜內避水	結爲夫婦	生磨石兒割碎變人	陳志良
35	蠻瑤故事	廣西東二閑蠻瑤侯玉寬述	兄(伏羲)	妹				久雨成灾	入大甕避水	燒烟火滚磨石	生子無手足面目	陳志良
36	獨侯瑤故事	都安獨侯瑤蒙振彬述	兄(伏羲)	妹				雷電大雨成灾	入瓢瓜避水		生磨石兒劈碎變人	陳志良
37	西山瑤故事	郴山西山瑤袁秀林述	特斗伏	馱豆羲	卜白(居天上司雷雨)	雷王(居地下)	雷王贈牙	雷王下雨發洪水	入葫蘆避水	燒烟火	生子無耳目口鼻如磨石切碎變人	陳志良
38	儂人故事	都安儂人韋武夫述				幼人	仙人贈牙作船發作槳					陳志良
39	倮儸故事		弟	妹		兩兄		洪水發時	弟妹入木箱上浮			Vial Panl
40	夷人故事	雲南尋甸鳳儀鄉黑夷李忠成宣威普鄉白夷田靖邦述	三弟	姜女			白發老人敎造木桶	洪水發時	入桶避水	遵老人命與女結婚	生三子是爲干夷·黑·夷·漢人之祖	馬學良

序號	類別	流傳地域與講述人	童男	童女	家長	仇家	贈遺	洪水	避水	占婚	造人	採集者
41	紅河倮儸故事	紅河上游漢河丙昌寨夷人白成章述						洪水中人類滅絶	葫蘆從天降下一男一女從中而出			邢慶蘭
42	老亢故事	雲南西南邊境耿馬土司地蚌隆寨	兄	妹				洪水發時	兄妹同入木床避水	結婚	生子砍碎變人	芮逸夫
43	栗粟故事	耿馬土司地大平石頭寨	兄	妹				洪水發時	兄妹同入葫蘆避水	結婚	生七子	芮逸夫
44	大凉山倮儸人祖傳說(一)	西檠甯屬夷族	喬姆石奇(Go'm-zazl)鹽源一帶稱陶姆石濃	天女		天公		天公發洪水毁滅人類	石奇作桐木舟避水	青蛙設計要求天女與石奇結婚	生三子	庄學本
45	大凉山倮儸人祖傳說(二)		兄(喬姆石奇)	妹(天宮仙女)				洪水氾濫	石奇乘桐木舟得救	經衆動物說法將妹請下滚磨成婚		庄學本
46	東京蠻族故事		兄(Phu Hay)	妹(Phu Hay-Mui)	Chany Lo-Co			洪水氾濫	兄妹同入南瓜避水	結婚	生南瓜剖瓜得籽播種變人	Lajon-quiere, Lunet
47	巴那(Bahnars)	交趾支那	兄	妹				洪水氾濫	入木桶避水			Guer Lack
48	阿眉(Ami)故事	臺灣	兄	妹				洪水氾濫	入木臼避水	結婚	生子傳人類	Lshil shinji
49	比爾(Bhils)故事	印度中部	兄	妹				洪水氾濫	入木箱避水	結婚	生七男七女	Luard C·E

注 : 表 1은 《聞一多全集》第1冊에 보임, 三聯書店 1983년 판, p.62-67.

聞一多의 ≪伏羲考≫ 表2

<table>
<tr><th rowspan="2">避水工具</th><th rowspan="2">故事號數</th><th colspan="3">總計</th></tr>
<tr><th>數量</th><th>種類</th><th>백분율</th></tr>
<tr><td>葫蘆(瓠, 瓢瓜)</td><td>2, 3, 6, 7, 12, 20, 24, 25, 26, 27, 28, 32, 33, 36, 37, 41, 43</td><td>17</td><td rowspan="2">自然物</td><td rowspan="2">57.8</td></tr>
<tr><td>瓜(仙瓜, 黃瓜, 南瓜)</td><td>1, 4, 13, 15, 29, 30, 31, 34, 46</td><td>9</td></tr>
<tr><td>鼓(木鼓)</td><td>5, 9, 11, 19, 21, 22, 23</td><td>7</td><td rowspan="5">人造器具</td><td rowspan="5">42.2</td></tr>
<tr><td>瓮</td><td>25</td><td>1</td></tr>
<tr><td>木桶, 木臼, 箱</td><td>39, 40, 47, 48, 49</td><td>5</td></tr>
<tr><td>床</td><td>42</td><td>1</td></tr>
<tr><td>舟(桐舟, 杉舟)</td><td>10, 14, 38, 44, 45</td><td>5</td></tr>
</table>

注 : 표 2는 ≪聞一多全集≫ 第1冊에 보임. 三聯書店 1983년 판, p.67.

聞一多의 ≪伏羲考≫ 表3

<table>
<tr><th>組別</th><th colspan="3">造人素材</th><th>故事號數</th><th colspan="2">總計</th></tr>
<tr><td rowspan="6">第1組</td><td rowspan="3">物中藏人</td><td>瓠盧</td><td>男女從葫蘆中出</td><td>41</td><td>1</td><td rowspan="3">4</td></tr>
<tr><td>瓜</td><td>男女坐瓜花中,
結實後二人包在瓜中</td><td>30</td><td>1</td></tr>
<tr><td>鼓</td><td>造就人類, 放在鼓內</td><td>19, 21</td><td>2</td></tr>
<tr><td>物變人</td><td>瓜</td><td>瓜子變男, 瓜瓢變女</td><td>28</td><td></td><td>1</td></tr>
<tr><td rowspan="2">物人再生變物人</td><td rowspan="2">瓜</td><td>切瓜成片瓜 片變人</td><td>13, 18, 42</td><td>3</td><td rowspan="2">4</td></tr>
<tr><td>播種瓜子, 瓜子變人</td><td>46</td><td>1</td></tr>
<tr><td rowspan="6">第2組</td><td rowspan="6">生子象物或不成人形割碎始變成人</td><td rowspan="3">象物形</td><td>象瓜</td><td>8, 14, 16, 18</td><td>4</td><td rowspan="6">24</td></tr>
<tr><td>象鷄卵</td><td>5</td><td>1</td></tr>
<tr><td>磨石仔</td><td>29, 34, 36</td><td>3</td></tr>
<tr><td rowspan="3">不成人形</td><td>無手足(腿, 臂)
無頭尾無耳目口鼻(面目)</td><td>6, 9, 11, 12, 16,
31, 32, 36, 37</td><td>5
9</td></tr>
<tr><td>怪胎</td><td>4</td><td>1</td></tr>
<tr><td>血盆</td><td>27</td><td>1</td></tr>
</table>

注 : 표 3은 ≪聞一多全集≫ 第1冊에 보임, 三聯書店 1983년 판, p.68.

중국의 원시문화코드 - 모체숭배

2020년 12월 28일 초판 인쇄
2020년 12월 31일 초판 발행

지은이 유 소 행(劉小幸)
옮긴이 임 진 호
펴낸이 한 신 규
표지디자인 이 미 옥
본문디자인 김 영 이
펴낸곳 문현출판
주 소 05827 서울특별시 송파구 동남로 11길 19(가락동)
전 화 Tel.02-433-0211 Fax.02-443-0212
E-mail mun2009@naver.com
등 록 2009년 2월 24일(제2009-000014호)

ISBN 979-11-87505-41-9 93820 **정가** 25,000원